Jacques Berndorf
Eifel-Bullen

Vom Autor bisher bei KBV erschienen:

Mords-Eifel (Hg.)
Der letzte Agent
Requiem für einen Henker
Der Bär
Tatort Eifel (Hg.)
Mond über der Eifel
Der Monat vor dem Mord
Tatort Eifel 2 (Hg.)
Die Nürburg-Papiere
Die Eifel-Connection
Eifel-Bullen

Jacques Berndorf ist das Pseudonym des 1936 in Duisburg geborenen Journalisten, Sachbuch- und Romanautors Michael Preute.

Sein erster Eifel-Krimi, *Eifel-Blues*, erschien 1989. In den Folgejahren entwickelte sich daraus eine deutschlandweit überaus populäre Romanserie mit Berndorfs Hauptfigur, dem Journalisten Siggi Baumeister. Dessen bislang jüngster Fall, *Die Eifel-Connection*, erschien 2011 als Originalausgabe bei KBV.

Berndorf setzte mit seinen Romanen nicht nur die Eifel auf die bundesweite Krimi-Landkarte, er avancierte auch zum erfolgreichsten deutschen Kriminalschriftsteller mit mehrfacher Millionen-Auflage. Sein Roman *Eifel-Schnee* wurde im Jahr 2000 für das ZDF verfilmt. Drei Jahre später erhielt er vom »Syndikat«, der Vereinigung deutschsprachiger Krimi-Autoren, den »Ehren-Glauser« für sein Lebenswerk.

Jacques Berndorf

Eifel-Bullen

Originalausgabe
© 2012 KBV Verlags- und Mediengesellschaft mbH, Hillesheim
www.kbv-verlag.de
E-Mail: info@kbv-verlag.de
Telefon: 0 65 93 - 998 96-0
Fax: 0 65 93 - 998 96-20
Umschlagillustration: Ralf Kramp
Redaktion: Volker Maria Neumann, Köln
Druck: Aalexx Buchproduktion GmbH, Großburgwedel
Printed in Germany
ISBN 978-3-942446-61-7

für meine Frau Geli in Dankbarkeit
für meinen Bruder Claus und seine Frau Traudi in Los Angeles
für Helmut Lanio

»*Und wenn ich Ihnen mal was sagen soll: Karla ist nicht gegen alles gefeit, denn er ist ein Fanatiker. Und wenn's nach mir geht, dann kommt der Tag, an dem dieser Mangel an Mäßigung ihn zu Fall bringen wird.*«

John le Carré, Dame, König, As, Spion
München 1994

Wer jetzt kein Haus hat, baut sich keines mehr. / Wer jetzt allein ist, wird es lange bleiben, / wird wachen, lesen, lange Briefe schreiben / und wird in den Alleen hin und her / unruhig wandern, wenn die Blätter treiben.

Rainer Maria Rilke, *Herbsttag*

1. Kapitel

Es gibt Tage, die so verquer beginnen, dass man sie am besten ausfallen lässt. Dies war so einer.

Das Telefon schrillte, ich linste auf die Uhr und stammelte irgendetwas. Es war 5.28 Uhr.

Rodenstock bestimmte mit seiner fiesesten Militärstimme: »Hör zu, du musst in drei Minuten in deinem Auto sitzen. Du fährst zu einer Familie namens Horst Walbusch in Daun-Boverath und stellst fest, wo die Ehefrau namens Nicole Walbusch, siebenunddreißig Jahre alt, heute Nacht war. Dann fährst du weiter nach Oberstadtfeld. Dort in der Kirchgasse 9 wohnt ein Mann namens Gerd Bludenz. Du stellst fest, wo der heute Nacht war und fragst ihn ...«

»Moment, Moment! Diese Nacht ist doch noch gar nicht zu Ende, und ich muss schließlich wissen, was ich denn ...«

»Keine Zeit, Junge«, schnarrte er und legte auf. So ist er nun mal, wenn die Pflicht ruft, unhöflich und beleidigend, impertinent und kulturlos.

Wie üblich schaltete ich meinen Heimatsender SWR 1 ein, und unser geliebter alter Barde Udo Nuschel Lindenberg kam mit *Hinterm Horizont geht's weiter*. Für Sekunden fasste ich wieder Mut, wurde geradezu fröhlich, aber gleich darauf dachte ich wieder: Wenn Rodenstock um 5.28 Uhr auf der Matte steht, kannst du alle Hoffnung fahren lassen.

Ich war in jenen Tagen ohnehin etwas melancholisch, möglicherweise war es eine durchreisende Depression. Wahrscheinlich hatte das mit politischen Nachrichten zu tun, in die ich zuweilen hineinrutsche wie in einen bösen Film. Mein Landesvater hatte verkünden müssen, dass der Nürburgring endgültig pleite war. Es standen runde 330 Millionen staatliche Euro im Raum und das Versprechen, dass kein Cent davon den Bürgern aus der Tasche gezogen werde. Dann war die Rede von insgesamt über fünfhundert Millionen Hilfen. Jetzt bezahlten wir Bürger alles, der Eifel war im Grunde nichts zugutegekommen, nicht einmal eine Bretterbude, die Currywurst anbot. Ein paar Manager würden reiche Beute machen, und wahrscheinlich waren ihre Verträge so fein ziseliert, dass auch noch ihre Enkel absahnen könnten. So etwas macht missmutig.

Kam hinzu, dass die Nachrichten aus aller Welt auch keine Hoffnung machten. Ein Syrer namens Baschar al Assad mit erheblichem Fluchtkinn und dem kindlichen Benehmen eines erfolglosen Seelsorgers bombardierte und massakrierte seine Bürger mithilfe der eigenen Armee und der ständigen Behauptung, es handele sich um aus dem Ausland eingeschleuste Terroristen. Und als feststand, dass dieser Syrer über Unmassen an Senfgas verfügten, tönte unser Außenminister jeden Tag zweimal äußerst drohend: Jetzt aber! Und es geschah gar nichts, außer dass die Syrer voller Angst versuchten, in die Nachbarländer zu fliehen und in Zeltlagern unterzukriechen, in denen es kein Trinkwasser gab und keine medizinische Versorgung. Dann wurde, als aktueller Höhepunkt die »Entscheidungsschlacht um Aleppo« angeboten.

Sagen Sie selbst: Macht das hoffnungsfroh?

In der Küchentür stolperte ich beinahe über meinen Kater Satchmo, der beleidigt mit erhobenem Schwanz vor mir herdackelte und mich keines Blickes würdigte. Er war aus irgendeinem Grund gekränkt, wandte mir grundsätzlich den Hintern zu, gab keinen Ton von sich, erzählte auch nichts von seinem Leben. Schmal war er geworden, hager fast, buchstäblich nur Haut und Knochen.

»Hör zu, wir sind mittags bei der Tierärztin, und du wirst gründlich durchgecheckt. Also lass deine Allüren sein und benimm dich gut. Das Leben ist keine Südseeinsel. Versuch also erst gar nicht, mich mit schlechter Laune zu beeindrucken.«

Er drehte nur demonstrativ den Kopf weg, Katzen sind ekelhaft arrogant.

Unter Verzicht auf Wasser machte ich mich mit ein paar Kleidungsstücken schön und nahm den Weg zu meinem Auto über die Terrasse. Die Sonne schickte ihre ersten Strahlen in meine Bäume, und in diesen Strahlen tanzten unzählige Insekten, die im Morgenlicht wie Kometen aufblitzten. Das Pärchen Zaunkönige war schon wach und suchte nach Fressbarem, huschte pfeilschnell durch die Äste der Bäume. Der Dompfaff war auch da, auch das Pärchen Rotschwänzchen. Die Bachstelze demonstrierte wippend ihre ungeheure Schrittgeschwindigkeit im tiefen Gras an der Mauer. Die Amseln flogen ein, die im Frühjahr unter meinem Dach ihre Jungen großgezogen hatten.

Da atmete ich langsam aus und dachte: Also, hier ist die Welt noch in Ordnung. Ich hatte keine Ahnung, wie falsch das war. Hätte ich das gewusst, oder auch nur geahnt, wäre ich in der Einsamkeit einer Bohrinsel verschwunden.

Ich konnte mir lebhaft vorstellen, in welche Szenen ich geraten würde. Du klingelst bei einer Frau, sie steht völlig überrascht und halbwach im Negligé blinzelnd in der Haustür, und du fragst schelmisch: »Na, mein Liebe, wo waren Sie denn heute Nacht?« Sie wird eine Pfanne auf meinem Kopf zerbeulen, wenn sie zufällig eine in der Hand hat. Vom wirklichen Leben jedenfalls hat Rodenstock nicht die geringste Ahnung.

Ich fuhr also nach Daun-Boverath, suchte die Straße und die Hausnummer, stieg aus und stand vor einem weißverputzten, freundlichen Einfamilienhaus mit einem hübschen Vor-

9

garten, in dem eine Menge rotblühender Stauden standen. Ich klingelte, ich klingelte noch einmal, ich klingelte weiter, es geschah nichts. Dann tuckerte ein kleiner, roter Renault heran, hielt hinter meinem Auto. Eine Frau stieg aus, füllig, das dunkle, lange Haar wild, aber ordentlich gekämmt. Fröhlich gekleidet war sie. Ein einfacher, schwarzer Pulli mit einem weiten Ausschnitt und einem bunten, langen Rock.

Sie fragte: »Was wollen Sie denn bei uns?« Ihr Gesicht war rundlich, mit freundlichen, braunen Augen, ohne das geringste Misstrauen, ein hübsches Gesicht.

Weil mir absolut nichts einfiel, fragte ich: »Haben Sie die Nacht woanders verbracht?« Es war die mit absoluter Sicherheit dämlichste Frage meines Lebens, zu einer eindeutig abartigen Tageszeit.

Sie antwortete: »Ja, ich habe bei einer Freundin geschlafen. Was kann ich für Sie tun? Oder kommen Sie von meinem Mann? Aber der ist ja noch auf Schicht.«

Ich dachte: Okay, sie war nicht hier in dieser Nacht. Und sie behauptet: bei einer Freundin. Also nehme ich das mal und verschwinde wieder.

Dann bemerkte sie unvermittelt lebhaft: »Wissen Sie was, ich mache uns erst mal einen Kaffee!«

»Das ist sehr nett!«, erwiderte ich zaghaft.

In diesem Moment kam eine sehr schmale, kleine Gestalt am Ende der Straße auf uns zu. Ein Mädchen oder ein Junge, vielleicht zehn, zwölf Jahre alt. Die Gestalt tanzte irgendwie, lief in Bögen, wirkte so, als wäre sie nicht von dieser Welt, als träumte sie.

Bei der Frau neben mir ging etwas Erschreckendes vor sich. Sie straffte sich mit einem Ruck, sie hob schnell den Kopf, sie bog ihren ganzen Körper, sie schrie: »Das darf doch nicht wahr sein! Julian, du gehörst doch ins Krankenhaus!«

Julian war blond, trug Wuschelhaare und einen reichlich zerbeulten, alten grünen Trainingsanzug. Er sagte sehr endgültig: »Krankenhaus ist scheiße, Mama!« Er war totenblass.

»Junge, das geht aber doch nicht! Du bist einfach abgehauen!«

»Ja, Mama«, sagte Julian und lehnte seinen Kopf an ihre Brüste.

»Ich komme später wieder«, bemerkte ich hastig.

»Da bin ich Ihnen dankbar«, sagte die Mutter und legte ihre Hände auf Julians Kopf. Sie setzte hinzu: »Dann ist auch mein Mann da, und wir können in Ruhe reden.«

»So machen wir das!«, nickte ich.

Ich wollte wütend Rodenstock anrufen und ihn darauf aufmerksam machen, dass seine Aufträge an mich geradezu idiotisch sind, aber ich dachte mir, dass er vermutlich nicht erreichbar sein würde. In derartig peinlichen Fällen war er niemals erreichbar.

Also Gerd Bludenz, Oberstadtfeld, Kirchgasse 9.

Es war nicht schwierig, das zu finden, aber die Adresse war eindeutig fragwürdig. Es war ein altes, vollkommen vergammeltes Bauernhaus mit anschließender, großer Scheune. Nach menschlichem Ermessen konnte niemand dort wohnen, denn die Gardinen in zwei Fenstern waren alt und gelb, und jemand hatte zwei Scheiben eingeworfen. Es gab keine Klingel, und die uralte Haustür war mit einem senkrecht über Tür und Zarge geschraubten Brett verschlossen. Die Tür stammte aus den Fünfzigern des vorigen Jahrhunderts. Das Brett war uralt, die Schrauben waren uralt, der Putz am Haus war bröckelig. Das Scheunentor war mit zwei schräg über die Torhälften geschraubten Latten gesichert. Das Tor selbst war vielleicht zum letzten Mal vor dreißig Jahren geöffnet worden, vor der linken Hälfte hatte sich ein Holunder angesiedelt, stolze vier Meter hoch, die Blütenstände würden viele Beeren tragen.

Ich rief einige Male »Hallo!«, bekam aber kein Echo. Ich versuchte, das Haus von der linken Seite zu umrunden, hatte aber kein Glück. Der ehemalige Garten war ein Dschungel und unpassierbar. Ich versuchte es rechts und schaffte es immerhin zur Rückseite der Scheune und von dort hinter das kleine Wohnhaus.

Da hatte jemand den wildwuchernden Rasen auf einem Quadrat von drei Metern geschnitten und einen Plastiktisch mit einem alten Sessel aufgestellt. Als ich absichtslos auf die Rücklehne des Sessels drückte, lief Wasser heraus. Der letzte Regen war vor einer Woche gefallen, zeitnah war diese Spur also nicht.

Jemand hinter mir sagte krächzend: »Wat willste denn?«

»Ich suche Gerd Bludenz«, sagte ich.

Es war ein hagerer, misstrauischer, alter Mann, gebeugt von Arbeit und der Sorge ums Überleben. Er trug einen Blaumann über einem karierten Hemd und auf den weißen Haaren eine blaue Arbeitsmütze. Er sagte widerwillig: »Aber hier ist doch keiner.«

»Das sehe ich auch«, murmelte ich. »Ich muss den Mann aber finden.«

»Die Polizei sucht den bestimmt«, kommentierte er mit schmalen Augen.

»Das weiß ich nicht«, murmelte ich. »Wann war er denn zuletzt hier?«

»Oh, das weiß ich nicht. Aber das Haus soll dem ja gehören.«

»Also, wenn es ihm gehört, dann muss er ja manchmal hier sein, oder?«

»Na ja, aber da gibt es ja auch noch eine Frau«, überlegte er. »Aus Köln soll die sein. Und der soll er das Haus überschrieben haben.«

»Und wo ist die Frau?«, fragte ich.

Er breitete seine dünnen Ärmchen segnend aus. »Also, die habe ich seit Monaten hier nicht mehr gesehen. Die wär mir aber aufgefallen, ich wohne ja gleich schräg gegenüber.«

»Und wann war der Gerd Bludenz zuletzt hier?«

»Also, ich weiß das nicht«, versicherte er. »Kann Wochen her sein.«

»Aber in diesem Haus kann doch kein Mensch wohnen«, murmelte ich. »Fenster kaputt, uralte Lappen als Gardinen, Fensterrahmen faulen, Verputz bricht ab.«

Er kicherte hoch: »Da ist nicht mal Heizung drin. Das muss man sich mal vorstellen. Alles feucht, in den Wänden der grüne und schwarze Pilz. Nur ein alter Kanonenofen, sonst nichts. Nicht mal ein Herd. Da denkst du dir doch was bei, oder?« Er nahm die Kappe ab und kratzte sich am Kopf. Dann sah er mich listig an und fragte: »Du kriegst Geld von dem, oder?«

»Darüber darf ich nicht reden«, antwortete ich. »Wie sieht er denn eigentlich aus?«

»Ach, das weißt du nicht?«

»Nein. Wie alt ist er denn?«

»So um die vierzig, sage ich mal. Aber Genaues weiß ich nicht. Und seinen Pass habe ich nicht gesehen, wenn er überhaupt einen hat.« Das Grinsen dazu war eindeutig süffisant.

»Wann hat er denn das Haus gekauft? Und wem gehörte das früher?«

»Also, das war Jossens Mattes. Aber die Kinder wollten das nicht. Und dann starb seine Frau, und er ging ins Heim. Aber das ist lange her, so um die fünfundzwanzig Jahre. Wie man sagt, hat er dafür damals auch kaum was gekriegt. Ein Taschengeld vielleicht. Jedenfalls der, der es gekauft hat, hat es weiterverkauft an den Bludenz. Und der hat es vielleicht acht Jahre oder so. Aber er kommt selten in der letzten Zeit. Also seit der Geschichte mit der Polizei kommt er und ist gleich darauf wieder weg.«

»Hilf mir mal«, sagte ich freundlich. »Wann hast du den Bludenz zum letzten Mal gesehen? Und was war mit der Polizei?«

Er hielt den rechten Zeigefinger an seine Nase. »Drei Wochen würde ich sagen. Also, es muss ein Sonntag gewesen sein. Da kam er vorgefahren, ging kurz rein, eine Stunde vielleicht, und war dann auch wieder weg.«

»Und was war mit der Polizei?«

»Die Sache mit den Drogen«, sagte er merkwürdig tonlos mit schmalen Lippen. »Davon verstehe ich nichts. Aber er soll Drogen gekauft und weiterverkauft haben. Jedenfalls wurde er verhaftet und verhört, und die Polizei war hier und hat das Haus und alles durchsucht. Mindestens zwanzig Mann waren das. Aber ob sie was gefunden haben, weiß man nicht.«

»Hier ist alles verrammelt. Wie kam er denn überhaupt rein in den Palast?«

»Das ist die kleine Tür da, die schmale, grüne. Da geht es in den alten Gang zum Stall, also Schweinestall und dann rein ins Haus. Aber da hat er ja ein schweres Schloss drauf. Aber geschlafen oder so hat er da nie. Jedenfalls nicht in der letzten Zeit.«

»Dann sag mir, wozu er denn das Haus überhaupt benutzt hat?«

»Drogen?«, fragte er nach einer langen Pause. »Irgendwelche krummen Dinger? Junge, ich weiß es nicht.«

Ich nahm eine Visitenkarte und hielt sie ihm hin. »Kannst du mich anrufen, wenn er auftaucht? Soll dein Schaden nicht sein.«

Er sah die Visitenkarte an, nahm sie dann und murmelte: »Mal sehen, ob ich mich dran erinnere. Mal gucken.« Dann drehte er sich und ging langsam davon.

Gut und sauber geordnete Eifeler Verhältnisse.

Ich fuhr los und ließ es langsam angehen. Ich stellte mich in einen passenden Feldweg und rief Rodenstock an.

»Der ist nicht da«, sagte seine Frau Emma bedrückt. »Der hat diese furchtbare Katastrophe in Eisenschmitt. Du könntest mal wieder vorbeikommen.«

»Was ist so furchtbar in Eisenschmitt?«

»Das weißt du nicht? Also, ich weiß so gut wie gar nichts. Das soll er dir lieber selbst sagen. Ruf ihn einfach an.«

Also wählte ich Rodenstocks Handy an, und er meldete sich kühl und knapp.

»Rodenstock hier. Ich sehe, du bist es. Wie steht es mit der Ehefrau?«

»Die war heute Nacht bei einer Freundin, sagt sie.«

»Und Bludenz?«

»Das Haus ist verrammelt, feucht und unbewohnbar. Keine Spur von dem Mann. Was machst du in Eisenschmitt? Morgens um sechs Uhr fünfzig?«

»Komm her, dann siehst du es.«

»Und wo in Eisenschmitt?«

»Auf dieser schmalen Straße zu dem ehemaligen Jagdhaus. Unübersehbar und jede Menge Konkurrenz für dich. Ich habe wirklich keine Zeit, also bis gleich.«

Einen Augenblick lang fühlte ich mich so behandelt, wie man vor zweihundert Jahren mit einem Ladenschwengel umgegangen war, wie man Lehrlinge damals nannte. Irgendwann sollte ich Rodenstock sagen, dass ich seit geraumer Zeit erwachsen war und über so etwas wie ein eigenes Gehirn verfügte. Aber ich wusste auch aus langer Erfahrung: Wenn er ungewohnt sachlich und extrem kurz und ruppig mit mir umging, hatte es einen gewichtigen Grund.

Eisenschmitt, das Dorf, das die Schriftstellerin Clara Viebig zu einem sehr berühmten Handlungsort gemacht hatte, als sie vor nahezu hundert Jahren den Roman *Das Weiberdorf* schrieb. Eisenschmitt war damals tatsächlich ein Weiberdorf gewesen, denn die Männer waren in Zeiten eines geradezu wahnwitzigen industriellen Aufbruchs in das Ruhrgebiet gegangen, um dort Geld zu verdienen, in elenden Heimen zu hausen und tagtäglich so lange zu arbeiten, bis sie die Arme nicht mehr hochbrachten. Damals, es war im Jahr 1904, ließ ein jagdbegeisterter, reicher Mann aus Köln ein Jagdhaus in Eisenschmitt bauen, das seither vielgestaltig genutzt worden war. Als die Jäger verschwanden, zog ein Waisenhaus ein, im Zweiten Weltkrieg ein Lazarett, dann ein katholisches Heim für Waisen unter der Leitung von Nonnen. Es wurde später privat erworben und wohl auch genutzt, angeblich ein Verlag. Niemand wusste Genaues, es gab Gerüchte, dass nur noch eine alte Dame dort lebte, unbekannt und unbemerkt in den endlosen Räumen alt wurde und vollkommen verwirrt wie ein Geist durch den Bau schwebte, bis ein kluger Nachbar entschied, sie müsste schleunigst in ein Heim.

Jetzt wartete der Bau darauf, anderen Bedeutungen zugeführt zu werden. Das Haus lag verrammelt an einer langen, gewundenen Auffahrt, die durch ein hohes Eisengitter verschlossen war. Haus Bergfeld, so hieß es, dämmerte still auf einem Hügel über Eisenschmitt neuen Bedeutungen zu. Angeblich hatten sich Käufer gemeldet, keiner wusste, wer das war. Eisenschmitt hatte gelernt, mit dem Haus zu leben, aber eigentlich war es dem Dorf gleichgültig, wer dort hauste und arbeitete.

Das Dorf hatte zu Ehren der Schriftstellerin ein gut ausgestattetes Clara-Viebig-Zentrum eingerichtet, aber sie hatte dort niemals gelebt, wohl aber ausführlich recherchiert. Ihr Roman war vielschichtig, gut gelungen und beschrieb das Dorf der abwesenden Männer mit viel verstecktem Humor und guter Kenntnis der Eifel – noch heute ein Volltreffer.

Also machte ich mich auf, durch die endlosen Wälder über Manderscheid in das kleine, schöne Dorf zu kommen. Ehrlich gestanden trödelte ich, denn was kann man schon morgens um sieben in der Eifel verpassen? Eigentlich nichts, außer du gleitest langsam und begeistert durch endlose Wälder, in denen erstaunlich wenig Verkehr zu vermelden ist, und in denen du in jeder Einmündung eines Waldweges haltmachen kannst, um ein wenig zu schlendern und das Leben zu verlangsamen. Damit du auch lernst, ruhig auszuatmen und einen Eichelhäher nicht für einen Seeadler hältst. Ich gebe zu, ich hätte gern eine Stunde Wald eingelegt.

Es irritierte mich etwas, dass mir kurz hinter Manderscheid ein Kleinlaster von RTL und ein paar Meter weiter einer vom Sender SWR entgegenkamen. Aber die Fernsehleute trieben sich im Sommer so häufig bei uns herum, dass zu Unruhe kein Grund vorhanden war. Wahrscheinlich filmten sie Wanderer, oder Leute auf dem Mountainbike, oder die ganz großen Geräte beim Ernten.

Ich fuhr hinunter in den Ort und stellte verwundert fest, dass die Hauptstraße vollkommen zugeparkt war. Und die Autos trugen alle möglichen Kennzeichen, nicht von Wittlich oder Daun. Sie kamen von überall her, im Wesentlichen aus Mainz, aus Köln, aus dem Ruhrgebiet, aus dem Ballungsraum Frankfurt. Es sah aus wie auf einem Kongress.

In der scharfen Abbiegung der Hauptstraße nach links wollte ich nach rechts in die schmale Zufahrt in das Bachtal, konnte aber nicht, weil mich zwei gelangweilte Polizeibeamte weiterwinkten. Das Sträßchen war gesperrt, nichts ging mehr. Ich fuhr ein Stück weiter und parkte etwas schräg und unbeholfen, weil eigentlich kein Platz war. Dann ging ich zurück. Es standen kleine Grüppchen Leute zusammen und redeten miteinander, und sie sahen aus wie Eisenschmitter, nicht wie Kongressteilnehmer.

An der Einmündung des kleinen Sträßchens informierte einer der Polizeibeamten freundlich: »Das hier ist gesperrt.«

»Nicht für mich«, entgegnete ich und hielt ihm meinen Presseausweis unter die Nase.

»Klar«, nickte er und gab den Weg frei.

Vor den kleinen Häusern standen Frauen auf der Straße zusammen und schwätzten miteinander, Kinder waren neugierig und wurden zurückgehalten: »Tobias, nein, du darfst nicht dorthin! Wie oft habe ich das schon gesagt?!«

Dann öffnete sich das kleine Tal, links war der Bach, geradeaus ging es zur Anfahrt auf das Jagdschloss. Da wieselten unglaublich viele Leute herum, die meisten Männer. Und unglaublich viele aus meinem Gewerbe: Leute mit professionellen Fotoapparaten und großen Teleobjektiven, Frauen und Männer mit Fernsehkameras auf den Schultern, Frauen und Männer, die etwas aufschrieben, Frauen und Männer, die rechts und links auf den Grasrändern saßen und auf irgendetwas warteten.

Ich wollte etwas irritiert einfach in die Luft fragen: »Was ist denn hier los?«, als ich das rot-weiße Plastikband sah und die zwei Polizeibeamten davor. Ich ließ ungezielte Fragen sein und konzentrierte mich auf das Bild vor mir.

Das schmale Asphaltband sah auf den ersten Blick sehr verwirrend aus. Es gab viele Fahrzeuge in den Wiesenrändern neben dem Asphaltband, die meisten von der Polizei. Es gab den Wagen eines Bestattungsunternehmers, der einsam in der Sonne stand. Und es gab einen Polizeistreifenwagen mit weit geöffneten Türen, um den mehrere zivile Beamte der Kripo herumstanden oder irgendetwas taten, betrachteten, miteinander redeten. Es war unschwer zu erkennen, dass dieser Streifenwagen das Zentrum aller Bemühungen war.

Dann der Leiter der Mordkommission Kischkewitz, der auf einem etwas erhöhten Wiesenstreifen im Gras saß, den Kopf gesenkt. Ein paar Meter neben ihm Rodenstock, ebenfalls im Gras sitzend, den Kopf gesenkt. Sie schienen einfach in der Sonne zu sitzen und zu schweigen, weil sie mit irgendetwas nicht klarkamen. Sie wirkten sehr niedergeschlagen, wie zwei Inseln, die niemand erreichen kann.

Ich rief Rodenstock an.

»Ich bin hier und sehe dich!«

»Das ist gut. Aber du kannst nicht hierher.«

»Was ist denn los?«

»Zwei Polizeibeamte sind erschossen worden. Sieht aus wie eine Hinrichtung. Die Leichen kannst du von dir aus nicht sehen, sie liegen links und rechts neben dem Streifenwagen.«

»Wann ist das passiert?«

»Wahrscheinlich gegen Mitternacht, vielleicht ein bisschen später, sagt die Medizintante.«

»Und die Leichen liegen jetzt noch hier?«, fragte ich verblüfft.

»Ja. Es gab einen riesigen, internen Stunk. Kischkewitz hat den Tatort eingefroren, Politiker haben sich eingemischt, es war sehr schlimm. Und das alles mitten in der Nacht.«

»Ich will das sehen.«

»Wir bringen die Leichen jetzt weg, dann geht das.«

»Aber ich brauche Fotos von den Toten.«

»Die kannst du von mir haben, Junge. Hunderte. Warst du bei den beiden Adressen?«

»Ja. Aber gebracht hat es nichts. Diese Frau kam gerade nach Hause und sagte mir, sie habe bei einer Freundin geschlafen. Der Mann in Oberstadtfeld war wochenlang nicht in dem Haus, er ist verschwunden, jedenfalls nicht aufgetaucht. Was willst du von denen?«

»Es besteht die Möglichkeit, dass dieser Bludenz geplant haben könnte, diesen Polizeibeamten hier zu töten. Bei der Ehefrau besteht die Möglichkeit, dass sie irgendetwas weiß. Dass sie ahnt, weshalb ihr Mann erschossen wurde, dass sie möglicherweise darin verwickelt ist, dass ...«

»Moment mal«, murmelte ich leise und stinksauer. »Heißt das, dass der Ehemann dieser Frau, die ich eben aufgesucht habe, einer der Polizeibeamten ist, die da tot neben dem Streifenwagen liegen?«

»Genau das«, antwortete er. »Horst Walbusch, fünfunddreißig Jahre alt, Polizeibeamter im Schichtdienst.«

»Und wer ist der andere?«

»Der andere ist eine Frau, eine Polizistin. Gaby Schirmer, zweiunddreißig Jahre alt.«

»Ich war also bei einer Frau, deren Mann erschossen wurde, und die davon noch nichts wusste?«

»Jetzt hast du es verstanden. Sie wird zurzeit informiert.«

»Da bin ich aber dankbar für so viel Fürsorge«, bemerkte ich mit triefendem Spott. »Und was soll ich sagen, wenn ich die trauernde Witwe irgendwann mal zufällig treffe?«

»Du kannst die Wahrheit sagen: Du hast es nicht gewusst.« Dann fluchte er: »Herrgott, wir mussten sofort jeder nur denkbaren Möglichkeit nachgehen, wir hatten nichts, nicht den Hauch eines Verdachtes. Und den haben wir noch immer nicht.«

»Also gut. Ein Mann, eine Frau, Polizeibeamte, stationiert in Wittlich, fahren in eine idyllische, kleine, behagliche Eifelgemeinde namens Eisenschmitt und werden dort in einer Nebenstraße erschossen und ...«

»Falsch!«, sagte er düster. »Ganz falsch! Diese beiden Toten hier gehören nicht in die Polizeistation Wittlich, sie kamen aus dem Landkreis Daun. Sie sind hier in Eisenschmitt im falschen Landkreis. Und wir haben keine Ahnung, was die beiden hier mitten in der Nacht wollten.«

»Sie sind euch also aus dem Ruder gelaufen?«

»Genau das«, sagte er. »Sie waren plötzlich von Daun aus über Digitalfunk nicht mehr zu erreichen, sie antworteten nicht. Im Notfall wird automatisch ein Alarm ausgelöst, dann werden sie über GPS angesteuert. Ein Hubschrauber steigt in Winningen an der Mosel auf, Streifenwagen rasen los. Und wir hatten sie relativ schnell wieder auf dem Schirm. Aber sie waren tot. Die Frau, die den Streifenwagen fuhr, lag neben dem offenen Wagenschlag links, der Mann neben der rechten, offenen Vordertür. Beide sind sie mit einem Neun-Millimeter-Geschoss getötet worden. Der Kopfschuss, der die Frau tötete, wurde aus einer Entfernung von etwa zwanzig bis dreißig Zentimetern abgegeben. Der Mann wurde aus etwa drei Metern mit einem Schuss in den Kopf getötet.«

»Und ihr hattet die Idee, dass die Ehefrau von Horst Walbusch irgendetwas mit dem Tod ihres Mannes zu tun hat? Ist das nicht ein wenig abartig?«

»In der Ehe kriselte es seit Jahren, manchmal sehr schwer. Na schön, es war ein Strohhalm.«

»Und dieser Bludenz?«

»Auch ein Strohhalm, gebe ich zu. Hat immer schon mit Drogen gedealt. Der tote Polizist Horst Walbusch war seit zwei oder drei Tagen überzeugt davon, dass Bludenz seinem

Sohn entweder Drogen geschenkt oder aber verkauft hat. Dieser Sohn liegt zurzeit im Krankenhaus in Daun, weil er schwere Symptome von Vergiftung zeigte. Wahrscheinlich hat der Junge sowohl eine Menge Haschischplätzchen gegessen als auch eine rein chemische Substanz genommen, irgendein Speed, irgendetwas Höllisches. Walbusch war überzeugt, dass es Bludenz war, der seinem Sohn das antat. Denn Bludenz ist von Walbusch zweimal wegen des Verdachts auf Drogenvergehen verhaftet worden.«

»Das klingt wie ein Groschenroman: Dealer versaut aus Rache Polizistenkind. Der Junge ist übrigens heute am frühen Morgen aus dem Krankenhaus abgehauen. Als ich bei der Ehefrau war, kam er gerade totenblass angetrabt und sagte, Krankenhaus sei scheiße.«

»Da sind wir aber von Herzen dankbar«, murmelte Rodenstock bitter.

»Ihr seid also im Zustand der völligen Ahnungslosigkeit?«

»Danke für diese klare Formulierung.« Er räusperte sich einige Male. »Wir ziehen hier ab, wir machen dicht. Kischkewitz gibt gleich eine Pressekonferenz. Hier in Eisenschmitt, in einem Restaurant. Und da ist noch etwas, was du wissen solltest: Es spricht einiges dafür, dass Horst Walbusch und seine Kollegin Gaby Schirmer ein Paar waren.«

»Das liebe ich so an meiner Eifel: klare, geordnete Verhältnisse!«

2. Kapitel

Ich schaute also zu, wie der Wagen des Beerdigungsunternehmers mit den zwei Leichen in Metallkübeln beladen wurde, wie die Fachleute der Mordkommission sich zaghaft bewegten, miteinander sprachen, wechselnde Grüppchen bildeten, sich scheinbar nicht vom Tatort trennen konnten, irgendetwas auf Klemmbrettern oder Notizblocks notierten. Ich sah, wie der Leiter der Mordkommission Kischkewitz sich mühsam aus dem Gras hochstemmte, auf den Streifenwagen losging, flüchtig die Windschutzscheibe berührte, als könnte sie ihm etwas erzählen, sich dann drehte, einem Kollegen etwas sagte, dann mit der Ärztin sprach, die als Erste den Tatort in Augenschein genommen hatte, um sich dann eingehend mit den Toten zu beschäftigen und auch jetzt noch in ein Diktiergerät sprach und dabei um sich blickte, als hätte sie Angst, irgendetwas zu übersehen, oder zu vergessen.

Dann fuhren die ersten Streifenwagen weg, ich zählte fünf. Die ersten zivilen Fahrzeuge lösten sich vom Tatort und fuhren an mir vorbei, Uniformierte sammelten die rot-weißen Plastikbänder ein und verstauten den Müll in den Kofferräumen.

Ein Mann hinter mir sagte leise und vertraulich: »Das da ist der Staatssekretär des Innenministeriums, der wird in den nächsten Tagen viel Scheiße an den Hacken haben. Jetzt sind wir gut genug, ihnen zu helfen. Sonst halten sie immer den Mund.«

Eine Frau entgegnete scharf: »Du gehst mir mit deiner ewigen Nörgelei auf den Geist, Freddie. Zwei erschossene Polizisten sind der Hammer, eine wahnwitzige Niederlage. Du könntest zurückhaltender sein.«

Eine zweite, ganz junge Frau links von mir bemerkte: »Da werden die Bullen alle zu Rächern, das ist wie im Wilden Westen.«

Ein junger Mann lachte belustigt. »Der Wilde Westen war immer schon eine Lüge.«

Wir mussten für Sekunden alle in die Wiesenränder ausweichen. Von der Straße her kam ein kleiner Tieflader des ADAC heran. Sie würden den Streifenwagen hinaufziehen und in die kriminaltechnische Untersuchung fahren.

Rodenstock stand jetzt mit einer elegant wirkenden, blonden Frau um die vierzig zusammen, von der ich wusste, dass sie von der Staatsanwaltschaft in Trier war. Sie hatten beide ganz verbissene Gesichter, und der lange Hals der Frau wirkte seltsam krass, in höchster Anstrengung in Muskelwülste und Sehnen geteilt, schrecklich verkrampft.

Ich hörte sie wütend zischen: »Das durfte nicht passieren, Rodenstock, das nicht!«

Rodenstocks Gesicht wirkte wie aus Stein, irgendwie lebte es nicht. Er sagte nichts.

Ich ging dicht an Rodenstock vorbei und blieb stehen. »Sag mir: Haben beide Beamten ihre Waffen nicht gezogen?«

»Nein. Beide Waffen gesichert, beide im Holster. Wir verstehen das nicht. Sie können nur von jemandem getötet worden sein, den sie gut kannten, und von dem absolut keine Gefahr ausging. Aber wieso ausgerechnet hier ist für uns auch nicht nachvollziehbar.«

»Sind Sie nicht der Siggi Baumeister?«, fragte die Frau von der Staatsanwaltschaft freundlich. Ihr Blond hatte eindeutig etwas Elitäres, und ihre Augen waren grün.

»Ja, das ist er«, sagte Rodenstock und lächelte schmal.

Ich nickte ihr freundlich zu und drängte mich durch die ganzen Menschengrüppchen hindurch und ging etwa zweihundert Meter weiter, bis zwischen den ersten Bäumen die Auffahrt zum Haus Bergfeld begann.

Das hohe, eiserne Tor war verschlossen, die beiden Flügel waren durch zwei schwere Schlösser auf zwei dicken Ketten gesichert. Die Ketten waren ebenso neu wie die Schlösser und nicht angetastet. Dorthin waren die zwei Polizeibeamten also wohl nicht unterwegs gewesen. Es sei denn, sie wollten den Menschen treffen, der die Schlüssel zu den Kettenschlössern besaß. Aber diese Spur war sicherlich schon verfolgt und ausgeschlossen worden. Also dachte ich: Irgendeine Information hat sie hierher gelockt. Dann erschien jemand auf dem schmalen Asphaltband und erschoss sie kaltblütig.

Ich konnte mir nur schwer vorstellen, wie das abgelaufen sein konnte. Es war Nacht, sie kamen mit eingeschalteten Scheinwerfern hierher. Wieso war Gaby Schirmer ausgestiegen? Oder war sie gar nicht freiwillig ausgestiegen? Hatte jemand sie aus dem Wagen gezogen, irgendwie gezwungen auszusteigen? Und wenn ja, wieso hatte Horst Walbusch nicht sofort reagiert, seiner Kollegin nicht geholfen, wieso hatte er nicht nach seiner Waffe gegriffen? War es mehr als ein Täter gewesen?

Ich drehte mich und ging zurück. Rodenstock sprach immer noch mit der Frau von der Staatsanwaltschaft. »Ich habe noch eine Frage«, sagte ich. »Waren beide Polizeibeamte komplett angezogen? Keine offenen Hosen, kein Hemd aus der Hose, Uniformjacke an, alles in Ordnung? Keine freiliegenden sekundären oder primären Geschlechtsmerkmale?«

»Mein lieber Mann«, sagte die Frau von der Staatsanwaltschaft mit heller Stimme und einem breiten Grinsen. »Sie schalten aber schnell.«

»Das hat er von mir«, murmelte Rodenstock nicht ohne Stolz. »Es ist bisher nur vage angedeutet worden, dass die beiden etwas miteinander hatten. Aber Liebesspiele im Streifenwagen haben vor ihrem Tod nicht stattgefunden. Übrigens: Emma lässt dich grüßen. Heute Abend essen wir zusammen bei uns. Ist das okay? Ich fahre nach Hause, ich muss ein paar Stunden ins Bett, ich bin ein alter Mann und brauche das. Machst du die Pressekonferenz gleich mit?«

»Ja, ich gehe dahin. Aber noch eine Frage, damit ich etwas weiterkomme. Wann waren die ersten Polizeikräfte hier?«

»Der Notruf wurde um etwa zehn Minuten nach Mitternacht ausgelöst. Die Zentrale in Daun rief die beiden und bekam keine Antwort. Und da ich deine nächste Frage schon kenne, beantworte ich die gleich mit: Ja, die beiden hatten vorher einen Einsatz. Und zwar auf dem Busbahnhof in Daun. Ungefähr um 22.30 Uhr. Da hatten sich junge Russlanddeutsche versammelt und machten Party mit Autoradio und viel, viel Wodka. So sind sie eben, sie feiern etwas anders. Die beiden lösten das in zehn Minuten freundlich auf und zogen dann ab. Sie fuhren gemütlich in Richtung Bitburg und wollten dann von Oberstadtfeld aus quer durch den Wald nach Üdersdorf. Sie stellten sich oben auf der Höhe in einen Feldweg und machten zehn Minuten Pause, vermutlich eine Zigarette lang. Und seither waren sie weg vom Schirm, es gab sie nicht mehr. Leider kam auch kein Alarmruf, häuslicher Streit, oder Verkehrsunfall, denn dann würden sie ja noch leben. Sie meldeten sich nicht mehr, der Beamte auf der Wache löste den Alarm aus. Der Ruf ging automatisch nach Trier. Die in Trier veranlassten sofort die Suche, der Hubschrauber stieg auf. Es kam der Zufall zu Hilfe: Gaby Schirmer, die ›schöne Blonde‹ genannt, hatte ihr Handy eingeschaltet, es konnte geortet werden. Das half natürlich. Aber auf dem Handy der Gaby Schirmer war kein Anruf, der in irgendeiner Weise ihre Fahrt nach Eisenschmitt erklären könnte. Nichts, einfach nichts.«

»Was war hier los? Warum dauerte die Aufnahme des Tatortes so lange?«

Er überlegte zwei Sekunden. »Kann ich dir das heute Abend schildern? Es ist eine miese Geschichte, Kischkewitz ist ausgerastet. Ich möchte nicht, dass deine Kollegen irgendetwas aufschnappen und falsch deuten. Es wird sowieso schon genug geredet.«

»Okay«, nickte ich. Dann wandte ich mich der Frau von der Staatsanwaltschaft zu und murmelte: »Ich wünsche gute Verrichtung.«

»Aber immer!«, sagte sie.

»Oh!«, bemerkte Rodenstock. »Ich habe euch nicht vorgestellt. Das ist Doktor Tessa Brokmann, eine bissige Staatsanwältin. Das ist Siggi Baumeister, ein bissiger Journalist.«

»Habe die Ehre«, murmelte ich. Dann schlenderte ich weiter und sah zu, wie sie den Streifenwagen auf den Transporter des ADAC zogen.

Fritz Dengen, der Fotograf der Mordkommission, behängt mit drei Kameras, kam vorbei und murmelte: »Grüß dich, Siggi. Das hier ist eine Schweinerei, was?« Er war ein schmaler Mann um die Dreißig, einer, der wirklich gut fotografierte, was heutzutage immer seltener wird, seit jedermann glaubt, er sei ein digitaler Weltmeister. Dengen war auch ein Spezialist für schnelle Fahndung.

»Hast du irgendetwas, was mich weiterbringt?«

»Nichts«, sagte er bitter. »Gar nichts. Gerüchte. Brauchst du Bilder? Ich nehme mal an, dass Kischkewitz nichts dagegen hätte.«

»Ist das okay, wenn ich dich anrufe? Im Augenblick weiß ich nicht, was ich daraus mache.«

»Aber das ist doch ein ganz dickes Ding!«, sagte er mit leichtem Vorwurf.

»Oh ja, das ist es. Aber ich weiß nicht genau, wem ich es anbiete. Kann ich dich anrufen, wenn ich mehr weiß?«

»Aber immer«, nickte er.

»Dann erzähl mir ein wenig von den Gerüchten«, bat ich sanft.

»Ich wusste, dass du darauf anspringst«, bemerkte er. »Logisch oder bunte Mischung?«

»Ich sehe bisher keinerlei Logik in diesem Fall, nur Brutalität.«

»Also, du hast gehört, dass Walbusch und Schirmer ein Paar gewesen sein sollen. Aber deswegen schießt wohl keiner. Nehmen wir einmal an: Walbuschs Ehe war kaputt, also könnte es sein, dass die beiden im Streifenwagen etwas miteinander hatten. Nicht vergessen, das ist ein Gerücht, niemand hat einen Beweis. Verdammt, ich kann mir überhaupt kein Motiv vorstellen, das ausreicht, zwei von uns hierher zu locken und zu erschießen.« Er hielt inne und starrte mich wütend an. »Irgendwie komme ich mir bei diesem Fall wie in einem Irrenhaus vor. Aber da gibt es die Frage, ob die beiden aus Zufall oder aber gezielt hinter Leuten aus dem kriminellen Milieu her waren. Das könnte durchaus sein. Sie waren gute Polizisten.«

»Das kriminelle Milieu ist ein weites Land. Aus welcher Gegend im Milieu denn?«

»Diebstahl hochwertiger Autos in Westeuropa. Porsche, Audi, BMW, Mercedes, Jaguar, Lexus, Bentley und alle derartigen Karren. Also Autos, die so teuer sind, dass du für den Preis ein Wohnhaus bauen könntest.«

»Aber hier in der Eifel gibt es doch zu wenig Leute, die diese hochwertigen Autos fahren.«

»Die Wagen werden nicht hier geklaut, heißt es, sondern überall in Westeuropa. Aber die Sache wird angeblich von hier aus gesteuert. Für den Diebstahl brauchst du Fachleute, weil die digitalen Absicherungen der Fahrzeuge, also die Computer in den Autos, geknackt werden müssen. Wenn die geklauten Fahrzeuge umfrisiert werden, inklusive neuer Lackierung, brauchst du Leute, die sich auskennen. Das erfordert eine ganze Gruppe von Spezialisten. Und diese Gruppen arbeiten auf Bestellung. Du kannst Kontakt aufnehmen und sagen: Ich hätte gern den neuesten Porsche GT.«

»Wer kauft diese Fahrzeuge?«

»Neureiche aus Bulgarien, Kroatien, Rumänien, der ganze Nahe Osten. Alle Golfstaaten. Und neuerdings sogar Chinesen. Angeblich gehen die Autos in deutschen und niederländischen, französischen und italienischen Häfen auf Schiffe. Wenn sie den Abnehmer erreichen, kosten sie nur noch etwa die Hälfte des Neupreises.«

»Also hat Horst Walbusch recherchiert und ...«

»Oh, nein! Das ist es ja eben. Das Gerücht besagt, dass Gaby Schirmer auf diesen Tatkomplex gestoßen ist und sich darum kümmern wollte.«

»Was heißt denn, sich darum kümmern? Das kann sie doch gar nicht, sie hat doch keinerlei Möglichkeit, international zu recherchieren.«

»Ja, ja, das habe ich auch gedacht. Vielleicht wusste sie mehr, vielleicht hatte sie jemanden im Auge. Vielleicht konnte sie im Internet in Programme gehen, die ansonsten verschlossen sind. Du weißt doch: Einmal Polizist, immer Polizist.«

»Moment mal: Von wem stammt denn das Gerücht? Es muss doch bei der Polizei jemanden geben, der das der Mordkommission gesagt hat. Wer war das?«

»Das ist das Verrückte. Das war ausgerechnet Horst Walbusch. Er hatte hier im Vulkaneifelkreis vor ein paar Wochen einen Verkehrstoten mit unklaren Papieren. Er musste deshalb in die Rechtsmedizin nach Mainz und hat das im Gespräch mit einem Pathologen erwähnt. Der Pathologe hat heute Nacht bei T-Online von den zwei erschossenen Polizeibeamten erfahren und hat sofort jemanden von der Mordkommission angerufen.«

»Woher stammt denn der Horst Walbusch?«

»Aus Waldkönigen. Der Vater hat sein Leben lang im Wald geschafft. Ein sehr solides Elternhaus.«

»Und die Gaby Schirmer?«

»Aus Daun. Mutter Apothekerin, Vater Lehrer am Gymnasium. Schöne Frau, diese Gaby. Wollte wohl Medizin studieren, aber etwas ging schief. Dann Polizeidienst. Wenn du Fotos hast, wirst du sehen, wie schön diese Frau war. Und sie war ein klasse Kumpeltyp.« Er starrte mit grauem Gesicht irgendwohin. »Den Kumpeltyp hat sie vorgeschützt, nehme ich an. Sonst wurde sie von morgens bis abends angemacht, wenn du verstehst, was ich meine.«

»Verheiratet?«

»Nie gewesen. Ich habe gehört, sie hatte aktuell keinen Freund. Aber Genaues weiß ich nicht.«

»Passt denn dieses neugierige Verhalten zu Gaby Schirmer? Ist es erklärbar, warum sie ausgerechnet den Diebstahl von Luxusautos untersuchte?«

Er nickte heftig. »Das passt, mein Freund, das passt. Sie war eine sehr neugierige Frau, vor allem, wenn es darum ging, im Internet herumzusuchen und nach Möglichkeiten Ausschau zu halten, jemanden zu finden, der möglicherweise mit der Organisation zu tun haben könnte oder eine Nähe zu solchen Tätern hat. Irgendetwas in der Art. Sie saß stundenlang vor dem Bildschirm, heißt es. Aber mehr weiß ich nicht.« Unvermittelt starrte er mich intensiv an. »Was hast du denn gedacht, als du diesen Tatort gesehen hast?«

»Ziemlich simpel«, antwortete ich ohne zu überlegen. »Es ist Nacht. Ein Streifenwagen kommt diese schmale Asphaltbahn entlanggerollt. Dann liegt wenig später die Fahrerin bei offener Tür tot auf dem Gesicht. Auf der rechten Wagenseite dasselbe Bild: Der Mann liegt erschossen neben seiner Autotür. Da bleibt nur die Feststellung, dass es eine Hinrichtung war. Jemand hat hier auf sie gewartet, noch genauer: Jemand hat sie hierher bestellt. Hat niemand im Dorf die Schüsse gehört?«

»Fehlanzeige. Kischkewitz geht von Schalldämpfern aus. Also Profis. Ich muss los, ich muss jetzt die Pressekonferenz fotografieren. Soll ich dir Porträts von ihnen schicken?«

»Das wäre gut«, sagte ich. »Möglichst groß und ohne Uniform.«

Er nickte, schlenderte davon und hielt dabei den Kopf gesenkt, als würde die Welt um ihn herum nur stören.

Ich setzte mich auf einen Stein und stopfte mir eine Pfeife, eine von dem Dänen Poul Winslow. Dann qualmte ich eine Weile, sah dem Rauch nach und wurde ein wenig ruhiger. Ich konnte langsam die sprachlose Wut dieser Polizisten begreifen – und die graue, krankmachende Atemlosigkeit, mit der sie reagierten.

Da kümmern sie sich um das Gemeinwesen, achten darauf, dass die Spielregeln eingehalten werden, müssen die zerstückelten Opfer des Straßenverkehrs möglichst diskret aus dem Weg räumen, und stehen dann mit schmalen Lippen vor Eltern, denen sie mitzuteilen haben, dass der Sohn niemals mehr zu Hause ankommen wird. Sie kümmern sich um die Beladenen, um die Gefährdeten und spenden Müttern Trost, die niemals hätten Mütter werden dürfen. Sie sind Mitglieder der Gruppe, die immer und ewig da zu sein hat, die nicht sonderlich gut bezahlt wird, und die sich groteskerweise häufig dafür entschuldigen soll, dass sie gelegentlich eingreift.

Ein Schatten fiel auf mich, eine Frau sagte etwas heiser: »Grüß dich Siggi. Schlimm, was?« Sie schrieb gute Reportagen für dpa in Trier.

»Ich habe nicht die geringste Vorstellung davon, was hier abgelaufen ist«, antwortete ich.

»Irgendetwas daran sieht irgendwie geschäftlich aus«, murmelte sie und ging weiter. Dann drehte sie sich herum. »Du hast doch gute Verbindungen. Hat jemand eine Vorstellung davon, mit welcher Waffe sie getötet wurden?«

»Es heißt nur, das Kaliber war neun Millimeter. Mehr weiß ich nicht. Aber jeder Hersteller bietet so etwas an.«

»Scheißdinger!«, sagte sie verächtlich.

Ich war nicht neugierig auf die Pressekonferenz, aber möglicherweise hatte Kischkewitz etwas Neues zu sagen. Also machte ich mich auf den kurzen Weg in das Dorf, um seiner Hilflosigkeit zuzuhören.

Vor einem der kleinen, schmalen Häuser stand eine alte Frau, siebzig vielleicht, verknotete Hände von der Arbeit, ganz helle, wache Augen.

Ich ging auf sie zu. »Kann ich etwas fragen?«

»Na ja«, murmelte sie gedehnt.

»Was hat Sie heute Nacht geweckt? Die vielen Autos sicher.«

»Nee, die doch nicht. Das war der Hubschrauber, der flog niedrig, ich dachte, der will auf meinem Dach landen. So was von laut! Und dann das Licht. Das war ja heller als am Tag, der hat ja Scheinwerfer unten dran, Und er stand in der Luft und hat alles beleuchtet. Gegen eins war das, glaube ich, ich dachte, die Welt geht unter. Und der hörte ja auch nicht auf mit dem Fliegen.« Sie lächelte nicht einmal. Dann setzte sie ohne jede Betonung, aber mit leicht verkniffenem Mund einen Satz dahinter: »Und man kannte ja auch diese Polizisten da nicht.«

»Schüsse haben Sie nicht gehört?«

»Nein, habe ich nicht.« Sie wollte nicht reden, da war etwas passiert, mit der ihre Welt nichts zu tun hatte und auch nie zu tun haben wollte.

Ich bedankte mich und ging weiter.

Der Gastraum des Restaurants war hastig all seiner menschlichen Wärme beraubt worden, die Tische waren verschwunden, die Blumen nicht zu sehen. Die Stühle waren ordentlich nebeneinander aufgereiht, und diese Stühle waren besetzt von nahezu allen Redaktionen der wichtigen Medien, die normalerweise in der freundlichen Einsamkeit der Eifel nicht zu finden sind. Nur Kischkewitz hatte einen kleinen Tisch vor sich, auf dem viele Mikrofone aufgebaut waren. Neben ihm saß die Frau von der Staatsanwaltschaft Trier. Beide scheinbar ruhig, wie aus Stein.

Eine Weile noch herrschte kaum wahrnehmbares Gemurmel, dann sprach Kischkewitz.

»Ich begrüße Sie alle aus einem schmerzlichen Anlass, und ich danke Ihnen, dass Sie sich bereit erklärt haben, der Polizei zu helfen. Neben mir sitzt Doktor Tessa Brokmann von der Staatsanwaltschaft in Trier. Frau Dr. Brokmann wird selbstverständlich alle Ihre Fragen beantworten, soweit das zu diesem Zeitpunkt möglich ist. Vielleicht hilft es Ihnen, wenn ich zu schildern versuche, wie das Verbrechen an den zwei Polizeibeamten abgelaufen sein könnte. Ich kann Ihnen nichts Definitives schildern, sondern nur aus langer Erfahrung mit Tötungsdelikten sprechen.« Er hielt, was ich noch nie bei ihm gesehen hatte, die Augen gesenkt. »Es ist nachts zwischen Mitternacht und 0.30 Uhr, der Streifenwagen biegt in der Mitte des Dorfes auf die schmale Piste ab, die dann zwischen kleinen Gärten und Wiesen in den Wald führt. Nach meiner Vorstellung treffen die beiden Polizeibeamten auf einen oder mehrere Täter. Die Beamten kennen diese Täter und erwarten auf keinen Fall irgendeinen Angriff. Gaby Schirmer steigt aus, gleichzeitig steigt ihr Beifahrer aus, der Polizeibeamte Horst Walbusch. Dann wird aus kürzester Entfernung auf den Kopf von Frau Schirmer geschossen, wir nehmen etwa zwanzig bis dreißig Zentimeter Entfernung an. Der zweite Schuss trifft Horst Walbusch. Ich nehme an, der Schütze hat seine Position nicht gewechselt, er schießt einfach quer über das Dach des Streifenwagens, Entfernung etwa zwei bis drei Meter. Dieser Unbekannte hinterlässt keine Spur, verschwindet einfach. Natürlich kann es sein, dass Horst Walbusch zuerst und dann Frau Schirmer getötet wurde, aber das ist jetzt unwichtig. Wir haben keinen Verdacht, dem wir nachgehen können, wir haben gar nichts.« Jetzt hob er den Kopf. Sein Gesicht war eine Landschaft mit vielen Einkerbungen, scharfen Linien und einem Augenpaar, das Erschöpfung zeigte, aber auch Trostlosigkeit. »Es gibt bisher nicht den geringsten Hinweis im dienstlichen oder privaten Leben der beiden Polizeibeamten, der eine solche Tötung möglich erscheinen ließe. Es wurde gemunkelt, die beiden Polizeibeamten hätten ein Verhältnis miteinander gehabt. Ich kann auf entsprechende Fragen nicht antworten, wir wissen einfach nichts davon. Ich muss im Gegenteil sogar betonen, dass das private Leben der beiden Beamten makellos war, und ich muss Sie auch bitten, bei Ihren Recherchen zu diesem ekelhaften Fall auf Nachforschungen im privaten Feld zu verzichten. Es gibt zwei Familien, die ohnehin damit nicht fertig werden können. Ein solches Verbrechen hinterlässt tiefe Gräben der Sprachlosigkeit und Trauer. Wenn Sie also Fragen haben, dann bitte ich um Fragen zur Tat. Und eines noch vorab: Nach Lage der Dinge denke ich an eine organisierte Tötung, es war eine Hinrichtung. Und wir haben keinerlei Hintergrundwissen.«

Kischkewitz ganz tief unten, aber immer noch in der Lage, der Meute Titelzeilen zu liefern.

Du hockst da und bist unfähig, irgendetwas Klares zu denken, die Worte, die jemand spricht, verschwimmen, werden zu einem unsauberen, undeutlichen Rauschen. Die Fragen, die die Medienmeute stellt, wirken vollkommen belanglos und offenbaren reine Hilflosigkeit.

»Bedeutet das, dass Sie bei Überlegung der Tat durchaus an Mafiastrukturen denken?«, fragte ein Mann.

Tessa Brokmann antwortete: »Das kann so sein.« Aber sie hatte keine Erlösung zu verteilen.

Ich stand auf und ging hinaus. Der Himmel war blau, ein paar Schäfchenwolken trieben vorüber, aber nichts war in Ordnung.

3. Kapitel

Vor den Serpentinen zum Plateau von Manderscheid hielt ich einfach an der Mündung eines Waldweges an. Fichten waren gefällt worden, vom Geäst und der Rinde befreit zu einem Stapel getürmt. Ich suchte mir einen Stamm ohne Harzausflüsse und hockte mich einfach in die Sonne. Ich saß in einem schmalen Buchenbestand, vielleicht sechzig Jahre alt, und die Sonne erreichte zwischen den mächtigen Stämmen den Boden. In diesen Sonneninseln explodierte das Grün, Königsfarn hatte sich angesiedelt, die Triebe standen wie Fächer, und es war beruhigend still. Das war für mich eine gute Möglichkeit, mein Leben zu entschleunigen, langsam zu werden, Platz zum Atmen zu schaffen, vielleicht den Ameisen zuzuschauen, die um meine Schuhe herumwieselten. Das war eine Welt, in der zu leben sich lohnte, und die ich doch bei all der selbstgemachten Hetze des Alltags immer wieder vergaß. Der Gott der kleinen Dinge kam nicht mehr vor, wurde sinnlos zerrieben von dem im Grunde gänzlich unwichtigen Unternehmen, das Leben auf alle Fälle und unter allen Umständen an jedem Tag von morgens bis abends erfolgreich zu gestalten.

Ein winziges, braunes Fellknäuel kam auf mich zugerannt, eine Waldmaus. Weil ich wohl nicht ihr Feindbild war, rannte sie ungestüm bis dicht vor meine Schuhe. Dann allerdings wurde sie misstrauisch, drehte eine kleine Kurve und schoss neben mir unter die Stämme.

Mein Handy vibrierte, es war Emma.

»Kommst du um acht? Es gibt Königsberger Klopse.«

»Ich werde da sein. Wie geht es deinem Mann?«

»Schlecht. Er hat sich hingelegt, um zu schlafen. Und alle drei Minuten schießt er in die Höhe, greift zum Telefon und ruft irgendwen an. Ich denke, er betrachtet diese Morde wie einen persönlichen Angriff auf sich selbst und wie eine persönliche Niederlage.«

»Und du? Du bist doch auch Polizistin.«

»Für mich ist das selbstverständlich auch schrecklich. Hast du gelesen, dass Polizisten heutzutage immer häufiger angepöbelt und sogar angegriffen werden? – Bis heute Abend, und bring Hunger mit.«

Ich machte mich auf den Weg, ich musste mich um meinen Kater kümmern, der in der letzten Zeit erschreckend abbaute, ständig auf dem linken Vorderlauf hinkte, zuweilen nicht richtig zu sehen schien und nicht mehr am frühen Morgen gegen vier Uhr verschwand, um zu jagen. Er war beängstigend lahm geworden, und er war sechzehn Jahre alt. Was mir am meisten auffiel, war das Fehlen eines Verhaltens, das Katzen normalerweise auszeichnet: Niemals mitten auf einer ebenen Fläche ohne Deckung herumliegen, die Position grundsätzlich so auswählen, dass der Rücken gedeckt ist, am besten durch eine Mauer. In offenem Gelände immer den höchsten Punkt besetzen, in geschlossenen Räumen möglichst hoch liegen, um den Überblick zu behalten. Satchmo lag deckungslos mitten auf dem Rasen und schlief, Satchmo drückte sich im Haus in die entferntesten Ecken und schlief, Satchmo verlor stark an Gewicht und verlor auch das Interesse an seinem Fraß. Und wenn ich ihm eine Wurstscheibe hinhielt, kam es vor, dass er sie nicht sah, bis er mit der Nase darauf stieß. Am erschreckendsten war aber, dass er seine Stimme verloren hatte. Er war sein Leben lang ein begeisterter Erzähler. Sobald wir uns irgendwo im Haus oder im Garten begegneten, spulte er eine ganze Serie erstaunlich modulierter Laute ab, die einwandfrei zusammengenommen seinen ganzen Tagesablauf erzählten. Dabei reckte er den Kopf hoch und jaulte geradezu. Wenn keine lästigen Zeugen vorhanden waren, schoss ich eine Serie ähnlicher Laute ab, erreichte aber seine hohe Kunst nie. Es kam der Tag, an dem er seinen Kopf hob, aber keinen Laut zustande brachte, nur noch ein krankes Krächzen. Und auch das verlor er, und es schien so, als sei er darüber todtraurig geworden.

Zu Hause kontrollierte ich meinen PC und meine Post. Ich ging kurz auf Facebook, um zu sehen, was die Morde an den Polizisten für ein Echo hatten. Keine der Mitteilungen ließ darauf schließen, dass irgendjemand mehr wusste als alle übrigen. Es gab nichts, was auf brauchbare Quellen hindeutete. Dasselbe bei T-Online und Google. Nur sehr knallig und ganz wie erwartet: *Zwei Polizisten in der Eifel erschossen. Es war eine Hinrichtung, sagt der Chef der Mordkommission.* Keiner der Briefe war wichtig, auf dem Anrufbeantworter war nichts, außer der fröhlichen Mitteilung von Elisabeth von der chemischen Reinigung in Daun: »Hör mal, mein Guter. Deine Pullis sind fertig, die Hosen auch, und das Loch in der Jacke ist nicht mehr. Habe ich kunstvoll gestopft.«

Ich holte den Katzen-Transportkoffer aus der Kramecke und ging meinen Kater suchen. Er lag hinter dem Haus unter dem Forsythienstrauch und öffnete nicht einmal die Augen, als ich kam. Ich griff ihn, nahm ihn hoch, und hielt eine notwendige Ansprache.

»Es wird garantiert unangenehm, aber da musst du jetzt durch. Jetzt kommt das, was du am meisten hasst: dieser miese, blinkende, aalglatte Stahltisch unter der grellen Lampe, und diese brutale Menschenfrau, die dir unheimlich und gnadenlos überall hart ins Fleisch greift und dabei so tut, als wollte sie dir helfen. Glaub ihr nicht. Wir stehen das durch, klar?«

Natürlich wusste er genau, was ihn erwartete, als er den Katzenkoffer sah. Er fuhr alle Viere aus, fauchte lautlos und krallte sich in meinem rechten Unterarm fest. Es tat weh, aber ich war unnachgiebig. Ich stopfte ihn buchstäblich in das Gefängnis und schloss die Tür. Dann wusch ich mir die blutigen Striemen kalt ab und setzte mich in das Auto. Wie üblich starrte er verzweifelt durch das kleine Gitter und wie üblich suchte er meinen Blick, Katzen können richtig ekelhaft gucken.

Erst wurde ihm Blut abgenommen, dann hockte er zu meinen Füßen in seinem Gefängnis in Warteposition. Ich hockte auf einem sehr harten Stuhl, weil wir auf das Urteil warten mussten. Dann wurden wir wieder hineingebeten, die Katze kam auf den Stahltisch.

Am Anfang stand der Satz: »Dieses Tier wird die nächsten Monate nicht überleben!« Der Satz stammte von einer erschöpft wirkenden, jungen Tierärztin, die die Nierenwerte meines Katers einer eingehenden Prüfung unterzogen hatte und zu diesem beklemmenden Urteil kam.

Satchmo hockte derweil in einer elenden, kriecherischen Haltung auf dem Stahltisch und fühlte sich äußerst unwohl, was überhaupt nicht verwunderlich war. Schließlich haben alle Katzen dieser Welt von der menschlichen Tiermedizin keine Ahnung.

Auch das noch an betrüblicher Nachricht: »Es wird so sein, dass der Kater möglicherweise überall Gelenkschmerzen bekommt, dass er schlecht sieht, nicht mehr richtig riechen kann, dass alle möglichen Körperfunktionen stark nachlassen.« Das klang nicht gut, das hatte einen verteufelten Unterton. Und dann noch die erschreckende Zumutung: »Wenn es auf das Ende zugeht, könnten Sie ja vorbeikommen und ihn bringen.«

Ich bezahlte, ich überredete meinen Kater, erneut in diesem vergitterten Plastikkübel zu verschwinden, damit ich ihn heimtransportieren konnte. Ich hatte den deutlichen Eindruck, dass er nicht nur die Tierärztin verächtlich ansah, sondern auch mich.

Aber mein Kater hatte die trüben Monate über die Jahreswende geschafft, und ich hatte den Eindruck, er habe mit tiefer Freude die Tulpen aus der Erde sprießen sehen und sei durchaus noch in der Lage, den ab und zu vorbeistreunenden, widerlichen Scheunenkatzen aus dem Dorf eins auf die Schnauze zu hauen. Na ja, zugegeben, viel Hoffnung hatte ich nicht. Aber warum soll ein Kater nicht in Ehren altern?, dachte ich wütend. Und ich sicherte ihm zu: »Ich verspreche dir, dich niemals auf den Stahltisch zu bringen! Das erledigen wir zusammen!«

Einen Vorteil hatte sein stummes Leiden jedoch: Er diskutierte seine Wehwehchen nicht. Er zeigte keine Spur der so weit verbreiteten, ekelhaften Angewohnheit triefäugiger Menschenmänner, endlose Tiraden über altersbedingte Gebrechen abzulassen – von Blähungen bis Hammerzehen. Mein Kater stand souverän darüber, er hatte die durchaus sympathische Einstellung gefunden: Lasst mich in Ruhe alt werden und mosert nicht an mir rum! Und dazu beleidigt zu maunzen, funktionierte sowieso nicht mehr.

Zu Hause angekommen machte ich ihm einen kleinen Teller voll erlesener Häppchen (Leberpastete, roher Eidotter, Corned Beef) aus der menschlichen Ernährung, aber er schnupperte nur ohne jedes Interesse und verzog sich im Garten unter den Haselbusch. Wahrscheinlich war er stinksauer und wollte mit nichts und niemandem zu tun haben, nur in Ruhe gelassen werden.

Dann kam die kleine, schwarze Katze vorbei, die ich Dornröschen nannte, und die in der letzten Zeit häufig erschien und von Satchmos Teller klaute. Sie trollte lebenslustig durch den Garten, sah meinen Kater, wollte ihn wohl begrüßen, ließ es dann aber sein, weil sie wahrscheinlich die Erfahrung gemacht hatte, dass mit steinalten Katern nicht gut Kirschen essen ist. Sie nahm ein paar Schluck Wasser aus der Vogeltränke, um ihn zu ärgern, weil es seine Vogeltränke war, und verschwand um die Hausecke.

Mein Satchmo hob nur kurz den Kopf, er war einfach nicht gut drauf, seine Vogeltränke war ihm völlig egal. Er legte sich die rechte Pfote über die Augen, rollte sich zu einer Kugel und verschwamm mit seiner Umgebung. Auf diese Weise teilte er der Welt mit, dass er nicht gewillt war, Anteil am Leben zu nehmen, und dass jedes lebende Wesen ihn mal kreuzweise konnte.

Dann erschien Zorro, die schwarzweiße Inkarnation der Zerstörung.

Ich gebe zu, dass ich augenblicklich erschrak, und mir die totale Vernichtung meines Satchmo sicher schien. Zorro bewegte sich in der elastischen Gewissheit, dass nichts und niemand auf dieser Erde ihn aufhalten könnte – sehr geschmeidig, ungeheuer arrogant, unbedingt aufdringlich und so vulgär, dass außer ihm niemand eine reale Chance hatte, schon gar nicht mein etwas älterer, rheumatischer und wahrscheinlich vom Alter vergifteter Kater.

In derartigen Augenblicken neige ich zu Stoßgebeten, fand aber keines. Herr, schütze meinen Satchmo!, klang unter diesen misslichen Umständen nicht sonderlich wirksam und würde wahrscheinlich von dem alten Mann da oben auch nicht akzeptiert. Wie auch immer, ich betete nichts, sondern schaute nur zu, was passierte.

Zorro schaute meinen Kater neugierig an, umrundete ihn voll Misstrauen, überlegte wahrscheinlich, wie er Satchmo am gründlichsten erledigen könnte, ließ sich viel Zeit, schnüffelte an ihm herum, hielt ihn wahrscheinlich für einen bereits k.o. gegangenen Mitbewerber, der in den letzten Zügen lag. Was mich aufrichtig verwunderte war, dass Satchmo sich nicht bewegte, nicht einmal den Kopf hob. Da stimmte doch etwas nicht, ich dachte: Er wird doch nicht etwa still gestorben sein.

Dann geschah alles mit blitzartiger Geschwindigkeit. Mein Kater schoss hoch, Zorro hatte keine Möglichkeit auszuweichen. Er machte das, was alle Katzen in so einer Situation tun: Er sprang erschreckt mit allen Vieren gleichzeitig in die Höhe, landete aber sehr unglücklich. Er geriet mit dem Körper zwischen zwei sehr biegsame, kräftige Triebe des Haselbusches und steckte für Sekunden fest.

Satchmo erledigte den lächerlichen Rest sehr gründlich und feuerte mit der rechten Vordertatze dem Zorro zweimal voll auf die Zwölf. Dann sah er gelassen zu, wie sein Gegner sich mühsam strampelnd befreite und wie ein geölter Blitz durch meinen Garten in die Freiheit entkam.

Ich wollte Hurra! schreien und meinem Kater den Siegeskranz binden, aber der war wieder zurückgeglitten in seine fötale Haltung, wollte mit der Welt nichts zu tun haben und litt wahrscheinlich unter Gelenkschmerzen. Also feierte ich ihn mit einer Tasse Kaffee. Ich dachte in stillem Staunen: Da kann man mal sehen, was wir Alten noch so draufhaben!

Mein Telefon meldete sich, es war Joseph Giesen, über den ich eine kleine Reportage schreiben wollte, weil er einen eindeutig seltenen Beruf hatte. Er war von Amts wegen ein Mann, der zusammen mit einem Bullen lebte. Er sorgte für ihn, führte ihm Kraftfutter zu, streichelt ihn auch schon mal, sorgte aber im Wesentlichen dafür, dass dieser Bulle all seine Kraft in Reagenzgläser verströmte, die dann ahnungslosen

Kühen zugeführt wurden, die keinerlei Bewusstsein von ihrem Glück hatten.

Giesen sagte: »Ich habe mich noch einmal schlaugemacht. Sie wollten ja wissen, ob er das Gestell, das er bespringt, überhaupt erkennt. Wir haben ja an der Stelle, wo er springt, ein Kuhfell drübergenagelt. Und wir denken, dass er das schon erkennt, also als Kuh erkennt. Er muss ja immerhin fast zwei Tonnen da hoch bringen, was ja an sich gar nicht einfach ist. Also, ich würde sagen: Er erkennt einwandfrei eine Kuh.«

»Aber andere sagen, er erkennt überhaupt nichts, er bringt nur seine Hitze mit und alles, was er so drauf hat. Und dann springt er eben. Sie haben in Frankreich Versuche gemacht ...«

»Ja, diese Versuche kenne ich«, sagte Giesen schnell. »Aber diese französischen Bullen taugen nicht viel. Also, das ist eine Rasse, von der würde ich mal sagen ...«

»Joseph Giesen, ich würde sagen, der Hannibal erkennt gar nichts, er springt einfach. Können wir uns nicht darauf einigen, dass er gar kein Fellstück braucht. Egal wie, er bespringt einfach. Er würde auch ein Brett bespringen.«

»Dann gucke ich lieber noch mal nach. Vielleicht steht ja irgendwo genau, ob er einfach nur bespringt oder doch eine Kuh sieht. Dann bis demnächst.«

»Ja, gut. Klären Sie das mal ab. Und bis demnächst bei Hannibal.«

Ein paar Minuten später rief Rodenstock an. Er erklärte düster: »Der Fall ist so aussichtslos, dass wir an einer beliebigen Stelle anfangen können. Es wird zwar nicht helfen, es ist aber ein Anfang. Es geht um die tote Gaby Schirmer. Angeblich pflegte sie eine lebenslange Freundschaft mit zwei gleichaltrigen Frauen. Sie wurden von ihrer Umgebung ›die schrecklichen Drei‹ genannt, und das war respektvoll gemeint. Eine dieser jungen Frauen ist jetzt in Hillesheim verheiratet, heißt Sarah Bitter, ist zweiunddreißig Jahre alt. Ich habe eben mit ihr gesprochen. Sie sagte mir, sie wird dir Auskunft geben. Hast du etwas zu schreiben?« Er diktierte die Anschrift und die Telefonnummer, und ich sicherte ihm zu, dass ich das sofort erledigen würde.

Es war mir leicht übel, und ich erinnerte mich daran, dass ich an diesem Tag noch nichts gegessen hatte. Also ein Quarkbrot mit einem Klecks Erdbeermarmelade. Dann rief ich Sarah Bitter an.

»Ich bin Siggi Baumeister, ich lebe in Brück. Kriminaloberrat Rodenstock hat mit Ihnen gesprochen, und soweit er mich informierte, würden Sie mir ein paar Fragen beantworten. Wann kann ich kommen?«

»Jetzt«, antwortete sie. »Sie verlangen hoffentlich kein aufgeräumtes Haus.«

»Eher weniger«, sagte ich.

Ich nahm die Nebenstrecke über Heyroth, Niederehe und Kerpen. Und ich leistete mir den Luxus, unten am Ahbach eine Weile Pause zu machen, ins Wasser zu gucken und an der Pfeife zu ziehen. Hier war vor Jahren ein Paar Schwarzstörche aufgetaucht und über den Sommer geblieben, niemand wusste, warum sie nicht zurückgekehrt waren.

Hier war auch Wildkatzenland, und ich erinnerte mich an eine angeblich wahre Begebenheit aus diesen Wäldern. Ein besonders ordentlicher Jägersmann ging im Frühling durch das Revier, um zu schauen, ob denn auch alles in Ordnung war. Bei der Gelegenheit kletterte er auf einen Ansitz, der mit einem Sicherheitsschloss gesichert war. Er schloss auf und prallte ein wenig zurück. Denn vor ihm alberten in dem Hochsitz vier winzige junge Wildkatzen herum. Er schloss wieder zu und hoffte inständig, dass niemand kommen möge, um das Idyll zu stören. Dann kletterte er die Leiter wieder hinunter. Selbst wenn das erfunden war, so war es doch eine schöne Geschichte.

Plötzlich fragte ich mich, warum ich ausgerechnet vor einem wichtigen ersten Gespräch pfeiferauchend in einen Bach starrte und mich daran erinnerte, was die Natur uns für Geschichten erzählt. Meine Antwort kam schnell: Ich mochte diesen Fall nicht. Zwei erschossene, hingerichtete Polizeibeamte waren für mein Gefühl ein paar Nummern zu groß. So entsetzlich viel tödliche Gewalt war in der Eifel nur erschreckend und irgendwie nicht real.

Es war ein Haus in der Nähe der Kirche, und es stand brav in einer Reihe mit anderen Häusern der gleichen Bauart, die entlang der alten Stadtmauer lagen. Nur seine Farbe war anders, ein lichtes Blau.

Sarah Bitter war eine schlanke, dunkelhaarige Frau, die viel geweint hatte und das auch nicht verbergen wollte. Ihr Gesicht war weich und fraulich. Sie sagte kein Wort, sie nickte nur und ließ mich eintreten. Sie trug schwarze Leggins unter einem kurzen, schwarzen Kleid, sie war barfuß.

Es ging in ein Wohnzimmer, in dem richtig gelebt wurde. Es wirkte nicht aufgeräumt, es war nicht blitzsauber. Auf dem niedrigen Tisch lag ein aufgerissenes Paket Cracker, in einem Aschenbecher qualmte eine Zigarette vor sich hin, der Fernseher lief stumm, es gab mindestens drei aufgeschlagene Bücher.

Sie schaltete den Fernseher aus und hockte sich mit untergeschlagenen Beinen auf die Couch.

Ich nahm einen Sessel. »Wie haben Sie davon erfahren?«

»Heute Morgen gegen sieben Uhr rief mich eine Freundin an. Ich wollte es nicht glauben, ich dachte: Das kann nicht sein.«

»Ich habe Schwierigkeiten«, erklärte ich. »Niemand hat auch nur den Hauch einer Ahnung, warum die beiden getötet wurden. Ich kannte beide nicht, ich weiß nicht, wie sie waren, wie sie lebten. Also frage ich Sie, woran Sie sich am deutlichsten erinnern, wenn Sie an Gaby Schirmer denken?«

Sie drückte die Zigarette aus und zündete sich eine neue an. »Wir waren immer befreundet, schon in der Grundschule, dann auf dem Gymnasium. Während des Studiums ging das weiter, wir lebten uns nicht auseinander, jede wusste von der anderen, was gerade los war, was anstand, wie die Freunde tickten, was uns aufregte und so weiter. Manchmal trafen wir uns, und es war immer so, als hätten wir den gestrigen Tag noch miteinander verbracht. Sie war in den letzten drei Wochen viermal hier.« Ihr Gesicht begann plötzlich zu zucken. »Ich trenne mich gerade von einem Mann, es ist ziemlich chaotisch, Gaby wollte mir helfen. Und sie half mir auch wirklich. Sie war immer sehr geduldig, und wir konnten miteinander reden, da gab es keine Einschränkungen, und es gab auch nichts, über das wir nicht sprechen konnten.« Sie senkte den Kopf und begann lautlos zu weinen.

»Am Tatort in Eisenschmitt war zu hören, dass sie ein Verhältnis mit ihrem Kollegen Horst Walbusch hatte. Können Sie das bestätigen?«

Sie schüttelte den Kopf. »Das kann sein, aber sie hat kein Wort davon gesagt. Ich weiß nur, dass sie den Horst sehr mochte. Aber der war verheiratet, und es war nicht denkbar, dass sie sich da einmischte.« Sie lächelte leicht. »Wir haben große Schwüre getan, als wir noch kleine Mädchen waren. Und ein Schwur lautete: Niemals in eine bestehende Ehe oder feste Verbindung einbrechen, niemals.«

»Und diese Schwüre gelten heute noch?«

»Nein, natürlich nicht. Inzwischen sind wir ja halbwegs erwachsen, und wir wissen, wie der Hase läuft. Aber wenn so etwas passierte, haben wir immer geredet.«

»Wer ist denn die Dritte in Ihrem Bund?«

»Die Irene. Die lebt in Frankfurt, hat zwei Kinder, und es läuft gut bei ihr. Wenn sie hier ihre Eltern besucht, besucht sie auch uns. Aber das Verhältnis ist nicht so eng wie das zwischen Gaby und mir. Vielleicht sollte ich uns einen Kaffee machen?«

»Das wäre sehr gut«, nickte ich. »Ich bin seit sechs Uhr auf den Beinen.«

Sie stand auf und ging in die Küche, und sie hörte nicht auf, mit mir zu sprechen. »Wie muss man sich das in Eisenschmitt denn vorstellen? Ich meine, wie sieht so etwas aus?«

»Eine Kollegin von mir hat die Szene geschäftlich genannt, und komischerweise trifft es das genau. Sie sind wahrscheinlich dorthin bestellt worden. Sie kamen an, sie stiegen aus dem Streifenwagen aus, sie wurden beide mit einem Kopfschuss getötet. Nichts, aber auch gar nichts deutet darauf hin, dass eine Gefahr auf sie zukam. Sie haben nicht einmal ihre Waffen gezogen. Ich glaube, der, der sie dorthin bestellte, war so etwas wie ein Bekannter, von dem keinerlei Gefahr ausging.«

»Ich habe sofort ein Bild von uns beiden rausgekramt und in einen Rahmen getan«, sagte sie. »Hinter Ihnen, auf dem Regal.« Dann klirrte leise Geschirr, eine Schranktür wurde geschlossen.

Ich stand auf und drehte mich herum. Vor einer Reihe von Büchern war eine Fotografie in einem grünen Holzrahmen aufgestellt. Beide Frauen hatten die Köpfe eng zusammengesteckt und lachten in die Kamera. Gaby Schirmer war eine schöne, blonde Frau, und Sarah Bitter hatte ihr mit rotem

Filzstift ein Herz über den Kopf gemalt. Wahrscheinlich, um sich daran festzuhalten.

Sie kam zurück und stellte die Tassen, die Milch und den Zucker auf den Tisch.

»Wann wurde das Foto gemacht?«, fragte ich.

»Vor ein paar Wochen, hier im Haus. Das war der Abend, an dem ich beschlossen habe, mich von meinem Freund zu trennen.«

»Und Gaby Schirmer hat Sie bei dem Entschluss unterstützt?«

»Nein, so einfach war das nicht. Sie sagte, ich solle mir Zeit lassen und keine Angst haben. Und ihr Rat für mich war auch viel nötiger als die ganze Trennung selbst. Irgendwie lief mir die Zeit weg. Ich war so nervös.«

»War denn Gaby Schirmer manchmal nervös?«

»Gute Frage. Nervös und Gaby bringt man schlecht zusammen. Sie war eher ruhig. Also, immer, meine ich. Alle anderen waren hibbelig, nur Gaby war die Ruhe selbst.«

»Jemand hat behauptet, Gaby hätte sich um geklaute Edelautos gekümmert. Kann das sein?«

»Das kann gut sein. Wenn am Nürburgring die Deutsche Tourenwagen Masters ausgetragen wurde, war sie da. Jedes Jahr. Das hat sie fasziniert, davon konnte sie nie genug kriegen.«

»Kannte sie jemanden, der solche Rennen fährt?«

»Das kann ich nicht beantworten, das weiß ich nicht. Aber ich denke, das hätte sie mir gesagt.«

»Es ist gesagt worden, dass sie eigentlich Medizin studieren wollte. Stimmt das?«

»Das wollte sie, das stimmt. Aber beim Abi hat nicht alles gestimmt, der Notendurchschnitt reichte nicht. Dann wollte sie in die Sozialarbeit gehen. Sich kümmern um die, die es nötig haben. Um Kinder und Jugendliche. Aber das wurde es dann auch nicht.«

»Aber warum Polizei? Zwischen Medizin und Polizei liegen doch Welten, oder?«

»Also, das finde ich nicht.« Ihre Stimme wurde um einiges schärfer. »Bei ihr zu Hause wurde das heftig diskutiert. Ihre Mutter hat gesagt, dass auch die Polizeiarbeit ein Dienst an der Öffentlichkeit wäre. Ihr Vater war dagegen, er meinte, die Polizei wäre ein typischer Machoverein. Jedenfalls wurde es die Polizei. Die Ausbildung war eine Art Kasernenbetrieb, sagte sie, und das konnte sie schlecht aushalten. Anfangs war sie ein paarmal ganz unten, saß hier und hat geheult. Aber dann wurde es besser. Außerdem wollte sie sowieso zur Kripo überwechseln, also raus aus dem uniformierten Dienst.«

»Heulen? Bei einer so ruhigen Person?«

»Das kam vor. Selten, aber es kam vor. Und anfangs war ja auch Marlene daran schuld.«

»Wer ist das?«

»Marlene war ihre Schwester.« Sie senkte ihren Kopf sehr schnell, als wollte sie vermeiden, dass jemand sie weinen sah. Sie schniefte heftig, sie legte eine Pause ein.

»Wieso war?«

»Sie ist tot, sie nahm sich das Leben. Also ...« Sie hob beide Hände sehr schnell und legte sie sich auf die Wangen.

»Wann war das?«

»Marlene war damals achtzehn, und Gaby war zweiundzwanzig. Wir haben Marlene immer unser Küken genannt. Ja, sie waren vier Jahre auseinander. Vor zehn Jahren war das.« Sie weinte wieder völlig lautlos. »Das war ein verrücktes, durchgedrehtes ... und ich hatte damals Angst, dass auch Gaby irgendwie durchdreht.« Sie griff nach einem Papiertaschentuch auf dem Tisch und trompetete hinein. Sie murmelte nuschelnd: »Entschuldigung.« Dann räusperte sie sich heftig und wischte sich mit dem Tuch über die Augen. »Mich macht das immer noch fertig, und ich denke gerade, dass ich unbedingt zu ihren Eltern nach Daun fahren muss. Die sind ja jetzt allein, die haben kein Kind mehr. Oh Gott, das ist richtig schwer, hoffentlich kommen die zurecht. Obwohl: Damit kommt eigentlich kein Mensch zurecht.«

»Hat die Gaby also bei den Eltern gewohnt?«, fragte ich so ruhig und nebenher wie möglich. Ich dachte: Ich muss sie langsamer machen, sie darf jetzt nicht fahrig werden. Gleichzeitig spürte ich meine Hilflosigkeit.

»Ja, die haben ihr schon vor vielen Jahren eine Einliegerwohnung vermietet. Ich muss da gleich unbedingt hinfahren. Das ist das Wenigste, was ich tun kann.« Sie wurde immer hektischer, steckte sich eine Zigarette in den Mund und vergaß sie dann. Sie wollte etwas sagen, bemerkte die Zigarette, riss sie sich wütend von den Lippen und warf sie auf den Teppichboden. Dann starrte sie mich mit tränenumflorten Augen an, aber ich glaubte nicht, dass sie mich wirklich sah. Sie war in einem anderen Land. Sie nahm ihre Kaffeetasse und wollte etwas trinken, aber sie traf ihren Mund nicht, und ein wenig Kaffee lief ihr über das Kinn. Sie schrie: »Verflucht!«

»Ich gehe dann«, sagte ich. »Ich hoffe, ich kann irgendwann wieder zu Ihnen kommen.«

Sie erstarrte, sie kam wieder bei sich an. Sie streckte beide Arme aus und flüsterte sehr verwirrt: »Das tut mir leid, das wollte ich nicht, das tut mir sehr leid. Bitte, verzeihen Sie.«

»Das ist schon in Ordnung«, sagte ich. »Das ist ein großer Schmerz. Wenn es Ihnen hilft, gehe ich jetzt. Ich rufe Sie an und frage nach.«

»Ich habe ja die Sache mit Marlene noch nicht erzählt. Sie dürfen niemals sagen, dass das ein Selbstmord war. Eigentlich wollten wir das nie erzählen.«

»Wenn diese Sache irgendeine Rolle bei den beiden Erschossenen spielt, werde ich Sie anrufen und treffen. Einverstanden?«

»Ja.« Sie nickte bedachtsam, sie würde sich an meine Zusage erinnern. »Es war damals so, dass Marlene mit einem Mann zusammen war. Das dauerte nur drei, vier Monate. Vielleicht auch fünf. Wir wissen nicht, mit wem, und wir haben das auch nie herausgefunden. Und Marlene war schwanger von diesem Mann. Sie ging zu ihrer Mutter, um darüber zu reden. Also, wir wussten, dass sie darüber mit der Mutter sprechen wollte. Was bei diesem Gespräch genau abgelaufen ist, wissen wir nicht. Wir waren später entsetzt, dass Gabys Mutter die Geschichte nicht glaubte. Und die Schwangerschaft auch nicht. Ob Marlene auch mit ihrem Vater darüber gesprochen hat, haben wir nie erfahren. Marlene ist jedenfalls nach dem Gespräch mit der Mutter verschwunden. Es war ein wildes Gespräch. Es war spät in der Nacht. Sie haben sie am nächsten Morgen unterhalb der Felsen in Gerolstein gefunden. Sie war natürlich tot. Sie ist mit ihrem Fahrrad dorthin gefahren. Es war die Rede von einem tragischen Unglücksfall, der Meinung war auch die Polizei. Die Beamten haben sicherlich so sauber wie möglich gearbeitet. Und sie kamen zu dem Schluss, dass Marlene allein war, dass niemand sie begleitet oder gar hinuntergestoßen hat. Es gab auch keinen Grund, Marlene ... also Marlene genau zu untersuchen.«

»Hat denn Gaby nicht mit der Mutter gesprochen?«

»Doch ja, selbstverständlich. Aber die Mutter hat gesagt, die Kleine wäre vollkommen verwirrt gewesen und hätte sich das alles sicher nur eingebildet. Marlene hatte tatsächlich zu viel Fantasie, manchmal so krass, dass wir darüber gelacht haben. Die Mutter hat völlig verstört zu Gaby gesagt: ›Du weißt doch, dass deine Schwester sich solche Sachen einbilden konnte, das Kind hatte immer schon eine überschäumende Fantasie.‹ Egal, die Trauer war riesig, und im Grunde ist sie das immer noch. Ich glaube, die sind nicht darüber hinweggekommen. Gaby hat mit ihren Eltern nie mehr darüber gesprochen. Sie hat mir mehrmals gesagt, es wäre einfach besser, darüber zu schweigen, denn diese Eltern litten Höllenqualen.«

»Aber Gaby wollte den Mann suchen, nicht wahr?«

»Wollten wir beide, wollten wir immer. Wie kommen Sie darauf?«

»Gaby ist Polizistin geworden, nicht wahr? Ist sie weitergekommen bei ihrer Suche?«

»Es ist nicht so, dass sie deswegen Polizistin wurde, oder jedenfalls nur am Rande. Sie sagte immer wieder, dass sie den Kerl irgendwann ganz nebenbei entdecken würde. ›Da führt kein Weg drumherum‹, sagte sie immer. Und vor einer Woche ungefähr hat sie am Telefon gesagt, dass sie jetzt ziemlich sicher weiß, wer es war. Aber das dürfen Sie unter keinen Umständen weitergeben.«

»Aber Gaby hat keinen Namen genannt?«

»Nein, hat sie nicht.«

»Und Sie selbst? Haben Sie keine Vorstellung oder eine Ahnung?«

Sie überlegte eine Weile. »Habe ich wirklich nicht«, sagte sie dann. »Ich würde dem Schwein nur gern sagen, was er angerichtet hat.«

»Hat Marlene diesem Mann vor zehn Jahren denn gesagt, dass sie schwanger war?«

»Hat sie. Aber der Mann hat nur geantwortet, das sei ihr Problem, nicht seines.«

Ich ließ eine Weile im Nachdenken verstreichen und sagte dann: »Ich glaube Ihnen nicht so ganz.«

Sie wurde sofort unsicher und hielt die Augen gesenkt. »Wir haben uns auf die Jungens konzentriert, die damals so richtige Machos waren. Zwanzigjährige und älter. Und die Marlene war damals ja auch eine Wilde. Ich möchte keinen Namen nennen.«

»Das kann ich verstehen«, nickte ich. »Wenn es eng wird, komme ich wieder auf Sie zu. Einverstanden?«

»Ja«, nickte sie. »Sie wissen ja, wo Sie mich finden können. Aber ich glaube nicht, dass da noch etwas zu machen ist. Das ist alles so lange her.« Dann sah sie mich an. »Ich fahre jetzt nach Daun zu den Eltern von Gaby. Ich kann ja nichts tun, aber wenigstens da sein.«

4. Kapitel

Ich fuhr langsam zurück und dachte mit Erleichterung, dass ich bis zum Abendessen bei Emma noch zwei Stunden Zeit hatte. Zeit, mich zurückzulehnen und in den Garten zu schauen. Vielleicht auch Zeit, einfach einzuschlafen und telefonisch von Rodenstock geweckt zu werden, der mit kalten Königsberger Klopsen winkte.

Mein Kater lag auf einem Kissen auf der Terrassenbank – eingerollt wie ein Fellknäuel – und schlief tief und fest. Manchmal zuckte er zusammen, wahrscheinlich verprügelte er in seinem Traum den furchtbaren Zorro zum zweiten Mal.

Ich entschloss mich zu arbeiten, ich muss etwas für meine Rente tun. Wenn ich auch gelegentlich behaupte, ich gammele zuweilen tagelang herum, so ist mir dieser Zustand eigentlich zuwider. Ich rief also die Redaktion in Hamburg an und fragte, ob sie etwas von den beiden toten Polizisten bringen wollten.

»Da bringen wir todsicher etwas«, sagte Regner, mit dem ich sehr gut zurechtkam. »Machen Sie mir bitte nicht mehr als eine Seite, die wir vorab in Panorama Deutschland bringen können. Dazu hätte ich gern Fotos der beiden. Wie sieht die Geschichte denn jetzt aus?«

»Hoffnungslos«, antwortete ich. »Kein Mensch kann sich vorstellen, was da abgelaufen ist.«

»Okay, machen Sie es kurz und knackig. Haben wir denn eine Ahnung, in welche Richtung die Ermittlungen gehen?«

»Haben wir: Hinrichtung.«

»Dann brauche ich das sofort. Haben wir ein Foto vom Tatort?«

»Haben wir.«

»Das Bildmaterial bitte morgen früh. Falls Neues auftauchen sollte, rufe ich Sie an.«

Ich rief Rodenstock an, und Emma sagte mir, dass er endlich eingeschlafen sei. »Ich brauche Fotos vom Tatort, und Fotos der beiden. Auf meinen Rechner, bitte. Vielleicht zwanzig, wenn du hast, nicht mehr.«

»Ich schicke dir jetzt ein paar Fotos vom Tatort, die ich hier auf seinem Rechner finde. Kommst du?«

»Natürlich komme ich. Und ich brauche für die Redaktion jeweils den Kopf der beiden Toten. Demonstration Kopfschuss wegen Hinrichtung.«

Ich schrieb eine Seite und fand sie unangemessen und schlecht. Ich versuchte es erneut, diesmal war der Text gänzlich misslungen. Beim dritten Mal war er besser. Ich sah mir die Bilder an und schickte insgesamt acht zusammen mit dem Text an die Redaktion in Hamburg.

Dann war die Zeit um, und ich machte mich auf den kurzen Weg nach Heyroth. Ich war seltsam unkonzentriert und wehrte mich immer noch gegen den Fall, als könnte ich ihn ungeschehen machen. Ich versuchte herauszufinden, warum ich mich so sperrte, und konnte nur seufzend feststellen, dass ich zuweilen so tat, als wäre ich ein kleiner Junge, der sich hilflos unter den Einschlägen des Alltags duckt und der sich schlicht weigert, erwachsen zu werden.

Es stand ein Auto vor Emmas und Rodenstocks Haus, das nicht dahin gehörte, ein Auto mit einem Kennzeichen aus Trier. Ich dachte an Kischkewitz, aber der konnte es nicht sein, denn es war kein uralter, kackbrauner Mercedes, sondern ein schweres Coupé von Peugeot, samtschwarz und bedeutungsvoll.

Emma stand mit einer fremden Frau in der Küche, und sie redeten sehr intensiv miteinander. Dann drehte die Frau sich herum. Es war die Staatsanwältin Tessa Brokmann, und sie passte mir auf Anhieb überhaupt nicht in den Kram.

»Schön!«, sagte Emma und kam, um mich in die Arme zu nehmen. »Es gibt erst einmal Schinken mit Melone. Setz dich. Ihr kennt euch ja wohl.«

»Ja, wir kennen uns«, sagte ich. »Gar nicht lange her.« Ich nickte der blonden Frau so neutral wie möglich zu und wandte mich dann gleich ab, um nach Rodenstock zu suchen.

»Der ist oben in seinem Arbeitszimmer«, sagte Emma. »Du störst ihn besser nicht, denn er ist verstört. Er kommt sicher gleich. Was ist mit einem doppelten Espresso?«

»Das wäre schön. Wieso ist er verstört?«

»Der Fall nagt an ihm«, sagte Tessa Brokmann lächelnd. »An mir auch. Geht es Ihnen nicht genauso?«

»Tut es«, nickte ich.

»Was erzählt diese Freundin von Gaby Schirmer?«, fragte Emma.

»Interessantes«, erwiderte ich. »Ich erzähle es gleich. Es ist aber kein Einstieg in den Fall, fürchte ich.« Ich hockte mich auf den Stuhl, auf dem ich immer saß, und stopfte mir eine sanft geschwungene Pfeife von Butz-Choquin, die jemand mir vor vielen Jahren geschenkt hatte, der wusste, dass ich diese hölzernen Kostbarkeiten mag. »Wie weit ging denn das Interesse an Drogen bei dem toten Horst Walbusch? War das nur dienstlich geprägt, oder hatte das auch private Gründe? Ich meine, sein kleiner Sohn war vor ein paar Tagen ein mögliches Opfer, aber das reicht als Erklärung doch wohl nicht aus, oder sehe ich das falsch? Dann hat er einen Dealer zweimal verhaftet, der angeblich seinem Sohn Drogen gab. Gibt es darüber hinaus irgendein spezielles Interesse des Horst Walbusch an Drogen?«

»Durchaus«, nickte die Staatsanwältin: »Wir können sagen, dass Horst Walbusch sich für Drogen interessierte. Weit über seinen beruflichen Alltag hinaus. Lehrer konnten ihn einladen, er erzählte den Kindern, was er wusste. Und er erzählte sehr spannend, ich habe ihn mal erlebt. Er machte das wirklich gut. Er sprach niemals von Drogen, er sprach immer nur über psychotrope Stoffe. Also redete er auch intensiv über Alkohol und Nikotin. Er sparte keinen Stoff aus, und ich erinnere mich an einen Satz. Er sagte: ›Natürlich kann man von leichten Schmerzmitteln abhängig werden, das geht schneller, als man denkt.‹ Er war überzeugend, er war ein Vater.«

»Gibt es eine Begründung, weshalb er über solche Stoffe sprach? Hatte er persönliche Erfahrungen?«

»Das wissen wir noch nicht genau, da müssen wir nachfassen. Es gab in der Familie wohl Fälle von Alkoholismus. Aber – wie gesagt – da müssen wir nachbohren.«

»Ist bekannt, weshalb Gaby Schirmer sich angeblich über den Diebstahl von Luxuskarossen klug machen wollte?«, fragte ich.

»Noch nicht ganz«, sagte Rodenstock in der Tür. »Grüß dich. Machst du was mit den Hamburgern?«

»Natürlich. Ist schon passiert. Meine Branche spielt verrückt.«

Er kam an den Tisch und setzte sich. »Und? Hat jemand eine kluge Idee, wie wir weiterkommen könnten?«

»Nichts dergleichen«, sagte ich. »Sie springen alle auf den wenigen Fakten herum, und ich nehme an, dass das in den nächsten Tagen auch so bleiben wird. Wir haben nichts, und das weißt du. Was könntest du mir denn anreichen?«

»Der Stoff ist spröde. Ich habe die Hoffnung, dass wir herausfinden, weshalb sich eine Polizistin für geklaute Oberklassefahrzeuge interessiert und ihr Kollege für Drogen im weitesten Sinn. Und ich habe die Hoffnung herauszufinden, weshalb das eigentlich ausgerechnet in der Eifel stattfindet.

Die Tötung sieht so aus, wie Klein Fritzchen sich einen Mafia-Mord vorstellt. Und ich stelle die Frage: Warum?«

»Jetzt kommt roher Schinken mit Melone«, sagte Emma. »Also keine Klugscheißereien mehr. Voller Bauch ist klüger, sagen wir in Holland.«

»Das hast du jetzt schnell erfunden«, grinste Rodenstock. »Tessa, setz dich zu mir.« Er stand wieder auf, nahm die Teller und stellte sie vor uns hin. »Jemand ein Bier? Jemand einen Wein?«

»Einen Roten, bitte«, sagte Emma. »Trinkst du mit, Tessa?«

Es dauerte eine Weile, bis alle versorgt waren und wir uns an die Melone mit dem rohen Schinken machten.

»Es ist ein Unding, nicht über den Fall zu sprechen«, sagte ich. »Du hast erwähnt, es hätte am Tatort einen ziemlichen Zoff gegeben. Was war da los?«

»Der Einbruch der Politik in eine laufende polizeiliche Ermittlung«, sagte Tessa Brokmann lächelnd, dann begann sie zu kichern.

Rodenstock kicherte auch. »Es war ungefähr 2.25 Uhr, der Fall lag vor uns, wir waren alle vollkommen starr, wir hatten alle die Sprache verloren. Ich war seit zehn Minuten dort und dachte immer noch, ich sei Teil eines obskuren Films. Du kennst ja Kischkewitz, du kennst die Genauigkeit, mit der er arbeitet. Der Hubschrauber hing immer noch über uns, der Laster der kriminaltechnischen Gruppe hatte gerade die Lichtmasten ausgefahren. Kischkewitz ließ sich bei beiden Toten auf die Hacken nieder und starrte sie für Minuten an. Dann ging er zurück vor den Streifenwagen, sprach kein Wort, dann die paar Schritte zu der Fahrertür des Streifenwagens. Er nahm sogar seine Dienstwaffe und schwenkte sie schnell und resolut auf das erste, dann auf das zweite Opfer. Klar, er wollte im eigenen Kopf für Klarheit sorgen. Wer hatte wie, mit welcher Wahrscheinlichkeit die beiden Schüsse abgefeuert? Kischkewitz ist dann bekanntlich ganz still und sagt kein Wort. Und niemand, wirklich niemand störte ihn. Nicht mal die Medizinerin wollte an die Leichen heran, alles wartete auf Kischkewitz. Die Spurenleute kennen den Kischkewitz, sie wissen: Wenn er vollkommen lautlos einen Tatort trinkt, wenn er ihn ganz in sich aufnimmt, kann er noch Monate später sagen, wie viele Millimeter der Abstand zwischen einer Zigarettenkippe und einem kleinen Ast betrug. Ich habe dir davon erzählt, von der Wichtigkeit eines solch lautlosen Vorgangs. Diesmal zog es sich hin, sie schickten den Hubschrauber weg, damit man wenigstens sein eigenes Wort verstehen konnte. Die Spurenleute waren hibbelig, der Fotograf durfte noch nicht herumrennen und Bilder schießen, sogar mir dauerte das zu lange. Aber ich bin auch der Mann, der ihm das beigebracht hat. Dann kommt ein schwerer BMW herangerollt, silbermetallic, ein Mann in Anzug und Krawatte steigt aus und sagt ganz laut: ›Mein Name ist Sowieso, ich möchte den leitenden Beamten hier sprechen!‹ Niemand sagte ein Wort, Kischkewitz hockte gerade zum sechsten Mal neben der Leiche von Horst Walbusch. Wahrscheinlich hatte er sechzig bis siebzig Fragen an den Tatort, jedenfalls reagierte er nicht. Da sagt der Mann ungeduldig: ›Kann vielleicht Herr Kriminalrat Kischkewitz ein paar Worte mit mir sprechen? Ich bin ein Anwalt der Bürgerschaft, ich sitze im Landtag.‹ Kischkewitz erwiderte keinen Ton, wahrscheinlich hatte er den Mann gar nicht gehört. ›Höflich ist man hier bei der Polizei wohl nicht!‹, sagte der Landtagsabgeordnete ziemlich laut und scharf. Dann passierte es. Ich glaube, Taubner war es. Der ging zu diesem Mann und sagte gedämpft: ›Ich bitte Sie um Ruhe, Rat Kischkewitz wird gleich Zeit für Sie haben.‹ – ›Das ist ja wohl unerhört!‹, brüllt der Mann. ›Wie geht man denn hier mit mir um?‹ In diesem Moment kommt Kischkewitz aus dem Schatten am Streifenwagen hoch und sagt: ›Wenn Sie mir einen Gefallen tun wollen, dann stören Sie uns hier nicht. Rufen Sie mich morgen auf der Dienststelle an.‹ Der Abgeordnete kriegt sich nicht mehr ein, bläst sich auf und will gerade loslegen, als Kischkewitz eisig hinzusetzt: ›Wer immer Sie sind, Sie stören mich erheblich, wir kümmern uns um zwei getötete Kollegen.‹ Da brüllt der Mann: ›Das weiß ich doch! Ich bin doch nur hier, um Sie darum zu bitten, dass der Fall möglichst schnell und stillschweigend über die Bühne gebracht wird, ehe ganz Eisenschmitt in Unruhe gerät! Ehe sich die Bevölkerung aufregt und in Angst fällt.‹ Es war vollkommen still, Kischkewitz sagte seelenruhig: ›Sie zeigen eine merkwürdige Auffassung von der Arbeit der Polizei. Verschwinden Sie, Sie halten uns nur auf, mein Bester. Sie haben null Ahnung, und Sie stören mich massiv.‹ Ende der Szene. Der Mann setzte sich aufgebracht und beleidigt in seinen BMW und verschwand. Kischkewitz war stinksauer und brütete Unheil aus. Jetzt warten das Polizeipräsidium in Trier und die Mordkommission auf einen Beschwerdebrief des Abgeordneten. Tatsächlich war es ein wunderbares Zwischenspiel, weil auch der Fall so ratlos macht. Das schuf auf jeden Fall eine eiskalte Stimmung, und es schuf Wut. Und Wut brauchten wir auch bei dem Tatort. Aber alles in allem hat Kischkewitz natürlich recht, und der Abgeordnete ist auf ewig ein Trottel.«

»Er wird sich an seinen Landrat wenden, wird das Innenministerium anschreiben, seine Fraktion informieren, bei der Staatsanwaltschaft und im Polizeipräsidium vorstellig werden und im Zweifel der Öffentlichkeit seinen Protest mitteilen«, sagte Tessa Brokmann. »Also bekomme ich das Ganze auch auf den Tisch und werde um eine Stellungnahme gebeten.«

»Aber was schreibst du in einem solchen Fall?«, fragte Emma. »Es kann doch nur darauf hinauslaufen, dass der Landtagsabgeordnete völlig lebensfern versuchte, an einem ganz frischen Tatort etwas für seine Bevölkerung zu tun. Und das war auch noch vollkommen indiskutabel und falsch.«

»Jemand, der eine Mordkommission bittet, den Fall zweier erschossener Polizeibeamter schnell und möglichst leise über die Bühne zu bringen, ist völlig falsch in seinem Amt«, sagte ich. »Von welcher Partei war der?«

»Keine Ahnung«, antwortete Kischkewitz. »Ist mir aber auch egal.«

»Wen suchen wir denn?«, fragte Tessa Brokmann.

»Wir suchen jemanden, für den die Tötung der zwei sehr wichtig war«, antwortete Rodenstock. »Und ich glaube nicht, dass die Frage von Leben und Tod der beiden in irgendeiner Weise eine leidenschaftliche, von starken Gefühlen getragene Entscheidung war. Der Vorgang ist eiskalt und befriedigend abgelaufen. Sie sind tot, also müssen sie eine massive Bedrohung für den Täter dargestellt haben.«

»Kann es nicht sein, dass nur einer der beiden getötet werden sollte, und der zweite nur getötet wurde, weil er auch im Streifenwagen saß?«, fragte Emma.

»Das können wir nicht ausschließen«, nickte Tessa Brokmann.

»Wie sieht die finanzielle Lage der beiden aus?«, fragte ich. »Polizisten, vornehmlich die mit Familie, arbeiten gern nebenher, um ein Zubrot zu haben. Sie unterrichten ihre Vorgesetzten davon. Das muss doch bekannt sein, oder?«

»Das ist bekannt«, antwortete Rodenstock. »Gaby Schirmer hat als Bedienung gearbeitet, obwohl sie das finanziell nicht brauchte. Sie sagte, das mache ihr Spaß. Sie hat zuletzt im Café Schuler in Daun gearbeitet. Aushilfsweise. Ihr Inspektionsleiter war unterrichtet, sie hatte die Freigabe. Sie hat aber auch als Babysitterin gearbeitet, auch genehmigt. Horst Walbusch war ein erstklassiger Fliesenleger, der mehr Angebote hatte, als er erledigen konnte. Auch da waren die Vorgesetzten im Polizeidienst informiert und hatten die Erlaubnis gegeben. Er hat vor Jahren sogar mal mit Genehmigung Versicherungen verkauft.«

»Verdammt, wie kommen denn Polizisten als Bedienungen oder Fliesenleger oder Versicherungsverkäufer an so wichtige Fakten, dass sie dafür getötet werden?«, fragte Emma. »Ist das überhaupt vorstellbar?«

»Vielleicht waren es nicht die Fakten allein«, sagte ich. »Vielleicht war es die Tatsache, dass die beiden Polizeibeamte waren.«

»Also hatten sie Kenntnis von Fakten, die sie möglicherweise als Polizisten untersuchen konnten, recherchieren konnten«, murmelte Tessa Brokmann.

»Ja, vielleicht hatten sie Kenntnis von schweren Gesetzesverstößen«, nickte Rodenstock.

»Aber warum weiß niemand davon? Sie haben ihre Vorgesetzten nicht informiert, sie haben ihre Kollegen nicht informiert. Warum?«, fragte Emma und zündete sich eine ihrer stinkenden, holländischen Zigarillos an.

»Das kann einfach den Grund haben, dass sie ihre Erkenntnisse noch nicht weit genug vorangetrieben haben«, sagte Rodenstock. »Sie wollten ihre Dienststellen informieren, aber erst dann, wenn sie sich sicher sein konnten. Vielleicht finden wir jemanden unter ihren Freunden, der Bescheid weiß.«

»Es gibt jetzt die Klopse aus Königsberg, und ich bitte um eure geschätzte Aufmerksamkeit. Schluss mit dem Gerede.«

»Ich möchte Klopse essen und euch zugleich berichten, was mir die enge Freundin von Gaby Schirmer erzählt hat, die Sarah Bitter in Hillesheim,« sagte ich. »Denn vor zehn Jahren hatte unsere tote Gaby eine Schwester namens Marlene. Und die nahm sich wahrscheinlich das Leben, als sie schwanger wurde.«

»Da kann ich natürlich nicht konkurrieren. Was sind schon Klopse gegen einen geheimnisvollen Selbstmord?« Emma grinste.

Ich erzählte also, und wir machten uns alle an die Vernichtung der Klopse aus Königsberg, die wirklich gut waren und Emma höchstes Lob einbrachten.

»Kann man sich vorstellen, dass eine Frau Polizistin wird, nur um einen Exliebhaber der toten Schwester zu identifizieren?«, fragte Tessa Brokmann etwas verblüfft.

»So etwas hat es immer wieder gegeben«, nickte Rodenstock. »So ein Ereignis kann der Anstoß für einen Beruf sein. Aber nicht vergessen: Das ist jetzt zehn Jahre her.«

»Ich denke, dass Sarah Bitter nicht gelogen hat, als sie berichtete, dass Gaby Schirmer erst kürzlich angerufen hat und erzählte, sie habe den unbekannten Liebhaber wahrscheinlich identifiziert«, sagte ich. »Ich glaube, dass Frauen in so einem gefühlsbeladenen Fall von erstaunlicher Hartnäckigkeit sind.«

»Frauen sind überhaupt besser«, sagte Emma leise und sehr ernst. »Und sie vergessen auch nicht so schnell.«

»Na ja,« murmelte Rodenstock und lächelte. Dann schloss er an: »Aber selbst wenn sie den Mann identifiziert hat, wird der nicht hingehen und sie und ihren Kollegen erschießen. Das erscheint mir doch einigermaßen sicher.« Dann räusperte er sich und fragte: »Haltet ihr die Erschießung für Auftragsmorde?«

»Ich ja«, nickte Emma.

»Ich auch!«, nickte Tessa Brokmann.

»Ich bin noch unsicher«, erklärte ich. »Die Geschichte der Verbrechen erzählt immer wieder von erstaunlich glatten und resoluten Tötungen, die nach reiflicher Überlegung abliefen, obwohl dahinter ein gehörnter Ehepartner steckte, der an seiner Wut beinahe erstickt wäre. Was ist mit dir, Rodenstock?«

»Ich bin für einen Killer«, erklärte Rodenstock unumwunden. »Wobei die Frage zu klären wäre, wie er die beiden Beamten dazu gebracht hat, aus einem Landkreis in einen anderen zu fahren, und sie dort durch eine stille Gasse in einem kleinen Dorf in einen Waldweg locken konnte, den normalerweise kein Mensch fährt, es sei denn, er will ins Haus Bergfeld.«

»Und das Haus Bergfeld als mögliches Ziel? Ist das realistisch? Kann jemand sie mit dem Hinweis Haus Bergfeld dorthin gelockt haben?«, fragte ich schnell.

»Das ist durchaus möglich, sogar wahrscheinlich«, nickte Rodenstock. Man hat den beiden Beamten gesagt: Eisenschmitt, dann Richtung Haus Bergfeld. Es ist eine klare Landmarke. Wir haben da aber sofort nachgefasst. Es stimmt wohl, dass vor vielen Monaten, als das Gebäude innen in einem chaotischen Zustand war, zwei LKW voll Bilder und Gemälde in Richtung Ungarn gelaufen sind, aber wir wissen noch nicht einmal, ob das illegal war. Vielleicht hat der Vorbesitzer oder sein Erbe das alles in Sicherheit bringen wollen. Zurzeit ist das Gebäude besenrein, da ist einfach nichts mehr zu klauen oder zu besichtigen. Du kommst nicht einmal mehr an das Gebäude heran. Und die neuen Besitzer sind daran interessiert, dass niemand vorbeischaut, um nachzusehen, was man aus Rotsandstein alles bauen kann. Das Gebäude scheidet als Ziel definitiv aus.«

»Was bleibt also?«, fragte Tessa Brokmann.

»Dass wir den mühsamsten aller Wege gehen müssen«, sagte Rodenstock sehr sanft. »Wir müssen mit jedem sprechen, den die beiden Erschossenen kannten, wir müssen herausfinden, warum es jemand für nötig befunden hat, sie zu töten.«

»Espresso?«, fragte Emma in meine Richtung.

»Nicht mehr«, wehrte ich ab. »Ich bin hundemüde. Mich gibt es morgen frisch. Macht es gut, Leute, ich danke für das Essen, ich werde euch wiedersehen, voraussichtlich in einem besseren Zustand.«

»Ich wollte gerade mir mit dir eine Zigarre rauchen«, brummte Rodenstock.

»Das machen wir ein andermal.«

Emma begleitete mich zur Haustür und flüsterte wütend: »Die Tessa ist extra gekommen, um mal mit dir zu reden.«

»Ich bin heute für Besichtigungen nicht freigegeben«, sagte ich. »Und kuppel nicht so, das macht mir Angst.«

»Blödmann«, erwiderte sie liebevoll.

Ich war wirklich hundemüde. Ich rollte auf meinen Hof, ich stieg aus, ich schloss mein Haus auf, ich marschierte hinein, ich sah meinen Kater, ich grüßte ihn militärisch kurz, ich stolperte die Treppe hinauf, ich befreite mich von lästigen Textilien, ich ging ins Schlafzimmer und sank auf mein Bett. Ich gab mir sechzig Sekunden zum Einschlafen.

Dann klingelte zum Abschluss meines Tages wieder einmal das Telefon, und mein Kumpel Fritz Dengen von der Mordkommission sagte: »Toll, dass ich dich erreiche. Hör mal, die Schweinerei geht scheinbar weiter. Samba ist tot.«

»Wer ist Samba?«

»Der beste Freund von Gaby Schirmer. Also ein Freund aus Kindertagen, wie ich betonen möchte. Wo Gaby auftauchte,

tauchte auch Samba auf. Samba war der Lustige, beinahe so etwas wie ein Comedian. Gaby war die Mütterliche, die Ruhige, die alles im Griff hatte.«

»Es ist halb elf«, sagte ich empört und angewidert. »Also, anständige Leute ... also, wie lautet deine Botschaft?«

»Komm her. Sie haben den Samba von seinem Motorrad geschossen und samt Maschine liegen lassen.«

»Wann ist das passiert?«

»Das wissen wir noch nicht. Wir sind jetzt da. Das wird noch dauern. Anfangs haben die gedacht: Er ist verunglückt. So was passiert ja mal. Aber dann haben sie genau hingeguckt und gedacht: Das ist aber komisch! Und sie ...«

»Sag mir einfach, wo du jetzt bist.«

5. Kapitel

Wenn man in Dreis-Brück die B 421 in Richtung Hillesheim nimmt, kommt man am Ortsausgang linkerhand an der Nürburgquelle vorbei, die mit klar strukturiertem, ganz modernem Industriedesign und vielen getönten, gläsernen Flächen auffällt. Es geht nach Oberehe, das im deutschen Rallyesport jeder kennt, wobei Neulinge immer wieder fasziniert sind, dass Oberehe tatsächlich ein richtiges kleines Dorf ist und nicht mehr. Dann folgt eine weite Rechtsschleife in eine scharfe Serpentine mit einer Rechts-links-Kombination. Und oben auf der Höhe geht eine schmale Straße nach rechts in den winzigen Ort Stroheich. Es ist eine gut ausgebaute, schnelle Verbindung nach Nohn, viele benutzen sie, um zum Nürburgring zu kommen, oder das Ahrtal und die A 1 zu erreichen. Viele benutzen die Strecke aber auch, um sich und der Welt von Zeit zu Zeit zu zeigen, wie schnell ihr Auto bei Vollgas sein kann.

Die Straße macht nach dem Ausgang von Stroheich eine sanfte Linkskurve, dann geht es in eine weit geschwungene Rechtskurve, auf deren linker Seite ein Rastplatz eingerichtet wurde.

Die Szene war wesentlich unauffälliger als die in der Nacht zuvor in Eisenschmitt. Auf dem Rastplatz standen vier PKW und ein Streifenwagen. Es gab kein Blaulicht, nur die Handscheinwerfer, die zur Ausrüstung eines Streifenwagens gehören.

Als ich ausstieg, bemerkte jemand ätzend: »Der schon wieder!«

»Ich tue nur meine Pflicht«, sagte ich arrogant.

Links von mir sagte Tessa Brokmann mit unterdrückter Heiterkeit: »Sie sind mir schon einmal aufgefallen. Wer hat Sie informiert?«

»In der Eifel bleibt nichts geheim«, murmelte ich.

Es war anfangs schwierig, irgendetwas im Dunkeln klar zu erkennen. Ich sah aber Fritz Dengen jenseits der Fahrbahn, der mit grellen Blitzen irgendetwas fotografierte, das ich nicht erkennen konnte.

Ich nahm die Kamera und überquerte die Fahrbahn. Als ich Dengen erreichte, kniete der in einer Ackerfurche und nahm etwas auf, das unmittelbar vor ihm auf der Erde lag. Ich kniete mich neben ihn.

Es war ein Mann, ein toter Mann in einer Motorrad-Kombination, die schwarz-rot war. Er trug keinen Helm mehr, sein Gesicht war bis zum Äußersten verzerrt, es war eine Fratze, die Augen standen halb offen. Da wehte mich die komplette Zerstörung eines Menschen an, und ich bekam für Sekunden nicht richtig Luft, musste mich schnell hinstellen und auf den weit entfernten Waldrand starren, den ich nur ahnen konnte.

»Schon gut«, murmelte Dengen sanft. »Ist einfach scheußlich.«

»Und das ist dieser Samba? Einwandfrei?«

»Einwandfrei. Dreh dich mal um«, murmelte Dengen.

Ich drehte mich um. Ungefähr zwanzig Meter entfernt lag etwas Klobiges, von dem spitze Teile in den Himmel ragten.

»Seine Maschine«, erklärte Dengen.

»Ist er etwa bis hierher geschleudert worden?«

»Ja. Und schon seine Maschine ist mindestens dreißig Meter geflogen.«

Ich begann, neben Fritz Dengen den Toten zu fotografieren, und ging nach jeweils vier bis sechs Aufnahmen immer zwei Schritte rückwärts, um dem späteren Betrachter die Möglichkeit zu geben, die Szene zu begreifen.

»Er war auf dem Weg nach Nohn«, murmelte Dengen und beugte sich weit vor, um zwei Nummernschilder der Mordkommission neu zu positionieren. »Er lebt dort mit einer Frau zusammen. Die Frau ist aus Köln, sagt man. Ich kenne sie nicht.«

»Wieso sind seine Klamotten so zerfetzt?«

»Schrot«, antwortete er. »Ich nehme mal an, er hatte keine Chance. Gleich kommen die Bestatter.«

»Kommt Kischkewitz auch?«

»Nein. Das schaffen wir auch ohne ihn. Ist ja ziemlich simpel, der Fall.«

»Simpel?«, fragte ich entgeistert. »Spinnst du?«

»Ich spinne nicht«, bemerkte er. »Du solltest mal Holger Patt zuhören.«

»Wer ist das?«

»Unser Mann für ganz einfache Fälle.«

»Wo kam Samba denn her?«, fragte ich.

»Von Daun. Er hat da einen Imbiss. Döner und so. Soll gut laufen, wie ich hörte, er war jedenfalls zufrieden.«

»Ich finde, du hast verdammt viel Ahnung vom Vulkaneifelkreis, und es gibt kaum Leute, die du nicht kennst. Woher, zum Teufel, kommst du denn, die Mordkommission sitzt in Trier und Wittlich.«

»Ich bin ein Dauner Jung« sagte er. »Und nimm dir die Maschine vor, die wird bald aufgeladen.«

Ich ging also zu der zertrümmerten Maschine und spürte, dass meine Füße immer schwerer wurden. Es war bester Acker, der dick an meinen Schuhen klebte. Ich fotografierte die Maschine aus allen Richtungen und fragte Dengen: »Muss ich auf irgendetwas Besonderes achten?«

»Nein«, kam seine Antwort. »Ganz normal zusammengefaltet. So sehen die Dinger immer aus, wenn man damit die Botanik pflügt.«

Als ich zum Rastplatz auf der anderen Seite der Fahrbahn zurückgehen wollte, kam mit gelben Signallichtern ein Wagen des ADAC. Er würde die Maschine in die kriminaltechnische Untersuchung bringen.

Ich ging zu Tessa Brokmann und fragte: »Kann ich mit Holger Patt sprechen?«

»Aber ja«, nickte sie. Sie trug nur einen dünnen Mantel, und sie fror. Dann rief sie: »Holger! Kundschaft!«

Holger Patt war ein dürrer, elend langer Kerl. Er schaute fröhlich aus Habichtsaugen auf mich herab und bemerkte: »Ich kann mit Ihnen reden, aber Sie dürfen mich nicht zitieren, Herr Baumeister.«

»Einverstanden«, nickte ich. »Wie muss ich mir das vorstellen, wie ist das hier abgelaufen?«

Er nahm das Kinn in seine rechte Hand und brummte: »Hmmm.« Er nahm die Hand wieder herunter. »Ich gebe zu, ich war anfangs etwas verwirrt, bin jetzt aber klar in der Birne. Da, wo die Leiche jetzt liegt, und da, wo die zertrümmerte Maschine jetzt liegt, haben wir zwei Fixpunkte des Geschehens. Das heißt: Weder die Leiche noch die Maschine sind bewegt worden. Ich denke, dass sowohl die Maschine als auch der Tote etwa dreißig Meter weit geflogen sind, ehe sie Erdberührung hatten. Ist das soweit klar?«

»Verstanden«, nickte ich.

»Es irritierte mich sehr, dass der Tote offensichtlich von zwei Schrotschüssen getroffen wurde. Der erste Schuss erwischte ihn von der Seite. Ich würde sagen aus einem Winkel von etwa zwanzig Grad, gemessen von einer Linie, die den Schützen und das Ziel auf einer Höhe sieht. Also auf Deutsch leicht von schräg vorne. Ist das klar?«

»Mühsam«, sagte ich und hörte Tessa Brokmann lachen.

»Der zweite Schuss erwischte ihn ebenfalls von der Seite, aber aus einem Winkel von etwa dreißig bis fünfunddreißig Grad. Nun könnte man auf die Idee kommen, der Schütze hat sich hier auf dem Rastplatz irgendwie aufgebaut. Er legte das Gewehr beispielsweise auf das Wagendach und hatte eine gute, feste Position, als der Motorradfahrer heranrauschte. Ist das auch klar?«

»Das verstehe ich«, sagte ich.

Er sah mich freundlich belehrend an wie ein gütiger Schulmeister um das Jahr 1800. »Das ist aber falsch!«, strahlte er dann.

»Aha«, sagte ich matt.

»Sie haben sich die Leiche angeschaut? Haben Sie. Dabei werden Sie feststellen, dass der zweite Schuss unmittelbar neben dem ersten saß. Das erkennt man an der Dichte der Schrotkörner in der Mitte der Schussrichtung. Das heißt, wir haben es mit zwei Schüssen zu tun, zwischen denen nicht einmal eine Zehntelsekunde verging. Und dann stimmt das Bild vom Schützen, der hier auf dem Rastplatz schoss, nicht mehr. Es muss anders verlaufen sein, ganz anders.« Er beugte sich wieder listig zu mir herunter. »Ahnen Sie etwas?«

»Sollte ich?«

»Eigentlich schon«, nickte er strahlend. »Er ist aus einem neben ihm herfahrenden Auto erschossen worden. Im Auto müssen zwei Menschen gesessen haben: Der, der fuhr, und der, der schoss. Es ist also eigentlich ganz einfach, wenn man die Sache gründlich durchdenkt.«

»Ich danke Ihnen«, sagte ich. »Aber genau an der Stelle habe ich einen Sollbruch: Ich scheitere beim gründlichen Durchdenken.«

»Sie scherzen!«, strahlte er. Dann kratzte er sich am Kopf. »Da ist noch etwas. Sie werden sich fragen, wie schnell das Motorrad und das Auto in etwa waren. Ich denke, einiges über hundert Sachen.«

»Da kommt Lilli«, sagte Tessa Brokmann erleichtert.

Aus einem schweren Audi mit Fahrer stieg eine schmale, schlanke Frau, die eine schwere Tasche trug und ganz erschöpft wirkte. »Hallo, die Staatsanwaltschaft!«, sagte sie leise. Dann starrte sie in die Dunkelheit über der Straße und fragte leicht klagend: »Liegt der etwa da in dem Acker?«

»So ist es«, bestätigte Tessa Brokmann.

»Ich habe da was für Sie«, mischte ich mich ein. Ich ging zu meinem Wagen, holte ein paar Gummistiefel heraus und stellte sie vor sie hin. »Das hilft.«

»Das hilft sehr, danke.« Sie wurde unsicher.

»Das ist Siggi Baumeister«, erklärte Tessa Brokmann. »Das ist Dr. Lilli Hauptmann, Pathologin, Trier.«

»Ach, Sie sind das«, sagte die Ärztin. »Pass auf, Tessa, ich schaue ihn mir in situ an, dann müsste der Bestatter hier sein. Ich fahre dann mit dem zusammen in die Rechtsmedizin nach Mainz. Und eine Frage: Ist es richtig, dass der Tote ein guter Freund der erschossenen Gaby Schirmer war?«

»Das ist richtig, und das macht die Sache auch so krass. Holger Patt hat die Merkmale für dich. Schrot ist immer scheußlich, wenn er auf kurze Distanz verwendet wird.«

»Der hat vom linken Ellenbogen an bis zum Unterkiefer auf der linken Körperseite kein intaktes Gewebe mehr«, erklärte Patt freundlich. »Zwei schwere Schrotkaliber auf kurze Distanz. Achtzig bis hundert Gramm, denke ich. Lilli, du erinnerst dich doch sicher an den Jäger in Zeltingen an der Mosel. Der hatte einen Schuss mit schwerem Schrot ...«

»Ich weiß, Holger, ich weiß. Ich hab's nicht vergessen. Nimm mal den Scheinwerfer, geh mit und halte ihn für mich.« Sie ließ ihre Pumps stehen und stakste sich mit Tessa Brokmanns Hilfe in meine Gummistiefel. Dann marschierte sie zu Fritz Dengen, der immer noch auf dem Acker war und Details fotografierte, Aufprall- und Schleifspuren vermutlich.

Dann kamen die Bestatter mit einem Plüsch-BMW, und Tessa Brokmann bat sie, noch ein paar Minuten zu warten. Dann wandte sie sich an mich. »Haben Sie eine Ahnung, wie ein toter Imbissbudenbesitzer zu zwei erschossenen Polizeibeamten passt?«

»Na ja, sie kannten sich halt seit Kindertagen, sie kennen sich alle hier in der Gegend. Aber was die drei zu Opfern macht, weiß ich nicht. Irgendeiner wird kommen und die Lösung haben, eines schönen Tages.«

»Sie klingen so melancholisch.«

»Ich bin melancholisch. Der Tod macht mich immer melancholisch.«

Dann kam die Ärztin zurück. Sie sagte: »Tessa, kannst du morgen früh gegen acht den Bastian anrufen und ihm sagen, dass ich erst gegen Mittag aus Mainz zurückkomme? Wahrscheinlich liege ich dann ohnmächtig in irgendeinem Hotelbett.«

»Das mache ich«, nickte Tessa Brokmann.

Wir standen herum und warteten, bis sich der Spuk auflöste, der Tote verfrachtet war, das Motorrad verladen, die Kriminalisten sich wortlos, maulfaul und erschöpft mit einem Nicken verabschiedeten und davonfuhren. Es war weit nach Mitternacht. Es war, als wäre nichts geschehen, vom Bach vor dem Wald kroch Nebel heran. Die Nacht war ganz still.

»Ich bin kaputt«, sagte sie.

»Sie können bei mir schlafen«, sagte ich.

»Danke«, sagte sie.

Ich fuhr langsam vor ihr her, es dauerte nur ein paar Minuten. Ich dachte: Du brauchst keine Furcht zu haben, mein Freund. Du hast ein Leben lang so viele Lügen zu sagen gelernt, dass dir niemals die Worte fehlen werden. Erinnere dich daran: Erst lächeln, dann lügen. Es ist ganz einfach.

»Wie alt ist das Haus?«, fragte sie auf dem Hof. Sie trug eine Reisetasche. Die Staatsanwälte aus Trier und Wittlich waren immer auf alle Eventualitäten vorbereitet, wenn sie in unserer Gegend tätig waren.

»1876«, sagte ich. »Altes Eifelhaus. Ein Mann namens Wirtz hat es gebaut. Ein alter Eifeler Name. Wohnhaus, Stall und Scheune in einer Flucht, das nennt man ein Trierer Einhaus. Die Leute sagten mir, es würde das Schniggerhaus genannt, also war hier einmal ein Schneider zu Hause. Der Dorfladen war einmal dort, wo mein Esstisch steht. Hat viel gesehen, das alte Gemäuer.« Ich schloss auf und machte das Licht an. »Hereinspaziert.«

»Links ist das Wohnzimmer, rechts die Küche. Hinten in der Ecke ist ein Bad, und genau darüber ist auch eines. Erster Stock mein Arbeitszimmer, ein Schlafzimmer, darüber ausgebaut der Dachboden, auf dem ...«

»Kann ich duschen und einen Kaffee haben?« Sie lächelte etwas fahrig. »Ich heiße Tessa.«

»Siggi«, sagte ich. »Ich mache dir einen Kaffee.«

Also setzte ich einen Kaffee auf und hockte mich ins Wohnzimmer.

Satchmo tanzte aufgeregt vor der Terrassentür herum, wollte rein und fand es empörend, dass das zehn Sekunden dauerte. »Benimm dich«, sagte ich. »Wir haben Besuch.«

Sie kam zurück in einem Bademantel von mir und trug irgendetwas Graues. Ein T-Shirt mit einer dreiviertellangen

Hose, nahm ich an, irgendetwas Bequemes. Sie setzte sich auf das Sofa und räkelte sich. Dann zog sie die Beine unter den Körper und lächelte mich an.

»Ich habe mit Emma über dich gesprochen, weil dein Gesicht mich neugierig machte. Ihr kennt euch ja schon ein halbes Leben lang, und sie mögen dich sehr. Emma sagt, du bist ein wunderbarer Mensch, aber leider zerbrechlich wie dünnes Porzellan.«

»Da würde ich gern widersprechen«, sagte ich leichtfüßig. »Ich kenne mich jetzt dreiundfünfzig Jahre, zum dünnen Porzellan hat es noch nie gereicht. Aber Emma ist natürlich voreingenommen, sie ist Familie.«

»Rodenstock findet, du hast ein sehr brauchbares Gehirn.« Sie lachte leise. »Ich weiß, dass das bei ihm ein großes Lob ist. Warum versauerst du hier in der Eifel?«

»Aber ich versauere doch gar nicht, ich lebe gern hier. Und ich lebe hier ganz freiwillig.« Ich fand ihre Frage ziemlich dürftig, und ich glaube, ich war auch leicht sauer. »Ich würde gern erfahren, warum sich Leute meinen Kopf zerbrechen. Wohin würdest du mich denn verpflanzen wollen?«

»In eine Großstadt, wo das Leben braust«, sagte sie und lachte. Das Lachen fand ich gut, es klang ganz unbeschwert.

»Also Berlin oder Köln oder München? Aber da war ich doch schon. Und ich möchte eigentlich nicht unter Leuten leben, die alle paar Minuten in eine Ecke verschwinden, oder zum Lokus marschieren, um leicht fiebrig nachzusehen, ob irgendwer ihnen eine Botschaft sendete, oder angerufen hat oder auf der Matte steht oder behauptet, er sei ihr bester Freund. Wir vereinzeln, junge Frau, wir sind immer einsamer und können das noch nicht einmal sagen.«

»Du meinst, uns fehlen kluge Köpfe?«

»Nein, nein, ich meine uns fehlen kluge Köpfe, die das auch sagen, mal über den Zaun gucken, Protest anmelden, bemerken: Verpisst euch!, oder die bei Gelegenheit den Standpunkt vertreten, der liebe Gott sei auch nicht mehr das, was er mal war, oder die darauf aufmerksam machen, dass ihre gottverdammten Kinder durchaus nicht in der Überzeugung aufwachsen müssen, ihnen stünde die ganze Welt offen, sie könnten alles erreichen, auf jeden Fall aber mit spätestens achtzig Jahren einen zittrigen Zustand vorläufigen Glücks für mindestens eine Woche. Wann warst du denn zuletzt einmal richtig glücklich?«

Sie hob die rechte Hand, streckte den Zeigefinger mahnend in die Höhe, strahlte mich an und sagte: »Das kann ich genau festlegen. Das war der Tag, an dem mein Ehemann sagte, er würde in die Scheidung einwilligen.«

Wir lachten zusammen, ich rannte in die Küche, um nach dem Kaffee zu sehen. Ich suchte Becher, Zucker und Milch zusammen, trug es hinüber in das Wohnzimmer und sagte: »Also, ich bin nicht immer so bissig.« Erst lächeln, dann lügen.

»Wie viele Frauen hast du denn verschlissen?«, fragte sie. »Wie viele haben entnervt aufgegeben?« Sie griff nach der Kanne und goss uns Kaffee ein.

»Frauen verschlissen? Das will ich aber nicht gehört haben. Hat das Emma gesagt? Das würde zu ihr passen.«

»Nein, das hat sie nicht so formuliert, das habe ich jetzt gesagt.«

»Vier oder fünf in den letzten paar Jahren. Aber ich bin vielleicht auch zu anspruchsvoll. Ich sehe auch nicht, dass sich das ändert. Es geht mir doch gut, ich kann doch nicht klagen ...«

»Und von Zeit zu Zeit eine für das Bett. Ganz unverbindlich.« Sie sah mich an, als hätte sie das eigentlich sich selbst gefragt. Ihre Augen waren ganz weit weg.

»Das kann so geschehen, ja.«

»Und dann träumst du trotzdem, dass es für die Ewigkeit ist, oder?«

Erst lächeln, dann lügen! »Ich denke, ich habe diesen Traum nicht mehr. Das ist Ballast, das will ich nicht mehr.«

»Baumeister, du lügst!«

»Ich lüge nicht. Das hake ich einfach ab, das passt nicht mehr in mein Leben. Außerdem ist es verdammt anstrengend, bei jeder neuen Frau das eigene Leben neu zu organisieren, auch wenn du glaubst: Nun ist es für die Ewigkeit. Die gibt es eben nicht. Hast du Kinder?« Sehr gut, diese Frage, sieh zu, wie du damit klarkommst.

»Ja, habe ich. Ein Mädchen, ein Junge, zwölf und neun Jahre alt. Sie sind mein Leben geworden. Das war nicht immer so. Hast du Kinder?«

»Herzlichen Glückwunsch«, sagte ich und meinte das auch so. »Ja, ich habe eine Tochter, aber keine Verbindung mehr. Ich weiß nicht genau, warum, aber vielleicht ändert sich das eines Tages.« Völlig harmloses Gelände.

Sie trank von dem Kaffee. »Wir müssen alle so verdammt weite Wege gehen«, bemerkte sie. Sie hatte ihre Fußnägel feuerwehrrot lackiert, das sah fröhlich aus. Ungeschminkt war ihr Gesicht richtig schön.

Sie beugte sich unvermittelt weit vor. »Ich glaube, ich möchte jetzt doch schlafen gehen.«

»Das ist ganz einfach. Ich habe oben ein breites Bett, die linke Hälfte davon jungfräulich. Die nimmst du, und ich schlafe hier unten. Das tue ich oft.«

»Das ist doch Unsinn«, sagte sie. »Ich hole mir das Zeug und schlafe hier unten. Und wir haben, wenn wir aufwachen, noch einen Kaffee.«

»So machen wir das«, nickte ich.

Es gab das übliche nervöse Hin und Her, wenn zwei Erwachsene sich bemühen, den anderen auf keinen Fall zu stören. Dann bekam ich einen Kuss auf die Stirn und wir sagten uns Gute Nacht. Ich glaube nicht, dass ich mehr als eine Minute brauchte, um einzuschlafen.

Aber ich wurde sofort wach, als sie beladen mit ihrem Bettzeug hochkam und sich neben mich legte. Da war es vier Uhr. Sie schlief sehr schnell ein und schnarchte leicht.

Sie stand um sieben Uhr auf, als ihr Wecker einen knarrenden Ton von sich gab. Sie ging hinaus und fing schon vor der Treppe an zu telefonieren. »Hör mal, Minu«, sagte sie. »Mama kommt später. Du vergisst bitte nicht das Geld für das Mittagessen. Liegt auf dem Küchenschrank. Und schmeiß deinen Bruder aus dem Bett.«

Ihr Auto hörte ich nicht mehr, weil ich sofort wieder einschlief und erst gegen elf Uhr wieder auf die Erde zurückkehrte, weil Rodenstock das Telefon wie üblich endlos lange klingeln ließ.

»Hör zu, die Frau von dem Samba, die in Nohn lebt, die scheint mir interessant. Sie zeigt geradezu unfassbare Nerven und hat Kischkewitz' Leuten gesagt, sie hätte von Anfang an gewusst, dass das nicht lange halten könne. Ich habe sie angerufen, und sie erwartet uns gegen zwölf. Sie sagt, sie kann sowieso nicht schlafen und will sofort ihre Klamotten packen und nach Köln zurückgehen. Sie sagt, ihr Honorar für eine Stunde Gespräch liege bei hundertfünfzig Euro. Eifel sei eindeutig scheiße, sagt sie.«

»Ich hole dich ab.«

Ich mühte mich eine Weile damit ab, mich adrett herzurichten. Das war gar nicht so einfach, denn mein Gesicht war grau und faltig und unter den Augen hatte ich Trauerränder. Ich versuchte es mit kaltem Wasser, aber das hatte nur eine spurlose Schockwirkung. Dann fuhr ich nach Heyroth.

»Wie war das heute Nacht?«, fragte Emma.

»Ziemlich erschreckend«, sagte ich. »Sehr brutal. Ich kann mir nicht vorstellen, wem so etwas einfallen würde. Ich kenne so Leute nicht.«

»Und Tessa musste schon wieder ran.«

»Ja, ich habe ihr dann ein Bett angeboten, und wir haben noch eine Weile geschwätzt. Sie ist ein guter Typ.«

»Ja, das ist sie wohl. Sie macht einen guten Job. Kischkewitz ist ganz begeistert von ihr.«

Rodenstock kam die Treppe herunter und lächelte mich an. »Ich bewundere alle Leute, die nach fast vierundzwanzig Stunden Arbeit eine Nachtschicht einlegen.

»Ich bewundere mich auch«, sagte ich.

»Emma,« bemerkte er, »vergiss das Schießtraining nicht.«

»Ich fahre gleich, mein Gemahl«, murmelte sie lächelnd.

6. Kapitel

»Wieso macht sie ein Schießtraining?«, fragte ich Rodenstock im Auto.

»Sie will nicht einrosten«, erklärte er knapp. »Erzähl mir von heute Nacht.«

»Es war erschreckend.« Ich berichtete so genau wie möglich, und ich spürte, dass ich diesen Fall am liebsten sofort abgebrochen hätte. Er war zu groß, und er wies in eine Welt der permanenten Gewalt, die ich hasste.

Wir rollten schon nach Nohn hinein, als ich fragte: »Was soll das mit dem Schießtraining? Sie ist jetzt über sechzig. Das ist doch der Wahnsinn, das hat doch mit dem Einrosten nichts zu tun.«

Nach einer Weile antwortete er nachdenklich: »Als ich Emma von Eisenschmitt erzählte, verkrampfte sie sich. Sie wurde leichenblass, sie sagte: ›Ich möchte jetzt ballern, drei, vier Kammern rausballern.‹ Da habe ich gesagt, sie könne ja mal zum Schießtraining gehen.«

Das Haus in Nohn war eine ausgebaute Scheune, die sich an ein kleines aufgegebenes Wohnhaus anschloss. Auf dem Klingelschild stand: *Karl Wehr (Samba) und Monika Baumann*. Und auf einem kleinen von Pflastersteinen umrundeten Erdplatz rankte eine purpurfarbene Kletterrose an drei Bambusstangen hoch. Die Blüten waren handtellergroß und leuchteten wie nahe Gestirne.

Dann machte die Frau die Haustür auf und sagte beiläufig: »Ja, bitte, was kann ich für Sie tun?«

Sie hatte ein erschreckend hartes Gesicht mit vielen scharfen Linien auf der Stirn, um die Augen und beiderseits des

Mundes. Das Gesicht war mager, etwas eingefallen unter lang wallenden, braunen Haaren. Ihre Augen waren hellgrau, vollkommen ausdruckslos und wirkten wie Kieselsteine. Sie trug Jeans und dazu einen schweren, grauen Rollkragenpullover. An den Füßen hatte sie grobe Socken aus dicker, roter Wolle, und sie ging auf flachen Holzlatschen. Sie konnte vierzig Jahre alt sein, aber ebenso gut sechzig.

»Wir sind verabredet«, sagte Rodenstock und stellte sich vor. Dann wies er auf mich. »Das ist Siggi Baumeister, ein Freund.«

»Kommen Sie herein. Und machen Sie die Tür zu, ich friere.«

Der Wohnbereich lag unmittelbar hinter der Haustür, wahrscheinlich hatten sie die alte Tenne zwischen den ehemaligen Ställen als Wohnzimmer hergerichtet. Es gab einen sehr langen, einfachen Holztisch, an dem acht einfache Stühle standen. Dann eine alte Sitzgruppe aus Leder, die wie ein offenes Viereck vor einem alten Bollerofen stand. Der brannte, machte die Luft stickig, und der Eisendeckel vom Ofen glühte in einem sanften Rot. Rechts und links des Raumes führten jeweils zwei Türen in die anderen Räume.

Sie setzte sich in einen der Sessel vor dem Ofen. »Nehmen Sie Platz, wo es Ihnen passt. Wollen Sie einen Schnaps? Also, ich trinke einen Schnaps.« Sie goss sich aus einer Flasche mit wasserklarem Inhalt etwas in ein großes Glas und stürzte es hinunter. »Nicht, dass Sie denken, ich wäre besoffen. Aber ich fühle mich, als wäre ich mal wieder auf Turkey. Wie in den guten alten Zeiten. Da habe ich noch geglaubt, ich hätte eine Zukunft. Seit heute Nacht habe ich keine mehr. Was wollen Sie? Und damit das klar ist: Ich will das Honorar.«

Rodenstock blieb sachlich. »Wir sind pingelig«, murmelte er. »Können wir Ihre Personalien haben?« Dann beugte er sich vor, kramte in der Jacketttasche und legte dann Euroscheine vor sie hin. »Einhundertfünfzig«, sagte er. »So haben wir es ausgemacht.«

»Richtig«, nickte sie, nahm die Scheine, rollte sie zusammen, stand auf und steckte sie sich in die Hosentasche. Dann setzte sie sich wieder. »Also, ich heiße Monika Baumann, bin dreiunddreißig Jahre alt. Geboren in Bonn. Ich bin berufslos, was soll ich auch damit. Zuletzt wohnhaft in Köln, in der Südstadt, Wormser Straße. Jedenfalls bis ich Samba getroffen habe. Wir haben ein paar Monate in Köln rumgemacht, dann hat er gesagt, ich könnte mit ihm in die Eifel gehen, mit ihm leben. Das war vor anderthalb Jahren. Ach ja, ehe ich es vergesse: Ich bin vorbestraft. Diebstahl und Urkundenfälschung. Aber im Knast war ich nie. Ich war auf H. Ziemlich lange. Ich sage das nur, weil Sie das sowieso in den Akten gefunden hätten. Habe ich auch den Bullen heute Morgen gesagt.«

»Wusste Samba das?«, fragte Rodenstock.

»Oh jaaa!«, antwortete sie. »Der wusste alles. Oder fast alles. Der war ja auch verrückt, der Kerl. Irgendwie war er ein verrücktes Huhn ...«

»Wieso war er verrückt?«, unterbrach Rodenstock freundlich.

»Na ja, er war eben so. Er sagte: Du kommst mit, und wir rollen zusammen die Eifel auf. Von West nach Ost. Und wer uns was will, kriegt einen in die Schnauze. So sagte er das, das verrückte Huhn. Er kam dauernd mit so Sprüchen. Dabei konnte er keine Fliege am Fenster erschlagen. Aber immer mit der Schnauze ganz vorne. Das verrückte Huhn.« Sie lachte nicht, sie lächelte nicht einmal, sie verzog ihr Gesicht nicht um einen Millimeter, sie sah mit weit offenen Augen starr geradeaus. Ihre Stimme war ein gleichbleibender Singsang, keine Höhe, keine Tiefe, keine Betonung eines Wortes.

»Haben Sie ihn geliebt?«, fragte ich.

»Ja, was weiß ich denn, Männeken? Liebe und so? Auf Wolke sieben schweben? Ein Blick in den Himmel? Ach, geh mir doch weg mit dem Scheiß! Da bin ich doch zu alt für, das hatte ich doch alles schon, da war ich vierzehn.« Sie saß da, sagte solche Sätze, starrte geradeaus, bewegte sich nicht, bewegte die Augen nicht, haspelte die Sprache ohne Sinn und Komma herunter.

»Als Sie Samba trafen, haben Sie da in Köln gearbeitet?«, fragte ich.

»Nein, habe ich nicht. Da war ich auf Hartz IV, und mir ging es auch gut. Paulchen, der alte Schmiersack, hatte mir gesagt, ich könnte bei ihm wohnen. Anfangs sagte er, ich könnte die Miete abarbeiten. An ihm abarbeiten, logisch. Aber das wollte ich nicht. Ich habe ihm für das Zimmer einen Hunni bezahlt, lief auch gut. Ja, manchmal, wenn er besoffen war, stand er nachts vor meinem Bett und sagte: ›Liebling, ich bin so alleine!‹ Aber darum habe ich nichts gegeben, ich habe nur gesagt: Hau ab, du alte Vogelscheuche, sonst reiße ich dir die Eier ab. Und meistens ist er auch gegangen. Es lief ganz gut.«

»Was haben Sie denn den lieben Tag lang gemacht?«, fragte Rodenstock.

»Gearbeitet«, antwortete sie. »Schwarz gearbeitet, Schattenwirtschaft. Alles Mögliche, das meiste für fünf Euro die Stunde, auch mal für dreifünfzig. Aber es war ja nicht das Geld, es war, damit man unter Menschen ist.«

»Kein Rückfall?«, fragte Rodenstock. »Gar nichts?«

»Doch, ab und zu eine Tüte. Aber der Stoff war meistens scheiße und auch teuer. Manchmal Bier, manchmal Schnaps. Sonst nichts.«

»Wirklich kein Rückfall in Heroin?«, hakte Rodenstock nach.

»Doch, einen. Aber den habe ich kalt durchgestanden. Du denkst einmal pro Sekunde, dass du stirbst. Das reicht dir, Mann, das reicht dir vollkommen. Und Paulchen hat mir die Hand gehalten, drei Tage, zwei Nächte. Ich habe acht Kilo verloren. Traumfigur. Alle haben mich gefragt, ob ich nach jeder Frikadelle kotzen gehe.«

»Haben Sie noch Eltern?«, fragte ich.

»Ja«, antwortete sie. »Eltern und sogar Geschwister. In Bonn. Aber die habe ich nicht mehr gesehen, seit ich wegen H in der Psychiatrie war. Die sagten, ich sollte besser nicht mehr kommen, es wäre endgültig pillow, man müsste sich ja richtig für mich schämen. Ich hab gesagt: Scheiß drauf! Dann bin ich nach Köln gegangen, und da lief es gut. Jedenfalls so gut, wie es eben ging.«

»Wie lange waren Sie auf Heroin?«, fragte ich.

»Alles in allem gute neun Jahre. Das volle Programm. Aber in Köln kam Samba. Nun ist das passiert. Und jetzt packe ich wieder mal meine Sachen und ziehe wieder ab. Wieder nach Köln, denke ich mal. Da kenne ich ja ein paar Leute. Südstadt, Wormser Straße.« Sie sah plötzlich erst Rodenstock, dann mich an, und sie lächelte sogar leicht. »Also, Sie müssen sich um mich keine Sorgen machen, ich ziehe das durch. Und wenn nicht, dann weiß ich eine Abkürzung auf den Südfriedhof.«

»Warum wollen Sie denn verschwinden?«, fragte Rodenstock erstaunt. »Sie haben hier mit Samba gelebt, jetzt ist er leider nicht mehr. Aber deswegen müssen Sie doch nicht von hier verschwinden.«

»Ach, komm, Junge, ich weiß doch, wie das läuft. Spätestens bei der Beerdigung steht einer auf dem Friedhof neben dir und sagt: Ich bin Sambas Vater, und ich möchte gern in vier Wochen das Haus übernehmen! Wir sind die Erben!

Packen Sie in Ruhe Ihre Sachen! Spätestens dann kommst du dir bescheuert vor, und du weißt, dass du keine Chance hast.«

»Also hat Samba Sie nie seinen Eltern vorgestellt?«, fragte Rodenstock.

»Doch, doch, das schon. Wir waren ein paarmal da. Aber ich habe doch gemerkt, dass ich nicht wirklich dazugehöre.«

»Das ist in der Eifel völlig normal«, sagte ich schnell. »Das dauert lange.«

»Gehen Sie nicht weg.« Rodenstock lächelte, kramte in seiner Weste und legte dann seine Visitenkarte vor sie hin. »Vorher sollten Sie mich anrufen, vielleicht können wir behilflich sein.«

»Doch nicht so, Mensch«, sagte sie abweisend, wieder mit vollkommen starrem Blick. »Ich will keine Liebesgaben, ich will nicht geduldet werden, da soll sich keiner als Therapeut abarbeiten.«

»Wir wollen auch etwas über Samba wissen«, begann ich vorsichtig. »Haben die Bullen Ihnen gesagt, was mit ihm passiert ist?«

»Ja, haben sie. Sie haben gesagt, er wäre vom Motorrad geschossen worden. Es könnte auch ein Unglücksfall gewesen sein, sagten sie. Aber wahrscheinlich nicht. Ich hab ihnen gesagt, das hätte mir gerade noch gefehlt. Sonst konnte ich auch nichts sagen, ich weiß ja nicht, was da abgelaufen ist. Ich habe denen gesagt, ich könnte mir nicht im Traum vorstellen, dass jemand so einen Hass auf Samba schiebt und ihn vom Bike schießt. Was sollte ich sonst sagen, das stimmt doch. Und sie haben mich zwei Stunden in der Mangel gehabt. Und sie fragten mich dauernd, ob Samba denn Feinde hätte, ob jemand ihn bedroht hat, ob ich weiß, ob er jemandem viel Geld schuldet, und ob der vielleicht ein paar Jungens mit dem Schießgewehr geschickt hat. Sogar die Frage, ob er denn was mit der Mafia zu tun hätte. Ihr habt doch einen Knall, habe ich gesagt. Immer wieder solche Fragen. Und dann haben sie gefragt, ob Samba denn die Gaby Schirmer gekannt hätte, und ich habe gesagt, die haben schon zusammen im Sandkasten gespielt. Sie sagten, die Gaby wäre auch erschossen worden. Und ob Samba denn vielleicht zusammen mit Gaby ein paar gefährliche Geheimnisse gehabt hätte. Und ich hab gesagt: Leute! Lasst mich mit solchem Scheiß in Ruhe, ich weiß nichts von Feinden, und auch nichts von gefährlichen Geheimnissen. Dieser Mann hat unmöglich Feinde gehabt, das hätte der mir gesagt. Der hat mir alles gesagt, Leute, also redet nicht solchen verdammten Scheiß!« Ihre rechte Hand auf der Sessellehne begann zu trommeln, es war ein sehr schneller Rhythmus, gleichmäßig. Es klang unnatürlich laut.

»Aber da war etwas«, bemerkte Rodenstock ganz leise.

»Da war etwas«, nickte sie und sah Rodenstock an. »Ich wollte bei den Bullen heute Morgen nicht drüber reden, weil ich dachte: Das war unser Leben! Das geht die einen Scheißdreck an! Aber ich weiß ja, dass die das sowieso irgendwann spannen, wenn irgendwelche Leute reden. Und dass sie auch nach Köln kommen, um mich in die Mangel zu nehmen, dass ich da nicht weglaufen kann, meine ich. Jetzt ist er tot, und ich weiß ja, wie das Scheißleben so spielt, braucht mir keiner zu sagen, weiß ich alles. Also, Samba hatte irgendwas mit Geld. Mit Bargeld, meine ich. Er hat nie drüber gesprochen, kein Wort. Manchmal sagte er: Ich muss heute Nacht wieder zur Bad Bank. Und dann war er lange weg. Ziemlich viele Stunden, so drei bis vier, manchmal fünf. Dann kam er heim und sagte: Alles klar, nichts passiert, schlaf weiter. Ich habe gefragt, was denn die Bad Bank ist, und was er da tut, und er hat gesagt, das willst du gar nicht wissen. Das ist mein kleines Geheimnis, hat er gesagt, mein einziges, kleines Geheimnis. Aber es ist nichts Illegales. Das hat er auch gesagt.«

»Die ganzen anderthalb Jahre lang?«, fragte ich.

»Ja, genau«, nickte sie. »Mal war es alle vierzehn Tage, mal jede Woche, mal nur einmal im Monat. Einmal hat er gesagt: Dafür werde ich sogar bezahlt, und nicht schlecht. Ich habe gedacht: Dann rühre ich besser nicht dran. Ich dachte immer: Eines Tages wird er es mir erzählen. Und es war ja klar: Irgendwas richtig Mieses macht er niemals, er war einfach nicht so. Ich habe also den Mund gehalten, mir ging es ja gut. Ich hatte hier alles, wirklich alles. Und um die Ecke wohnt eine alte Frau, die immer mit mir redet, wenn ich bei der aufkreuze. Also, ich sage mal: Du lebst hier, und irgendwann kommst du auch richtig hier an.«

»Haben Sie denn nie bei Samba im Imbiss gearbeitet?«, fragte ich.

»Ja, klar, sogar ziemlich oft. Dann sind wir zusammen nach Daun gefahren und wieder zurück. Und er hat gesagt: Du machst demnächst den Führerschein, kriegst ein kleines Auto, und dann ist alles Paletti. Ich kriegte den Führerschein abgenommen, als ich auf H war, muss ich sagen. Die nehmen dir sofort den Lappen weg.«

»Ich nehme an, das mit der Bad Bank machte Samba irgendwie Spaß«, murmelte Rodenstock behutsam.

»Ja, machte es. Er sagte: Mädchen, das ist das am leichtesten verdiente Geld meines Lebens! Und wieso böse oder schlechte Bank, habe ich gefragt. Und er lachte und sagte: Wenn es vorbei ist, werde ich dir das erklären. Er war eben so: Er lachte über das Leben, von morgens bis abends.« Sie fing wieder an, mit den Fingern zu trommeln, ihr Blick wurde starr, sie sah uns nicht mehr an, und ihr Mund war plötzlich nicht mehr als ein Strich.

»Aber Sie wussten es längst, nicht wahr?«, sagte ich.

»Ja, klar. Und ich muss sagen, es war wirklich so was wie ein Zufall. Also, ich habe ihm nie hinterher geschnüffelt, war nie mein Ding, so was mache ich grundsätzlich nicht. Dieses Häuschen ist ja ziemlich klein, wenn du den ganzen Tag zu Hause bist. Ich war noch nicht sechs Wochen hier, da wusste ich es schon. Und es passierte ja auch nur, weil er nicht wusste, was ich alles drauf habe.« Sie wedelte mit beiden Händen vor dem Körper herum, als müsste sie sich gegen irgendetwas wehren.

»Was ist passiert?«, fragte Rodenstock. »Sie können uns vertrauen, wir gehen mit Geheimnissen sehr vorsichtig um.«

Das fand ich etwas schräg, aber vielleicht half es.

Sie sah Rodenstock den Bruchteil einer Sekunde an. »Er hat ja auch gesagt: Du ahnst einfach nicht, wie blöde die Menschen sind. Dazu hat er gekichert. Ach Gott, er konnte wirklich kichern wie ein kleiner Junge, das verrückte Huhn. Und man darf ja auch nicht vergessen: Er hat mir eine Chance gegeben auf ein richtiges Leben. Ein kleines, richtiges Leben. Mensch, du darfst doch nicht vergessen, wer ich war. Wer war ich denn? Sag doch mal selbst, wer war ich denn schon? Ein Luder war ich, eine Hure, die mit jedem fickt, wenn er nur ein paar Scheine rausrückt. Ich habe Gott und die Welt belogen und beschissen. Sie haben mir die Hand gegeben, und ich habe mit der anderen Hand ihre Brieftasche gefilzt. Ich habe so viel Scheiße gebaut, dass ich mich nicht mehr getraut habe, in den Spiegel zu gucken. Was hätte ich denn auch machen sollen? Hätte ich vielleicht sagen sollen: Liebling, gib mir was von dem Kies ab, hätte ich das?« Ganz unvermittelt versank sie wieder in sich selbst, starrte auf irgendeinen fernen Punkt und trommelte mit den Fingern der rechten Hand. »Zuletzt, vor ein paar Wochen, hat er gesagt, dass er mit mir nach Las Palmas will, vor Weihnachten noch, damit wir braungebrannt unterm Weihnachtsbaum liegen können.« Sie schniefte zum ersten Mal, sie hatte irgendetwas in der Nase.

»Können wir das Geheimnis mal sehen?«, fragte Rodenstock und reichte ihr ein Paket Papiertaschentücher.

Sie hatte erstaunlich ruhige Hände. Sie schnäuzte sich laut und trompetend und sagte: »Ja klar.« Dann stand sie auf und ging vor uns her. Es ging durch die zweite Tür auf der linken Seite des großen Raumes.

Sie ließ die Tür offen, wir traten hinter ihr ein.

»Das ist unser Schlafzimmer«, erklärte sie. »Das verrückte Huhn hat gesagt: Das ist meine Ausbildungsstätte!«

Es war ein ganz normales, ungemachtes Bett, sicher zweimal zwei Meter groß. Der Raum hatte zwei Fenster nach hinten raus, man sah auf einen großen Garten, der voller Blumen war. Obstbäume gab es auch, drei Pflaumenbäume, zwei Apfel, eine Birne. An der linken Seitenwand stand ein mehrteiliger großer Schrank mit sechs Türen.

»Die ersten vier Türen beim Schrank sind meine Türen, die anderen sind von ihm. Hinter der letzten Tür kommen seine Fächer. Für Unterwäsche und Strümpfe und T-Shirts und so was. Und ganz unten liegt ein schmaler Metallkoffer.«

Sie ging jetzt nach vorn und zog die sechste Tür auf. Unten lag der metallisch glänzende Koffer, nicht größer als ein ganz normaler Aktenkoffer. Darüber ein Fach mit einigen verschiedenfarbigen, einfachen Heftern.

»Samba hat von Anfang an gesagt: Der ist tabu, an den gehst du nie ran. Und wenn es bei uns brennt, kümmerst du dich einen Scheißdreck um irgendwas. Und wenn deine Klamotten schon in Flammen stehen: Du nimmst sofort den Koffer und schmeißt ihn einfach nach hinten raus durchs Fenster in den Garten. Was ist denn da drin?, habe ich gefragt. Die wichtigsten Papiere, hat er geantwortet, sonst nichts. Und du schließt den Koffer immer ab?, habe ich gefragt. Ja, sicher, hat er geantwortet, sind doch Sicherheitsschlösser. Der Inhalt geht dich auch nichts an. Ich guck mir also den Koffer und die Schlösser genau an und sage: Leg mir das Ding mal aufs Bett! Da hat er ganz komisch geguckt und wieso gefragt. Mach das einfach, Schätzchen, habe ich gesagt. Also, er holt den Koffer da unten raus und legt ihn aufs Bett. Hast du eine Büroklammer? frage ich. Irgendwo wird eine sein, sagt er. Wir suchen eine Büroklammer, und wir finden eine. Und ich sage, guck auf die Uhr, in weniger als zwei Minuten ist das Ding offen. Er sagt nur noch Häh? Er sagt, ich soll keinen Scheiß reden, aber ich nehme die Büroklammer, biege sie so wie ich sie haben will, und mache die beiden Schlösser auf. Es war eine Menge Geld drin, aber er hat nicht gesagt, wie viel. War ja auch egal. Jedenfalls hat er die blöden Schlüssel genommen und sie im Lokus versenkt. Und seitdem war der Koffer grundsätzlich auf.«

»Glauben wir das?«, fragte Rodenstock schnell und sah mich an.

»Wir glauben das«, nickte ich. »Und Samba fiel also vom Glauben ab. Haben Sie viel Geld gesehen?«

»Ja, klar. Da kommt einiges zusammen. Aber gezählt habe ich es nicht, und manchmal habe ich gar nicht mehr geguckt, weil ich vergessen habe zu gucken. Es muss aber jede Menge gewesen sein. Und ich habe nie gefragt. Nicht, woher es kommt, wohin er es bringt, wem es gehört, wer es ihm gegeben hat. Ich habe gedacht: Eines Tages wird er es erzählen.«

»Dann nehmen Sie den Koffer bitte jetzt raus, und wir schauen, was drin ist«, sagte ich so sachlich wie möglich.

Sie bückte sich, hob den Koffer hoch, drehte sich und legte ihn auf das Bett. Dann klickten die Schlösser.

»Das sind sechsundvierzigtausend Euro, Sie können nachzählen«, murmelte sie und setzte sich neben den Koffer auf das Bett. »Es ist nicht mal besonders viel. Ich habe es gezählt, als die Bullen wieder weg waren. Ich habe das Ding schon voller gesehen, also etwas um die zweihunderttausend oder so was. Manchmal sogar mehr.«

»Und Sie haben niemals etwas davon genommen?«, fragte ich.

»Niemals«, sagte sie. Jetzt war sie echt empört, jetzt zeigte sie Gefühl. »Ich bin doch kein Doofchen, ich weiß doch, dass jemand das Geld gezählt hat, und ich weiß doch: Samba bringt es irgendwo hin. Und da wird es wieder gezählt, oder? Und wenn da was fehlt, ist Samba dran, oder?« Dann zuckte sie zusammen und murmelte ganz leise: »Es ist ihm ja auch was passiert.«

»Bemerkenswert kühl«, murmelte Rodenstock, erklärte aber nicht, was er meinte. »Und Sie haben keinen Verdacht, Sie haben niemals einen Namen gehört?«

»Kein Wort, kein Name, nichts«, sagte sie.

Sie griff den offenen Koffer, schleuderte ihn vom Bett, und die Geldbündel flogen umher. Dann begann sie nach Luft zu schnappen, und sie war augenblicklich panisch. Jetzt schrie sie zum ersten Mal. Es war ein hoher, schriller Ton, der nicht aufhören wollte. Ihr Mund war weit geöffnet, sie wollte nach Luft schnappen, aber es ging nicht. Sie griff sich an den Hals, stand von dem Bett auf, trat mit voller Wut nach den Geldbündeln. Dann schrie sie wieder, und der Ton war sehr schrill und wollte wieder nicht enden. Sie griff nach etwas, das auf dem Boden lag. Es war ein Schuh, ein derber Wanderschuh. Sie rannte mit ihm zu den Fenstern und schleuderte ihn gegen das Glas. Die Scheibe brach, die Splitter klirrten auf die Fensterbank.

Das alles ging so schnell, wir hatten kaum eine Chance zu reagieren.

Sie nahm einen Splitter und schnitt sich verzweifelt und mit aller Kraft quer durch ihre linke Hand. Dann schrie sie wieder, hatte die Glasscherbe immer noch in der Hand und fuhr sich damit mit verzerrtem Gesicht über die Pulsader an der linken Hand. Sie hob den Pullover an, sie schnitt sich quer über den Bauch. Die Scheibe fiel herunter auf den Boden. Sie bückte sich, nahm die Scherbe und fuhr sich damit wild an den Hals und in das Gesicht und drückte das gottverdammte Stück Glas sägend durch ihre Haut. Sie war schon jetzt voller Blut, sie schrie auch nicht mehr, sie schluchzte. Sie wirkte vollkommen fassungslos.

In einer ganz stillen Sekunde hauchte sie: »Es war doch nur ein Stückchen Leben, Leute!«

Rodenstock reagierte jetzt unglaublich schnell und war mit wenigen Schritten bei ihr. Er versuchte, ihre Hände zu greifen und festzuhalten. Ihr Gesicht war voller Blut, und Rodenstock hatte sofort Blutschlieren im Gesicht, weil er so dicht vor ihr stand. Er keuchte und versuchte irgendetwas zu sagen, was ich nicht verstand. Er drückte die Frau mit aller Gewalt mit dem Körper gegen die Wand zwischen den Fenstern und brüllte: »Ist ja gut, Mädchen, ist gut!«

Dann schrie sie wieder, aber der Schrei erstarb, weil sie wohl keine Kraft mehr hatte.

Dann sah ich Rodenstock irgendwie wachsen. Er hob seinen Körper und bog ihn nach hinten durch, dann schlug er mit aller Kraft zu. Beide Hände fielen wie Fallbeile in die Halsbeugen der Frau, und sie war augenblicklich besinnungslos und sackte auf den Boden.

»Ruf die Sanis und den Notarzt«, sagte Rodenstock schwer atmend. »Sie sollen ohne Licht und Horn kommen, aber verdammt schnell. Und stopf das verdammte Geld in den Koffer zurück und lege ihn wieder in den Schrank. Und kein Wort davon, zu keinem!« Er stand da und sah in den blühenden Garten hinaus. »Ich würde für mein Leben gern wissen, welches Schwein das hier angerichtet hat.«

»Eigentlich brauchen wir nur zu warten«, bemerkte ich. »Das Schwein wird ja sein Geld wieder haben wollen, oder?«

7. Kapitel

Die Leute vom DRK waren sehr schnell da, und der Notarzt fuhr vor ihnen her. Er war ein dünner, blasser Mann, ungefähr vierzig Jahre alt, der sich keinen Umweg erlaubte, sich nicht einmal nach all dem Blut in Rodenstocks Gesicht und Kleidung erkundigte, nur fragte: »Wo ist die Dame?«

»Im Schlafzimmer«, sagte ich.

Er rannte dort hinein, und nach wenigen Sekunden fragte er laut: »Wieso ist die denn bewusstlos?«

»Ich habe sie umgehauen«, teilte Rodenstock mit. »Sie entwickelte einen enormen Furor.« Er lag in einem der Ledersessel und war sehr blass.

»Sieh mal einer an«, erklärte der Notarzt gemütlich. »Na, dann gucken wir doch mal.« Nach einigen Sekunden fragte er: »Hat sie mit der Glasscherbe in ihrer Hand rumgefuchtelt?«

»Hat sie«, bestätigte ich. »Sie hat sich überall geschnitten. Gezielt.«

»Nicht nur rumgefuchtelt«, brummte Rodenstock. »Und irgendwie hatte sie sogar recht.«

»Ich liebe all die Laien, die mir täglich begegnen und mir meinen Beruf erklären«, erklärte der Notarzt nebenan bissig. »Wollte die Frau sich töten?«

»Es sah so aus«, sagte ich. »Unbedingt. Nicht nur töten, sie wollte sich zerfetzen.«

»Komm, Mädchen, komm, mach die Augen auf, die Welt ist schön!«, sagte der Notarzt laut und drängend. Und nach einer Weile: »Mach die Augen auf, los, komm schon! Jaaa! So ist es gut. Gutes Mädchen.« Nach weiteren Sekunden: »Ich bin dein Doktor. Nein, nein, nein, nicht schlagen, nicht prügeln. Das wollen wir doch gar nicht. Jetzt macht es gleich pieks, und dann sind wir in einem wunderbaren Zustand.«

»Lieber Himmel!«, sagte Rodenstock unterdrückt. »Wie kommen wir bloß aus diesem Durcheinander raus?«

Ich sagte: »Ich glaube, ich bade dich mal, du siehst schlimm aus.« Bei der erstbesten Tür hatte ich Glück. Es war das Badezimmer. Ich nahm ein Handtuch, tränkte es mit kaltem Wasser und ging zu Rodenstock zurück. »Heb deinen Kopf, mach die Augen zu.«

»Das ist toll«, sagte er nach einer Weile.

»Schorsch, ihr könnt sie jetzt verladen«, rief der Notarzt.

Sie eilten mit einer Trage an uns vorbei und verschwanden im Schlafzimmer. Es dauerte nur Sekunden, dann trugen sie Monika Baumann an uns vorbei zum Rettungswagen. Sie fuhren sofort los und setzten weder das Blaulicht noch die Sirene.

Der Notarzt kam zu uns und fragte Rodenstock: »Sind Sie verletzt?«

»Nein.«

»Ich frage nur, weil Sie so aussehen. Was wissen Sie von dieser Frau? In welchem Verhältnis standen Sie zu ihr?«

»Wir ermitteln«, stellte Rodenstock fest. »Die Frau heißt Monika Baumann und ist dreiunddreißig Jahre alt. Letzte Anschrift Köln, Südstadt, Wormser Straße. Sie lebte seit anderthalb Jahren hier. Sie lebte zusammen mit Karl, den alle Samba nennen ...«

»Ich will eigentlich nur wissen, wo und ob sie überhaupt versichert ist, Mann. Ich habe es eilig, und wenn ich Schwein habe, kriege ich ein Mittagessen in Daun.«

»Sie hören mir jetzt zu!«, stellte Rodenstock sehr hart fest. »Und Sie kommen bitte aus Ihrem Notarzthimmel zurück auf diese Erde. Ist das klar?«

»Wie gehen Sie denn mit mir um?«, fragte er böse.

»Ist ja gut, Mann, ist ja gut. Diese Frau, die Sie eben versorgt haben, ist eine wichtige Zeugin in einer Mordermittlung, die seit der vergangenen Nacht auf Hochtouren läuft. Und wahrscheinlich ist sie eine wichtige Zeugin bei dem Mord an zwei Dauner Polizeibeamten in der Nacht zu gestern, von dem Sie todsicher gehört haben, weil alle Welt davon spricht. Sind Sie soweit informiert, kann ich das feststellen?«

»Wer sind Sie denn eigentlich?«, fragte der Notarzt aufgebracht.

»Kriminaloberrat Rodenstock, außer Dienst, aber zurzeit tätig für die Mordkommission. Wenden Sie sich an Rat Kischkewitz, der die Mordkommission leitet.«

»Den kenne ich«, sagte der Mediziner verunsichert. »Was soll das alles?«

»Diese Frau schwebt meines Erachtens in Lebensgefahr. Sie ist bisher die einzige Zeugin, die wir überhaupt haben. Und Sie müssen jetzt auf einige Punkte achten. Wohin wird sie gebracht?«

»Ich dachte Wittlich«, sagte der Arzt.

»Nehmen Sie Gerolstein, weil es näher liegt«, korrigierte Rodenstock. »Die Frau muss verdeckt eingeliefert werden. Sie gehört in ein Einzelzimmer, in dem sie abgeschottet liegen kann. Niemand hat Zutritt, außer dem Klinikpersonal. Können Sie jetzt den Krankenwagen rufen und ihn umleiten?«

»Verstanden. Das mache ich sofort. Schorsch kann noch nicht weit sein. Sie wollen bestimmt, dass wir keine weiteren persönlichen Fragen stellen, bis geklärt ist, wie wir weiter medizinisch verfahren. Also, Sie übernehmen die Verantwortung?«

»Natürlich.« Rodenstock griff in seine Innentasche. »Ich gebe Ihnen meine Visitenkarte und schreibe die Nummer von Rat Kischkewitz dazu, damit Sie sicher sind. Ist das so okay?«

»Aber ja«, bestätigte der Mann. »Dann sage ich mal den Jungens im Rettungswagen Bescheid, damit die Gerolstein anfahren.« Er sah uns freundlich an und setzte hinzu: »Wilde Zeiten scheinbar. Ich habe schon den nächsten Notruf, ich muss weg.«

»Sie sagen es«, nickte Rodenstock. »Und vielen Dank.«

Er verschwand, ging zu seinem schnellen Auto und schaltete das Blaulicht ein, als er vom Hof fuhr.

»Was machen wir?«, fragte ich.

»Gar nichts«, bellte Rodenstock. »Wir können ohne Kischkewitz nichts machen, wir müssen ihn einschalten, die Sache wird jetzt schnell und heiß.«

»Und das Geld in dem Koffer?«

»Das nehmen wir mit. Wir suchen einen Hausschlüssel und schließen hier ab. Dann fahren wir nach Heyroth und reden mit Kischkewitz. Und wickele bitte eine Decke um den Koffer. Vielleicht gibt es Fingerabdrücke.«

»Du siehst ganz schön grau aus, mein Freund«, murmelte ich. »Bleib erst einmal sitzen, bis ich alles geregelt habe.«

»Ach, verdammt«, fluchte er wild. »Was muss ich denn in meinem Alter auch hingehen und eine Frau ausknocken.«

»Bring es mir bei, dann löse ich dich ab.«

»Du würdest das nicht tun, weil du ein Weichei bist.«

»Du hast recht«, sagte ich. »Es leben die Weicheier auf diesem Planeten.«

Es gab ein Schlüsselbrett und zwei Hausschlüssel, die ich sicherheitshalber ausprobierte. Ich wickelte den Geldkoffer in so etwas wie eine Decke und brachte ihn ins Auto.

»Gibt es hier ein Bandgerät für das Telefon?«, fragte Rodenstock.

Es gab eines, und da ich nicht sicher war, wie man es bediente, zog ich den Stecker aus der Buchse und nahm alle Verbindungskabel mit.

»Okay, wir können abrücken.« Als er aufstand, schwankte er leicht und bückte sich zu dem Sessel herunter, um sich festzuhalten. Er brummte: »Verdammte Hacke, was ist denn nur?«

»Leute in deinem Alter sollten sich nicht prügeln«, sagte ich. »Jetzt geh langsam, es gibt nicht den geringsten Grund zur Eile.«

Aber nach weniger als einem Kilometer sagte er drängend: »Mach schneller, verdammt noch mal.«

Ich wurde sofort wütend. »Nun sag mir doch mal: Weshalb soll ich denn Vollgas geben? Können wir vielleicht mal die Gehirne benutzen, anstatt mit dem Auto zu spielen?« Gleich darauf tat es mir leid.

»Entschuldigung«, sagte er. »Du hast recht.«

»Ruf Kischkewitz an, sag ihm, dass wir ihn brauchen. Er kann nach Heyroth kommen, oder wir irgendwohin.«

Also fing er an zu telefonieren, und ich musste mich zusammennehmen, um nicht Vollgas zu fahren.

Emma stand vor der Tür und sah beunruhigt aus. Ich blieb also im Auto sitzen und ließ Rodenstock den Vortritt. Dann sah ich zu, wie Emmas Augen ganz groß und ganz mitleidig wurden.

»Er ist ein Wrack!«, sagte ich beim Aussteigen. »Er schlägt neuerdings auch Frauen.«

»Du bist ekelhaft«, fauchte Rodenstock, aber immerhin grinste er wieder.

»Du ziehst dich aus, lässt deine Sachen im Flur liegen und gehst duschen!«, bestimmte die Hausherrin. Dann sehr viel höher und schrill: »Da ist ja jede Menge Blut, das ist ja alles versaut. Und wieso machst du so ein schiefes Gesicht? Gib es zu, du bist verletzt!«

»Bin ich nicht«, widersprach er. »Ich bin nur ein Rentner.«

Sie zogen ins Haus, polterten die Treppe hinauf, und ich ließ mich auf einem Stuhl in der Küche nieder und fand frischen Kaffee.

Nach einer Weile tauchte Emma wieder auf.

»Wie war das Schießtraining?«, fragte ich.

»Ich werde alt«, teilte sie mit. »Im Stehen bei ruhigem Anschlag geht es. In der Bewegung geht es eben nicht mehr. Bei schnellen Drehungen verfehle ich den Elefanten auf fünfzehn Meter. Das deprimiert. Willst du was essen? Ich habe nur Bratkartoffeln, Spinat und Spiegelei.«

»Ja, aber bitte nicht so viel.«

»Rodenstock sagt, Kischkewitz kommt gleich. Was war da los bei dieser Frau in Nohn?«

Ich erzählte es ihr, und sie stellte mir einen Teller mit ihren Köstlichkeiten hin.

»Dann wächst also eine massive Bedrohung für diese Frau, wenn sie den Koffer mit dem Geld nicht rausrücken kann«, stellte sie fest.

»Warum soll die das nicht können? Vielleicht stellen wir unter diesen Umständen eine Falle. Würde sich anbieten.«

»Das würde bedeuten, ihr opfert diese Frau.« Ihre Stimme war plötzlich ganz hart geworden. »Dann kann sie anschließend die Eifel verlassen, dann ist sie verbrannt. Alle Welt wird vermuten, dass sie mit Gangstern paktierte, kein Mensch wird die Wahrheit wissen wollen. Stell dir nur das Gerücht vor, der Samba hätte dauernd große Summen ins Haus geschleppt und heimlich irgendwohin gebracht. Und im Zuge der Recherchen bei der Kripo und der Staatsanwaltschaft wird ein solches Gerücht nicht zu vermeiden sein. Irgendjemand redet immer. Nein, eine Falle in Sambas Haus ist für die Frau gar nicht gut. Machen wir uns nichts vor: Sie schwebt tatsächlich in Lebensgefahr.« Dann lächelte sie etwas hinterhältig, und ihre Stimme wurde geradezu süßlich. »Du hast auf eine gewisse Staatsanwältin einen riesigen Eindruck gemacht. ›Der ist ja richtig giftig!‹, hat sie ganz begeistert gesagt.«

»Na gut«, erwiderte ich. »Ich bin also ein Giftpilz. Dann muss sie mich ja in Ruhe lassen. Nicht vergessen: Erst lächeln, dann lügen.«

»Du bist unmöglich, Baumeister!«, schimpfte sie.

»Ich habe auch lange an mir gearbeitet.«

Rodenstock kam die Treppe herunter und bemerkte gelassen: »Frau, der Mann hat nur Angst, sonst nichts.«

»Das ist nicht wahr!«, widersprach ich heftig mit vollem Mund.

»Panische Angst«, setzte Rodenstock hinzu und grinste schäbig. Er zog sich dünne Gummihandschuhe an, nahm den Koffer auf, wickelte ihn aus der Decke und legte ihn vorsichtig auf den Esstisch. »Ich zeige dir mal unsere Beute. Sieh her!« Dann öffnete er den Koffer.

»Was willst du mir jetzt damit sagen?«, fragte seine Frau. Sie sah das Geld an und nahm eines der Bündel in die Hand. »Keine neuen Scheine, alle gebraucht, das Übliche. Die Zweihunderter überwiegen, wie ich sehe. Aber auch viele Zehner und Zwanziger. Wahrscheinlich jeweils tausend. Habt ihr etwas anderes erwartet? Das ist schwarzes Geld, sonst nichts. Der Einfachheit halber in simplen, selbstgemachten Banderolen, weil sie an offizielle Banderolen nicht rankommen. Also macht jemand viel Umsatz, was keiner wissen soll. Prostitutionsgeld? Drogengeld? Habt ihr schon eine Ahnung?«

»Haben wir nicht«, sagte ich. »Kann das nicht aus ganz anderen Quellen stammen?«

»Das kann es«, sagte Rodenstock. »Aus beinahe jeder Quelle. Jedenfalls aus einem Bargeldgeschäft. Auch aus der Autobranche oder der Schmuckbranche, sogar aus dem Goldhandel. Da fällt mir ein, dass sie jetzt in Trier einen Billigpuff aufmachen wollen. Du zahlst 99 Euro und bekommst dafür so viel Sex, wie du willst. Und weil vor 18 Uhr kein Betrieb ist, zahlst du nur 79 Euro, wenn du vorher da bist. Die Frauen kriegen angeblich die Hälfte, aber eine Schweinerei ist es trotzdem.«

»Ich habe das im *Trierischen Volksfreund* gelesen. Es sind immer die Frauen, auf deren Kosten das geht«, murmelte Emma. »Und wer kann es kontrollieren?«

»Das Finanzamt auf keinen Fall«, bemerkte Rodenstock süffisant. »Auch wenn sie immer behaupten: Wir haben das im Griff.«

»Du isst jetzt etwas!«, sagte seine Frau im Befehlston. Er antwortete nicht, seufzte nur und setzte sich neben mich.

Eine halbe Stunde später rollte Kischkewitz vor das Haus und machte den Eindruck, er würde augenblicklich im Stehen einschlafen.

»Sie planen ein Staatsbegräbnis«, erklärte er. »Eigentlich habe ich nichts dagegen einzuwenden. Sie haben es verdient. Sie sind beide aus Daun, haben hier Dienst getan. Ich soll ein paar Sätze am Grab sagen, was mir schwer auf den Magen schlägt. Ich kann so etwas nicht.«

»Du kannst das«, widersprach Emma freundlich.

»Habt ihr die Computer der beiden angeschaut?«, fragte ich.

»Haben wir«, nickte Kischkewitz. »Meine Fachleute sind noch immer dabei. Aber: Wir sind im Computer von Horst Walbusch auf nichts gestoßen, was Drogen betrifft. Die üblichen

Nachfragen bei Google und Facebook und anderen Quellen. Diese Spuren kann aber auch der zwölfjährige Sohn Julian hinterlassen haben. Und offensichtlich hat auch Gaby Schirmer mit ihrem privaten PC überhaupt nicht nach dem Markt der geklauten und teuren Autos gegriffen. Da ist einfach nichts, kein Gebrauch, keine Nachforschungen, keine besonderen Anstrengungen, vor allem keine Gespräche mit Leuten, die für Polizeibeamte anerkannte Fachleute aus den eigenen Reihen sind. Also kein Zugriff bei den Leuten vom Landeskriminalamt und Bundeskriminalamt. Weder auf den Drogenmarkt, noch auf den Markt der gestohlenen, teuren Autos. Und an der Stelle gebe ich meinen Fachleuten recht: Da sind wir ganz misstrauisch, da läuft irgendetwas ab, das wir noch nicht verstehen. Wir haben noch einmal ihre Kollegen ins Gebet genommen. Die sagen alle: Gaby Schirmer war hinter dem Markt der Luxuskarossen her und Horst Walbusch hinter dem der Drogen. Sie haben nicht gesagt, dass sie die Nachforschungen besonders intensiv betreiben, sie haben nur gesagt: Ich interessiere mich dafür. Wir können das nicht genau terminieren, aber nach den Zeugenaussagen der Kollegen lief das bei beiden seit ungefähr einem Jahr. Und schon das ist äußerst komisch: Sie müssen zur gleichen Zeit losgelegt haben. Aber vollkommen spurlos.«

»Was ist mit Spinat, Bratkartoffeln und Spiegelei?«, fragte Emma.

»Das wäre der Himmel«, sagte Kischkewitz erfreut. »Ich traue mich gar nicht mehr nach Hause, da ernte ich nur scheele Blicke. Meine Frau will sich gar nicht mehr scheiden lassen. Sie sagte, wir hätten dieses Stadium schon längst hinter uns gebracht, jetzt könnten wir auch die Silberhochzeit feiern. Habt ihr Neues von Samba und der Baumann?«

»Ja«, sagte Rodenstock. »Wir haben schwarzes Geld eingesammelt. Fast fünfzigtausend, da in dem Koffer. Die Baumann sagt, Samba hätte in den anderthalb Jahren, die sie zusammen lebten, dauernd Geld mit nach Hause gebracht und dann wieder irgendwohin transportiert. In unregelmäßigen Abständen. Sie sagt, es war manchmal sehr viel Geld in Tranchen von zweihunderttausend und mehr. Sie kann keine Namen nennen und keine Zielorte, und ich glaube ihr sogar. Sie hatte einen massiven Zusammenbruch, ich musste sie stoppen. Sie liegt jetzt in Gerolstein im Krankenhaus.«

»Wird sie es schaffen?«, fragte Kischkewitz. »Ich meine, kommt sie ohne Schwierigkeiten darüber hinweg?«

»Das halte ich nicht für möglich«, erklärte ich, und Rodenstock nickte dazu heftig. »Sie ist eine unheimlich harte Nummer, sie war heroinabhängig, jahrelang auf der Straße, von der Familie in Bonn ausgegrenzt, dann nach Köln geraten. Irgendwie hat sie es geschafft, aber ich denke, das war immer ein wackeliges Leben. Und dann taucht unser Sunnyboy Samba aus Daun auf und nimmt sie mit in die Eifel. Anderthalb Jahre vergehen, sie sagt sich: Ich habe endlich ein kleines Stückchen richtiges, gutes Leben. Und dann passiert diese schreckliche Geschichte, jemand schießt Samba vom Motorrad. Wenn sie es schafft, ist es ein Wunder. Aber es wäre verdammt viel einfacher für sie, nach Köln zurückzugehen und bei einem Rentner für einen Hunderter im Monat unterzukriechen, Hartz IV zu beziehen und irgendwann zu versauern oder zu saufen, oder, oder, oder. Oder eine Abkürzung über den nächsten Friedhof zu nehmen.«

»Wieso redest du so schroff?«, fragte Emma vorwurfsvoll mit ganz großen Augen.

»Es ist einfach so!«, meinte Rodenstock sanft. »Sie ist kein sozialromantischer Fall, sie gehört zu den eindeutigen Verlierern dieser Gesellschaft.«

»Was könnte sie uns liefern?«, fragte Kischkewitz.

Rodenstock legte die Finger der rechten Hand auf die Stirn und schloss die Augen. »Ich würde vorschlagen, sie mit viel Geduld und Spucke auf die Gelder anzusetzen, die sie in Sambas Haus gesehen hat. Wir müssen auf ihr Erinnerungsvermögen setzen. Wir müssen versuchen zu rekonstruieren, mit welchen Größenordnungen wir es zu tun haben. Ob man die Gelder nach Jahreszeiten einteilen kann, zum Beispiel Weihnachten und Ostern, oder zum Beispiel Schulferienzeiten. Wann kamen große Summen, wann ergaben sich Lücken, wann sind überhaupt keine Gelder transportiert worden? Und wir haben den eindeutigen Hinweis, dass Samba die Gelder mit nach Hause brachte und anschließend irgendwohin transportierte. An welche dieser Transporte kann sie sich erinnern? Wie viele Stunden genau blieb Samba weg? Sie wird das deswegen wissen, weil nach meiner Überzeugung der Samba ihre große Liebe war, der Mann, der ihr nach all den Jahren voller Katastrophen erneut das Leben schenkte. Sie blieb in dem hübschen Haus zurück, und es wurde immer mehr ihr Haus, sie wartete auf ihn. Daran wird sie sich erinnern.« Er öffnete die Augen wieder und fragte: »Wieso Samba? Wie kam der zu dem Namen?«

Niemand hatte eine Antwort.

»Ich frage, ob wir nach dem Ereignis in Eisenschmitt irgendeine Erkenntnis haben, aufgrund derer wir weitermachen können?«, fragte Emma.

»Wir haben nichts.« Kischkewitz schüttelte den Kopf. »Wir konzentrieren uns auf die Frage, ob die Polizeibeamten jemanden kannten, der in der Lage ist, einen solchen Doppelmord in Auftrag zu geben oder aber selbst auszuführen. Wir dürfen dabei keine Möglichkeit außer Acht lassen. Wir müssen sogar der Frage nachgehen, ob die Ehefrau von Horst Walbusch an so einer Tat beteiligt sein kann. Ich halte zwar die Möglichkeit für lächerlich gering, darf sie aber nicht vergessen.«

»Wie sah denn die Ehe der Walbuschs tatsächlich aus?«, fragte Emma.

»Wir sind erst am Anfang«, antwortete Kischkewitz. »Tatsächlich kann man die Ehe als schwer angeschlagen bezeichnen. Die Ehefrau sagt aber, ihr sei nicht bekannt, dass ihr Ehemann irgendetwas mit einer anderen Frau hatte. Sie erklärte, die Ehe sei seit etwa anderthalb Jahren praktisch tot, sie hatten keinen Verkehr mehr. Sie sagt auch, ihr Mann sei ziemlich oft des Abends irgendwo anders geblieben. Sie hat keine Ahnung, wo. Sie haben zusammen über eine Scheidung gesprochen, aber ein Entschluss, ein Termin sei noch nicht gefasst worden. Beiden sei klar geworden, dass der Junge namens Julian niemals darunter leiden dürfte. Die Ehefrau sagt auch, sie hätten sich einfach auseinandergelebt, aber zu irgendwelchen Handgreiflichkeiten oder zu heftigem Streit sei es nicht gekommen. Sie habe keine Ahnung, ob ihr Mann irgendetwas mit einer Frau hat.«

»Als ich am Morgen nach der Tat diese Ehefrau traf, sagte sie, sie habe die Nacht bei einer Freundin verbracht. Stimmt das?«, fragte ich.

»Das stimmt nicht«, reagierte Kischkewitz schnell. »Es gibt diese Freundin nicht, bei der sie die Nacht verbracht haben will. Sie war irgendwo, aber sie weigert sich, nähere Angaben zu machen. Sie behauptet, wenn sie dazu Angaben mache, dann würden Leute bloßgestellt. Wir sind an dieser Stelle behutsam, wir dürfen nichts übers Knie brechen. Aber es wird nicht mehr lange dauern, und sie wird uns sagen, wo sie war.«

»Habt ihr die Frage gestellt, ob ihr Ehemann etwas mit seiner Kollegin Gaby Schirmer hatte?«, fragte ich.

»Selbstverständlich« antwortete Kischkewitz. »Sie antwortete darauf, dass sie genau das sogar vor etwa zehn Monaten ihren Mann gefragt habe, weil diese Gerüchte überall diskutiert wurden, und weil sie von diesen Gerüchten massiv gestört und irritiert wurde. Ihr Mann habe geantwortet, das sei nicht der Fall. Aber sie sagt auch, dass sie ihm nicht unbedingt geglaubt habe. Es ist also ein typisches Provinzgemauschel, in dem völlig unklar bleibt, wer mit wem, und wann und wie und warum. Das kennen wir, das ist unser Alltag. Ihr kennt das alle, an der Stelle ist Provinz richtig ekelhaft.«

»Wie hat sie denn auf die Ermordung reagiert?«, fragte Emma.

»Sie war im tiefsten Keller, sie hat diesen Mann einmal geliebt, und sie mag ihn immer noch sehr. Sie erlitt eindeutig einen Schock. Wir haben einen Notarzt gerufen. Es geht ihr inzwischen wieder besser.«

»Was ist mit ihrem Sohn Julian?«, fragte ich weiter. »Der hat ja wohl Drogen genommen.«

»Dem geht es wieder besser, er ist zu Hause. Allerdings sagt er uns nicht, von wem er diese Drogen bekommen hat. Nach Ansicht eines Chemikers waren es Haschischplätzchen, wahrscheinlich selbst gebacken. Und dann kommt noch ein chemischer Stoff hinzu, der bisher einige Rätsel aufgibt. Aber der Junge sagt nicht, ob er den Stoff eingenommen oder geraucht oder getrunken hat.« Er lächelte leicht. »Der Kleine ist übrigens genauso hartnäckig wie seine Mama, aber irgendwann wird er uns Auskunft geben. Es kann sich nur um Stunden handeln. Ob allerdings diese Drogen in einem Zusammenhang mit der Ermordung seines Vaters stehen, muss skeptisch betrachtet werden. Bisher sehen meine Leute keinen Zusammenhang. Der Junge sagt, er kann uns den Dealer nicht nennen, weil der ein Freund ist.« Er lächelte wieder und schüttelte den Kopf, als könnte er es nicht begreifen.

»Ich habe bisher nur gehört, es sei mit einer Neun-Millimeter-Pistole geschossen worden. Wisst ihr inzwischen mehr?«, fragte ich.

»Nein, wir wissen nicht mehr«, antwortete Kischkewitz. »Und es sieht nicht so aus, als würden wir in Zukunft mehr erfahren. Wir können auch kein Elektronenrastermikroskop befragen, weil das zwar das Projektil und die Patronenhülse ziemlich exakt auf tausendstel Millimeter bestimmen kann, wir aber am Tatort keine Patronenhülse fanden. Wir haben also keine Vergleichsspuren zur Verfügung. Das besagt eindeutig, dass der Mörder die Patronenhülsen mitgenommen hat. Wir wissen also nicht einmal, warum er das tat. Weil er ein ordnungsliebender Mensch ist, oder weil er vermutete, die Patronenhülsen würden uns etwas verraten? Es kann also eine Glock, eine CZ, eine Steyer, eine Luger, eine Walther gewesen sein, mit der geschossen wurde. Vermutlich werden wir das nie wissen, falls wir nicht die Waffe finden. Und selbst mit Hülse würde uns das nicht weiterbringen. Wir brauchen eine zigtausendfache Vergrößerung, aber das allein bringt uns auch nicht weiter, weil wir keine Vergleichsmuster haben, also eine andere Waffe der gleichen Bauart, die mit den gleichen Patronen abgefeuert wurde. Ich kann daher nur meinen Retter in solchen Fragen anrufen, und selbst der stößt an seine Grenzen. Bisher sagt er nur: ›Das ist ein 9x19 Kaliber der Firma S&B, abgefeuert aus einem Polygonlauf!‹ Und das ist mehr als enttäuschend!« Er grinste einmal schräg in die Runde.

Ich sah, wie Rodenstock und Emma plötzlich große, kugelrunde Augen hatten, und das erleichterte mir meine Frage. »Ich habe nicht die geringste Vorstellung davon, was du mir da erzählst. Kannst du das mal für Normalsterbliche übersetzen?«

Rodenstock murmelte: »Du wirst uns gleich um die Ohren hauen, was du alles weißt, großer Meister.«

»Ich erkläre es eigens für euch einfach«, versprach Kischkewitz herablassend und mit viel Ironie. »Die Waffe ist eine Neun-Millimeter-Pistole. Der Lauf dieser Waffe ist nach modernsten Gesichtspunkten aufgebaut. Die Kugel, die vorne auf der Patronenhülse sitzt, bekommt durch eine gehämmerte Wendel in Innern des Laufes einen ungeheuren Drall, sie dreht sich mit geradezu wahnwitziger Geschwindigkeit um die eigene Achse. Das führt dazu, dass die Kugel auf ihrer Bahn stabilisiert wird. Der Begriff zielsicher trifft es am besten. Soweit der staatlich anerkannte Schießlehrer, Dozent und Prüfer für Waffensachkunde Robert Honnacker, ein Urgestein aus dem Ruhrgebiet und gegenwärtig tätig in Gotha im schönen Thüringen. Wir haben ihm Fotos der Erschossenen geschickt, sowie Fotos von Teilen der Geschosse aus den Köpfen der Toten. Er sagt: Es handelt sich eindeutig um Hohlmantelgeschosse. Damit stehen wir vor der Frage, ob der Schütze diese Geschosse bewusst verwendet hat.« Jetzt war es nicht mehr Ironie, die er gebrauchte, kein Spott, keine Herablassung, kein Spiel unter Freunden. »Die Alternative wäre, dass die Waffe rein zufällig mit Hohlmantelgeschossen geladen war. Ich persönlich glaube das nicht, ich denke eher an einen strikt handelnden Killer.«

»Ach, du lieber Gott!«, murmelte Rodenstock.

»Ich will nicht nerven«, sagte ich, »aber meine Kenntnis von Schusswaffen beschränkt sich auf Anekdoten. Ich weiß, dass ein gewisser Amerikaner namens Samuel Colt mit einer merkwürdigen kleinen Maschine die Aufmerksamkeit der Welt erreichte. Er nannte seine Erfindung ein Gerät zum Werfen von Kugeln. Was, bitte, ist also ein Hohlmantelgeschoss?«

Kischkewitz sah mich abwesend an und nickte. »In der Haager Landkriegsordnung ist festgelegt, dass kriegführende Mächte nur Vollmantelgeschosse verwenden dürfen. Das sind Patronen, die vorne vor den Hülsen mit einer sehr kompakten Kugel ausstaffiert sind. Die Kugel trifft einen Menschen und geht glatt durch ihn hindurch. Das hat Sinn, weil der Getroffene dadurch die Chance hat, diese Kugel zu überleben. Nun ist angesichts der menschlichen Brutalität etwas erfunden worden, was den Gegner ziemlich sicher tötet. Ich brauche nur das Vollmantelgeschoss anzufeilen. Dazu reicht ein Kreuz, das ich vorne in die Spitze der Kugel feile. Die Landser im Zweiten Weltkrieg haben das getan, sie nannten die Geschosse DumDum. Die Kugel wird beim Aufprall auf das Ziel sehr stark verformt, bekommt Risse, wird plattgedrückt, als hätte man mit dem Hammer draufgeschlagen. Diese Kugeln töten, egal wo sie den Körper treffen. Das ließ Munitionsherstellern keine Ruhe, sie entwickelten diese Idee weiter und erfanden das Hohlmantelgeschoss. Die Kugel sieht aus wie eine normale Kugel. Aber sie hat unmittelbar unter der Oberfläche der Kugel einen Hohlraum. Wenn die Kugel auftrifft, wird sie stark verformt und stark zerrissen. Man sagt: Wenn das Geschoss den Brust- oder Bauchbereich eines Menschen trifft, wird der sterben, weil Teile der Kugel scharfkantig und messerscharf den ganzen Bereich buchstäblich zerreißen, also lebenswichtige Organe zerschneiden.« Er kratzte sich am Kopf und setzte hinzu: »Wir sollten also davon ausgehen, dass der Schütze mit möglichst wenig Aufwand möglichst sicher töten wollte. Wir haben es mit brutalen Menschen zu tun.«

8. Kapitel

Wir saßen noch eine Weile ratlos zusammen, Kischkewitz telefonierte mit seinen Leuten, die irgendwo in der Eifel Spuren nachgingen, von denen sie nicht einmal genau wussten, ob es sie überhaupt gab. »Die sind sauer«, brummte er. »Und ich kann das nicht einmal übelnehmen.«

»Was sagt die Spur namens Gerd Bludenz, angeblich um die vierzig Jahre alt, angeblich ein ehemaliger Dealer, angeblich zweimal von Horst Walbusch verhaftet, angeblich zu Hause in einer Bruchbude in Oberstadtfeld?«, fragte ich.

»Wir haben den Mann nicht einmal aufgetrieben, wir wissen nicht, wo er sich zurzeit aufhält. Er ist tatsächlich in Oberstadtfeld gemeldet. Er wurde wegen Dealerei mit weichen Drogen zweimal bestraft, zweimal zu kurzen Haftzeiten auf Bewährung. Der ist eine ganz kleine Nummer. Ich kann mir nicht vorstellen, dass er überhaupt eine Rolle spielt. Und ich gehe jede Wette ein, dass er dem Sohn von Walbusch keine Drogen schenkte oder verkaufte. Warum sollte er so etwas tun? Es sei denn, er wollte seinen Selbstmord betreiben oder Horst Walbusch auf den Plan rufen, der ihn mörderisch verprügelt hätte.« Dann griff er in sein Jackett und legte eine Fotografie vor uns hin. »Das ist er. Falls ihr ihn trefft, sagt ihm, er soll mich anrufen.«

»Welchen Beruf gibt er denn an?«, fragte Emma.

»Kaufmann«, antwortete Kischkewitz. »Das besagt bekanntlich nichts.«

»Gibt es überhaupt Spuren, die vielversprechend sind?«, fragte Rodenstock.

»Gibt es nicht«, stellte Kischkewitz fest. »Ich muss los, Leute, ich nehme diesen Geldkoffer mit.«

Die Fotografie war ein Porträt. Sie zeigte den Kopf eines Mannes, der ein großes, rundes Gesicht unter dünnen, bräunlichen Haaren, mit einem merkwürdig kleinen Mund und leicht abstehenden Ohren hatte. Das Gesicht wirkte konturlos, sehr weich, nicht die Spur eines Lächelns. Auf der Rückseite stand mit Bleistift geschrieben: *Bludenz, Gerd, geb. Köln 1972, Kaufmann, wohnhaft Oberstadtfeld, jetziger Aufenthalt nicht feststellbar. Spezialität: macht sich an alleinstehende Frauen heran und nimmt sie aus. Gebraucht wahllos Aliasnamen.*

»Ich fahre dann mal heim«, sagte ich. »Vielleicht kann ich eine Mütze Schlaf nehmen, ich werde schon gar nicht mehr müde, und das ist schlecht für meinen Teint. Was machst du, Rodenstock?«

»Ich fahre morgen Monika Baumann in der Klinik in Gerolstein an, falls sie so freundlich ist, mit mir zu sprechen. Ich gebe dir Bescheid.«

Emma ging mit zur Haustür. Sie sagte: »Falls die Ehefrau von Horst Walbusch zu einem Gespräch bereit ist, wäre ich gern dabei. Sie ist der einzige enge Kontakt zum toten Horst Walbusch. Vielleicht weiß sie etwas, vielleicht nicht. Vielleicht weiß sie aber auch etwas, von dem sie selbst nicht annimmt, dass es wichtig sein kann.«

»Herzlich willkommen auf dem Kriegspfad!«, sagte ich.

»Da ist noch etwas«, bemerkte sie leise. »Ich will nicht kuppeln bei dir und Tessa. Ich will nur, dass du nicht so einsam vor dich hinlebst.«

»Ich habe das schon richtig verstanden«, erwiderte ich. »Aber ich glaube nicht, dass ich jetzt so etwas brauche. Im Moment ist mir nicht danach. Liebesgeschichten machen mir keinen Mut mehr.«

Ich fuhr also nach Brück und hatte die feste Absicht, in dem Buch über den Hundertjährigen zu schmökern, der aus dem Fenster stieg und verschwand. Anschließend einschlafen, das konnte das Paradies sein. Aber daraus wurde nichts, weil ich gerade eine langweilige Stelle erwischte und mich entschied, stattdessen etwas Handfestes zu tun. Es geht nichts über gute deutsche Wertarbeit.

Ich rief Gunnar an.

Gunnar ist ein liebevoller, fülliger Typ um die Dreißig, der unter allen Umständen etwas für die Menschheit tun will. Er verdient damit sogar sein Geld: Er verkuppelt Singles. Er verkuppelt sie an junge Frauen, die mit Telefonnummern werben und behaupten, so was an Erotikdusche habe man noch nie aus einem Telefonhörer quellen hören. Und wenn jemand die Frau, deren Stimme er hört, kennen lernen will, vermittelt Gunnar ein Live-Gespräch. Er lotst furchtsame Jünglinge jeden Alters in schlecht beleuchtete Etablissements, in denen sie erleben dürfen, was sich Alfred Mustermann unter grenzenlosem Sex so vorstellt. Er verkuppelt sie aber auch untereinander unter den Rubriken *Sie sucht ihn* oder *Er sucht sie*. Gunnar bezeichnet sich selbst gutgelaunt als besten deutschen Schmachtfetzen, und er sagt: »Ich will Liebe erleben, also verkaufe ich sie.« Seit er von seiner Frau gütlich – das heißt schnell – geschieden wurde, lebt er in einer Junggesellenwohnung in Wittlich, und es geht das Gerücht, dass er die wildesten weiblichen Herzensbrecher genau dort selbst testet, bevor er sie dem freien Markt überlässt. Und die kleine Unternehmung, mit der er das alles managt, nennt er *Liebes-Agentur*. Er wirbt mit dem Spruch: »Du lebst nur einmal, also gib dir Mühe. Wir tun das auch: Für dich!«

»Gunnar«, sagte ich, »ich brauche deine Hilfe. Ich will dich zu einer massiven Indiskretion verführen und komme ohne deine Detailkenntnisse nicht weiter. Du stehst also vor einem Hilflosen. Es geht um eine Recherche in dem trostlosen Fall der beiden erschossenen Polizisten, den du todsicher kennst, weil du davon im Fernsehen und in der Zeitung gesehen und gelesen hast. Zunächst habe ich die Frage, ob du überhaupt dazu bereit bist.«

Er machte »Ähh?«, und dann: »Was darf ich mir darunter vorstellen?«

»Ich zeige dir das Foto eines Mannes, und du bist ausnahmsweise ehrlich und sagst mir, ob du den in deinen Zuschriften hast.«

»Das kann ich nicht, meine Agentur ist ehrlich, seriös und diskret.«

»Okay, klare Ansage, damit kann ich leben. Wenn du die baldige Lösung eines Doppelmordes an Polizeibeamten übersehen kannst, muss ich das akzeptieren. Das war es dann. Mach es gut, mein Lieber.« Ich war felsenfest davon überzeugt, ihn an der Angel zu haben. Gunnar war nicht nur ein edler Mensch, er war auch hemmungslos neugierig.

»Warte mal, warte mal, nicht so schnell. Wir können ja überlegen, oder? Willst du mir das Foto von dem Mann schicken?«

»Dazu habe ich keine Zeit. Ich brauche in dieser Sache schnelle Entschlüsse, langes Überlegen ist da nicht zielführend. Ich komme jetzt zu dir nach Wittlich, zeige dir das Foto, und du nickst oder schüttelst den Kopf. Okay?«

»Oh Mann«, seufzte er, tief erschüttert in seinen Grundsätzen. »Du ahnst es nicht. Du machst Sachen! Ja gut, komm her.«

Also machte ich mich auf den Weg nach Wittlich, um festzustellen, ob Gerd Bludenz auf irgendeine Art und Weise bei der *LiebesAgentur* aufgefallen war. Es schien mir keine Spur zu sein, die irgendein Licht in diesen Fall werfen konnte, aber es war ratsam, unwichtige Dinge von vorneherein auszuschließen. Der Mann namens Gerd Bludenz war bisher nur ein Gerücht, und wahrscheinlich würde er das auch bleiben.

Gunnar bewohnte in einem dreistöckigen, neuen Haus die oberste Etage, und er hatte sie geschmackvoll eingerichtet. Er trug einen grauen Trainingsanzug, der teuer aussah und stellte gleich zu Beginn fest: »Wir können in Ruhe einen Whisky zusammen trinken, und wenn du mir auf den Nerv gehst, schmeiße ich dich raus!«

»Das macht mir Mut, denn ich habe keine Zeit«, antwortete ich. »Ich nehme ein Wasser, danke schön, und stelle die erste Frage: Was macht deine Agentur?«

»Nimm doch Platz.« Er wies auf eine weiße, lederne Sitzecke und machte sich mit Flaschen und Gläsern zu schaffen. »Die läuft gut«, stellte er fest. »Es ist eine Tatsache, dass Menschen immer mehr vereinsamen. Sie haben Computer, gehen mit ihnen um und stellen dann nach einer Weile fest, dass Computer keine Gespräche ersetzen können. Facebook und Ähnliches erzeugen zwar Betriebsamkeit, aber wenn die Leutchen ihren Computer ausschalten, kommt sehr schnell die Erkenntnis: Ich bin immer noch allein. Und es kommt erstaunlich selten zu persönlichen Verabredungen im Internet. Dahinter steckt die Erfahrung, dass in allen sozialen Netzwerken gelogen wird, dass sich die Balken biegen. Du ahnst es nicht. Ich setze genau an diesem Punkt an, und meine Werbung beginnt genau da. Wenn sich Männer bei mir melden und nach einer Partnerin suchen, stellen wir fest, dass sie eigentlich Frauen suchen, mit denen sie sich unterhalten können, mit denen sie Wochenendtouren machen, mal ins Theater fahren, Städtetouren unternehmen. Okay, vielleicht Sex, aber das nur am Rande, das kann man sich nebenbei holen. Bei Frauen ist das ebenso. Ich sitze genau an der Nahtstelle zwischen Einsamkeit und dem vorsichtigen Versuch, wieder einen Partner zu finden. Du ahnst es nicht. Ich habe herausgefunden, dass Bordelle so eine Art schwerer Unsicherheit erzeugen. Da erfand ich den Begleiter – oder die Begleiterin. Niemand geht bei meiner Agentur ohne Begleitung los, jeder kann sich unbedingt sicher fühlen und kann Hemmungen Hemmungen sein lassen. Und es ist erstaunlich, finde ich, dass an Dinge wie Sex erst einmal nicht gedacht wird. Die Menschen wollen endlich wieder mit Menschen reden, verstehst du?« Er zeigte jetzt das ganze Pathos der Leute, die unbedingt missionieren wollen. »Und noch erstaunlicher ist, dass Männer auch Männer suchen und Frauen auch Frauen. Du ahnst es nicht. Da geht es um Kaffeetrinken und Kuchenessen und Skatspielen.« Dann grinste er flüchtig. »Ich habe meine ersten Versuche mit Schwulen hinter mir, und es lief klasse. Ich habe auch schon Verbindungen von Lesben zu Lesben schlagen können, und auch das verlief gut. Man darf nicht vergessen, dass diese Menschen ein Leben hinter sich gebracht haben, in dem sie sich ihre wahren Bedürfnisse niemals eingestanden haben. Also, es gibt den fünfundsechzigjährigen Schwulen aus der Eifel, der eine lebenslange Ehe mit Frau und drei Kindern hinter sich brachte, und niemals zu erkennen gab, dass er das eigentlich gar nicht wollte. Menschen suchen Menschen.«

»Es geht um diesen Mann«, sagte ich und legte das Foto von Bludenz vor ihn hin.

Er griff danach, betrachtete es und nickte dann sofort. »Den kenne ich, kein Zweifel. Es ist Günter Hahnen. Er hat auf mehrere Anzeigen geantwortet, die wir geschaltet haben. Entschuldige bitte, ich sehe mal eben nach.« Er verschwand irgendwohin und kam nach ein paar Minuten zurück.

»Bevor wir weitersprechen«, sagte ich, »solltest du das Foto umdrehen. Da hat ein Kriminalist den wirklichen Namen und ein paar Stichworte aufgeschrieben. Deshalb bin ich hier. An dem Punkt brauche ich Hilfe.«

Er las die Stichworte und sagte dann lächelnd: »Du spielst auf Hochstapler und Heiratsschwindler an, vermute ich mal. Da würde ich dir zur Vorsicht raten. Wenn Menschen aus Einsamkeit Verbindungen suchen, kommt es vor, dass sie zu Falschnamen greifen. Weil sie nämlich Furcht haben, sie könnten bloßgestellt werden. Sie denken an die Nachbarn, oder Leute aus der eigenen Familie, weil es im reifen Alter auch meistens um ein Erbe geht. Du ahnst es nicht.«

»Gut, also ist Gerd Bludenz bei dir Günter Hahnen. Auf welche Anzeigen hin hat er sich gemeldet?«

»Zuletzt auf die Anzeigen von zwei Frauen. Aber ich weiß nicht recht, ob ich dir die Anzeigen im Wortlaut geben darf. Du kommst damit auch nicht weiter, denn die Adresse haben nur wir. Kunden bekommen bei uns einen Vertrag, in dem steht, dass wir ihre Unterlagen nicht preisgeben, nur sichten und weiterleiten.« Dann hatte er plötzlich einen Mund wie ein trotziges Kind. »Und was hat denn dieser Mann mit dem Fall der beiden erschossenen Polizeibeamten zu tun? Das solltest du mir schon mitteilen, finde ich.«

»Genau wissen wir das nicht. Er kannte den Horst Walbusch, den Polizeibeamten, der erschossen wurde. Walbusch hat ihn wohl verhaftet, als es um eine Drogensache ging. Er wurde auch zweimal zu einer Haftstrafe mit Bewährung verurteilt. Die Polizei sagt, dass sein gegenwärtiger Aufenthalt nicht feststeht, also man weiß nicht, wo er wohnt.«

»Moment, in meinen Unterlagen steht eine Adresse in Oberstadtfeld«, widersprach er. Sein Lächeln war nicht mehr echt, was er hörte, gefiel ihm wohl nicht.

»Ja, ja, die Adresse kenne ich«, sagte ich. »Das Haus ist abbruchreif, da kann er nicht wohnen. Gib mir die zwei Kontaktanzeigen mit den Adressen der Frauen, und ich kann ihn suchen gehen.«

»Das ist unmöglich«, erwiderte er schnell. »Das würde die Agentur bloßstellen.«

»Hat er denn außer der Adresse in Oberstadtfeld noch irgendeinen anderen Nachweis angegeben? Ein Handy zum Beispiel?«

»Er hat ein Handy angegeben. Aber wenn du ihn anrufst, kann das nur von mir stammen, oder?«

»Wieso denn das? Deine Logik ist ziemlich merkwürdig, Junge. Seine Freunde und Bekannten werden doch die Handynummer haben. Machen wir es so: Du rufst hier in meinem Beisein die beiden Frauen an, und du fragst, wie es ihnen geht, und wo denn der Günter Hahnen ist, und ob sie mit dem verabredet sind und so. Und wie es ihren vereinsamten Seelen geht. Das kommt doch dem guten Ruf deiner Agentur zugute, das ist doch das reine Marketing. Du kannst mir trotzdem die Handynummer geben, dann habe ich vielleicht eine weitere Chance.«

»Das geht auf keinen Fall, ich verstoße doch nicht gegen meine eigenen Verträge. Presseleute sind ziemlich übel. Du ahnst es nicht«, befand er wütend. »Anfangs verlangst du eine kleine Indiskretion, und dann willst du mich ins Verderben stürzen.« Seine rosigen Apfelbäckchen waren einer fahlen Blässe gewichen.

Ich versetzte ihm den Todesstoß, ich hatte kein Mitleid mehr. »Wenn wir Journalisten bei der Aufdeckung von Mordtaten recherchieren, teilen wir unsere Erkenntnisse selbstverständlich mit der Mordkommission. Was meinst du, was hier los ist, wenn die Fahnder hier einfallen? Erst verwüsten sie deine Agentur und anschließend die Wohnung hier. Das ist nicht gerade die Werbung, die du dir wünschst, Junge. Und jetzt will ich sehen, wie du arbeitest.«

Er sah mich an. Zuerst mit schmalen, verkniffenen Augen, und dann mit vollem Begreifen, wobei seine Augen kugelrund wurden. Er flüsterte: »Du ahnst es nicht!« Dann stand er auf und verschwand irgendwohin. Er kam mit einem Handy und einer bedruckten DIN-A4-Seite zurück, setzte sich wieder und begann als Seelsorger tätig zu sein. »Frau Schulte-Vorderhem, wie schön, Sie zu erreichen. Ich telefoniere mit meinen Kunden, vornehmlich dann, wenn ihre Anzeigen erfolgreich waren. Steht denn alles zum Guten?« Er hörte eine Weile zu. Dann fragte er: »Darf ich denn erfahren, ob jemand, der freundlicherweise Ihre Anzeige korrespondierte, sich gemeldet hat?« Nach einer Weile sagte er begeistert: »Das ist ja geradezu traumhaft, das zu hören erfüllt mich mit Stolz. Und Herr Hahnen hat sich gemeldet und ist bei Ihnen eingetroffen? Wie schön für Sie. Vielleicht wird aus dieser kleinen Wolke Sieben so etwas wie ein Schritt in eine segensreiche, bessere, zukunftssichere Lebensschau. Dass ich das nun erfahre, verschönt mir den Tag. Ja, alles Gute für Sie. Und Sie wissen ja: Niemals die Hoffnung verlieren.« Dann brach er das Gespräch ab, sah mich angewidert an und bemerkte: »Er ist bei dieser Schnepfe!«

»Wo ist das?«

»In Ulmen. Judith Schulte-Vorderhem. Am Markt 36. Ziemlich begüterte Kundin, Moos genug. Lebt mit einem regen Verbrauch.«

»Was verbraucht sie denn?«

»Na ja, Männer und so.«

»Und was ist ›und so‹?«

»Manchmal hat sie gleichzeitig drei in der Wohnung. Also, mir wäre das entschieden zu lästig.«

»Und die Handynummer«, sagte ich.

Er schaute auf das Blatt Papier und diktierte sie mir.

Ich sagte: »Wenn du dir selbst zuhören könntest, würdest du sofort die Branche wechseln und mit Südfrüchten und Süßem handeln. Oder mit Billig-Bibeln.«

Er war blass und sah mich nicht an.

Ich beeilte mich und nahm die A 48 Richtung Koblenz. Vielleicht konnte es gelingen, vor Mitternacht im Bett zu sein.

Zehn Minuten bevor ich auf den Markt in Ulmen rollte, rief ich die Handynummer an. Als er sich meldete, sagte ich: »Bleiben Sie ruhig, Bludenz, unterbrechen Sie mich nicht, widersprechen Sie auch nicht. Ich weiß, wo Sie sind, ich habe den Namen der Frau und die Adresse. Ich lasse die Kiste platzen, wenn nötig. In genau fünfzehn Minuten sagen Sie der Frau Vorderhem, Sie hätten etwas im Auto vergessen und verlassen die Wohnung. Wahrscheinlich steht dort Ihr Auto. Wir reden zwei Minuten, und ich schweige wie ein Grab. Klar?« Dann unterbrach ich meinen Monolog.

Ich fuhr zum Markt und suchte nach den Eingängen der Wohnungen. Dann fand ich das Klingelschild mit dem Namen *Schulte-Vorderhem*, und ich musste nicht lange warten. Er war pünktlich. Er kam aus dem Haus geschossen, als ginge es um seinen Untergang.

»Langsam!«, mahnte ich. »Nicht so schnell. Mein Name ist Baumeister. Wo steht Ihr Auto?«

»Da, um die Ecke«, sagte er mit einer ganz flachen Stimme, die vor Aufregung zitterte.

Ich war über seine Erscheinung maßlos verblüfft. Er trug einen hellgrauen, perfekten Einreiher, ein schneeweißes Hemd und Schuhe, die wie maßgefertigt aussahen. Gemessen an dem verfallenen Gemäuer in Oberstadtfeld, in dem er gemeldet war, war dieser Aufzug schier unglaublich. Seine

Haare wirkten wie angegossen, sehr gepflegt, ohne jedes Styling. Ich hatte etwas ganz anderes erwartet.

Um die Ecke standen nur zwei PKW, ein uralter Ford Ka und ein BMW der Fünferreihe, samtblau, ein Auto, das mit viel PS protzte. Bludenz drückte einen Schlüssel, der BMW gab Lichtzeichen.

Wir setzten uns hinein, das Auto zeigte viel schön gemaserte Holzverkleidung und war eine beeindruckende Sitzgruppe in dunkelblauem Leder.

»Wir haben nicht viel Zeit«, sagte ich. »Ist das das Hochzeitsgeschenk der Dame?«

»Quatsch!«, erwiderte er heftig. »Es ist mein Auto. Und wer sind Sie?«

Ich stellte mich vor und sagte: »Ich habe ein Problem mit Ihnen. Sie wissen von der Erschießung der beiden Polizeibeamten?«

»Das war unglaublich brutal«, stellte er sachlich fest. »Falls Sie glauben, ich habe in irgendeiner Weise damit zu tun, sind Sie völlig falsch. Mit so etwas habe ich nichts zu tun, nie etwas zu tun gehabt.« Dann drehte er den Kopf von mir weg und fügte hinzu: »Derartige Schweinereien können mir nicht passieren, mir kann in dieser Richtung überhaupt nichts passieren, ich lehne das ab, ich bin doch kein Gangster.«

»Aber vorbestraft wegen Drogenvergehens«, bemerkte ich.

»Ich habe Eigenbedarf geltend gemacht, der Richter war anderer Meinung. Aber ich habe keine Drogen verkauft, das konnte mir nicht nachgewiesen werden. So etwas passiert. Das müssten Sie als Pressefritze doch wissen.«

»Na ja, der Pressefritze hat eine weitere Frage, und dann können wir uns auch schon wieder trennen. Der Polizeibeamte Horst Walbusch hat Sie angerufen, nicht wahr? Wir wissen, dass das so ist.«

Er überlegte ein paar Sekunden. »Stimmt, ja. Er hat mich zweimal angerufen. Das ist jetzt, glaube ich, drei oder vier Tage her. Da lebte der Mann noch, also vierundzwanzig Stunden, bevor er erschossen wurde. Es gibt Aufzeichnungen, nicht wahr?« Er drehte seinen Kopf zu mir und sah mich an. Merkwürdig: Er war jetzt ruhig, keine Spur von Aufregung mehr, nichts von Hast, nichts von Unruhe.

»Es gibt Aufzeichnungen«, log ich. »Was hat er gesagt?«

»Der Mann drehte vollkommen durch. Er beschimpfte mich: ›Du Sau, du Drecksschwein, du verkommenes Stück Scheiße!‹ Solche Sachen. Ich dachte, mich tritt ein Pferd, ich wusste gar nicht, was der wollte. Im Hintergrund konnte man eine Frau hören, die dauernd hastig sagte: ›Lass das! Hör auf damit! Lass den Mann in Ruhe! Du machst alles kaputt!‹ Dann wurde das Gespräch abgebrochen. Der Anrufer hat nicht einmal seinen Namen genannt. Ungefähr zwei Stunden später ist derselbe Mann wieder am Telefon. Mitten in der Nacht. Diesmal hat er seinen Namen genannt, diesmal sagte er: ›Hier ist Horst Walbusch. Wir kennen uns, du Sau. Du hast meinem Sohn Drogen geschenkt.‹ Und dann noch: ›Dafür mache ich dich fertig.‹ Ich habe nichts mehr gesagt, ich habe einfach das Gespräch unterbrochen. Aber ich gebe zu: Ich hatte Angst. Der Mann sprach so, als könnte er jeden Moment zur Tür reinkommen. Das war sehr unheimlich.«

»Und? Haben Sie dem Kind Drogen geschenkt oder verkauft?«

»So etwas tue ich nicht«, erklärte er sehr endgültig. »Kinder? Niemals!«

Ich bedachte das und sagte: »Okay. Sie können gehen. Und noch ein Rat: Melden Sie sich in Oberstadtfeld ab und woanders an. Sie machen sich unglaubwürdig, wenn jemand an der Bruchbude aufkreuzt. Vielleicht ist ja diese Gespielin nett und lässt Sie bei sich wohnen.«

»Das ist schon geregelt, hat aber mit Frau Vorderhem nichts zu tun.«

»Dann habe ich noch eine Bitte. Der Leiter der Mordkommission, Kriminalrat Kischkewitz, bittet Sie, ihn anzurufen.«

Er war augenblicklich fahrig, seine Hände griffen nach vorn, als müsste er einen Halt suchen. Er murmelte: »Das können Sie nicht von mir verlangen.«

»Ich verlange es nicht«, sagte ich matt. »Ich soll Ihnen die Bitte ausrichten, nichts sonst.«

»Was will der denn von mir?«

»Was wohl? Er will Ihnen wahrscheinlich die gleichen Fragen stellen, die ich Ihnen jetzt gestellt habe.«

Wir stiegen aus, er drückte den Knopf, der BMW schloss sich. Er nickte mir zu und bemerkte trocken und voll Ironie: »Danke für die Chance, und ich will auch immer artig sein, Papa.« Dann lachte er leise und ging davon.

Ich war vollkommen verblüfft. Der Kerl passte weder zu dem verrotteten Haus in Oberstadtfeld, noch zur Legende eines vorbestraften Kleindealers.

9. Kapitel

Als ich zu Hause ankam, war ich müde und erschöpft, und ich musste zugeben, dass ich nicht sehr weit gekommen war. Die Ergebnisse waren ausgesprochen mager und erhellten die trübe Szene um drei bizarre Morde überhaupt nicht, kamen ihnen noch nicht einmal nahe.

Ich rief Rodenstock an und erzählte ihm, was ich erreicht hatte. Ich schloss: »Wir müssen unbedingt mit Walbuschs Sohn Julian wegen der Drogen reden. Und mit Walbuschs Frau. Da sind zwei Polizisten erschossen worden, und wir kommen der Sache nicht einmal näher. Bei Samba können wir immerhin davon ausgehen, dass er schwarze Gelder annahm und weiterleitete. Bei Schirmer und Walbusch tanzen wir immer noch im Vorgarten herum, haben das Haus noch nicht einmal betreten.«

»Irgendjemand«, sagte Rodenstock düster, »irgendjemand lacht sich über uns tot.«

»Du hast recht, mein Freund. Irgendjemand lacht sich tot. Ich glaube eher, dass er abgebrüht ist und kalt. Aber das heißt ja auch, dass irgendjemand sehr genau wusste, dass die beiden Polizisten eine massive Bedrohung für ihn waren. Woher hat er das erfahren? Beide, das ist sicher, haben auf ihren privaten Computern nicht einmal festgestellt, wer sie denn bedrohen könnte. Eine Polizistin fuhrwerkt angeblich hinter den Dieben und Händlern von teuren Autos her, ein Polizist hinter Drogendealern. Und beide hinterlassen in ihren Computern keine Spuren. Und angeblich soll das seit etwa anderthalb Jahren gelaufen sein. Das kann nicht sein, Rodenstock, das kann nicht sein. Da ist irgendetwas passiert, von dem wir nicht die geringste Ahnung haben. Was machen wir falsch?«

»Ich weiß es nicht, verdammt noch mal«, brummte er.

»Hat die Mordkommission Neues?«, fragte ich.

»Hat sie nicht«, antwortete er. »Ich habe eben gedacht, dass wir mit dem Vater von Gaby Schirmer sprechen müssen. Die Mordkommission hat ihn angehört, aber er ist muffig und todtraurig und sowieso maulfaul und sagt, er habe seine zweite Tochter verloren, das reiche ihm. Und sie sollen ihn in Ruhe lassen. Das ist ja verständlich, hilft aber nicht im Geringsten. Mit der Mutter von der Gaby können wir überhaupt nicht reden, sie steht unter starken Sedativen und liegt im Bett.«

»Dann gehe ich jetzt schlafen«, stellte ich fest. »Melde dich, wenn irgendetwas Neues passiert ist.«

Ich machte mir eine Dose Thunfisch auf, gab meinem Kater die Hälfte und aß die andere Hälfte mit einem Stück Brot. Wir saßen auf der Terrasse und starrten in die Nacht. Irgendwann legte er sich mit beiden Vorderpfoten auf meinen linken Oberschenkel und schnurrte.

»Das Leben ist ätzend«, teilte ich ihm mit. Dann marschierte ich in die erste Etage zu meinem Bett und vergaß die Welt für eine Weile.

Um sieben meldete sich Emma und sagte: »Ihr zwei könnt um acht bei den Eltern vom Horst Walbusch sein. Und ich fahre mit dir um zwölf Uhr mittags zu Nicole Walbusch, wenn es recht ist.«

»Das ist mir recht. Sag deinem Mann, ich hole ihn ab. Und wenn es geht, komme ich fünf Minuten vorher einen Espresso trinken. Mir ist der Kaffee ausgegangen.«

»Das Leiden der Junggesellen«, stellte sie fest. Aber sie lächelte, das konnte ich hören.

Als ich dann in Heyroth aufkreuzte, hatte Emma mir ein Leberwurstbrot hingestellt mit einem doppelten Espresso, was meinem Tag den entscheidenden Schub gab.

Sie sagte: »Ich habe noch einmal darüber nachgedacht. Wenn zwei Polizeibeamte beschließen, sich zwei Komplexen der Kriminalität besonders zu widmen, dann muss irgendetwas geschehen sein, weshalb sie das tun. Das kann nur bedeuten, dass sie wahrscheinlich zufällig im ganz normalen Alltag darauf gestoßen sind. Also erstens der Diebstahl von Luxuskarossen und zweitens irgendwelche Dinge oder Vorfälle im Bereich der Drogen. Die Frau macht sich an die Luxuskarossen, der Mann an die Drogenwelt. Beide Themen haben viel mit Bargeld zu tun. Es wird bar bezahlt, und niemand verlangt eine Quittung. Ist das bis hierhin richtig?«

»Das ist richtig«, pflichtete ich bei.

»Als der Samba auf seinem Motorrad erschossen wird, stellt man fest: Er hat Bargeld transportiert. Von irgendwem bekommen, um es irgendwem zu bringen. Also kann der Schluss gezogen werden, dass Samba womöglich die Person war, die Bargeld aus beiden Bereichen transportierte. Ist das immer noch richtig?«

»Immer noch richtig«, sagte ich. »Das kann sein, muss aber nicht. Es kann auch sein, dass Samba nur das Geld aus einem Bereich transportierte.«

»Es wird behauptet oder dauernd erwähnt, dass die beiden Polizeibeamten ihre Ermittlungen vor etwa anderthalb Jahren aufnahmen. Dieser Zeitpunkt wird unterschiedlich mit anderthalb Jahren oder einem Jahr angegeben, den genauen Zeitpunkt können wir nicht festlegen. Also müssen wir herausfinden, was die beiden vor anderthalb Jahren taten. Ob sich in ihrem Leben irgendetwas veränderte, ob sie irgendetwas darüber zu irgendwem sagten.«

»Du bist immer noch richtig.«

Sie trug blaue Jeans und darüber eine dünne, blaue, luftige Sache, ein kurzes Kleidchen, das kurz unter ihrem Po endete. Das sah ausgesprochen gut aus. Sie war eine dieser modernen, gertenschlanken Sechzigjährigen, denen man ihr Alter nicht glauben wollte, und die das Leben spannend fanden und dauernd lachten.

»Wenn ich jetzt frage, warum der Samba getötet wurde, kann die Antwort doch lauten: Er musste sterben, weil die beiden Polizisten bei ihren Ermittlungen auf ihn gestoßen waren. Das wird deutlich unterstützt von der Tatsache, dass Gaby Schirmer schon von Kindertagen an eine Freundin von Samba war. Die beiden kannten sich nicht nur, sondern sie kannten sich gut. Als sie erschossen wurden, stand bereits fest, dass auch Samba getötet werden musste. Kann also Samba den beiden Polizisten etwas Entscheidendes gesagt haben? War Samba zu einer Aussage bereit?«

»Das kann so sein«, sagte ich. »Dann bleibt aber immer noch die Frage, warum die Polizeibeamten sich so naiv einem Treffpunkt in Eisenschmitt näherten. Denke daran: Sie waren offensichtlich nicht bereit, an irgendeine Gefahr zu denken, sie ahnten absolut nichts. Warum?«

Rodenstock kam die Treppe herunter und sagte: »Wir müssen los.«

»Weil der Mensch, der sie dorthin bestellte, jemand war, mit dem sie keine Gefahr verbanden«, fuhr ich fort. »Bis später.«

»Ja, ja«, nickte sie. »Kann das nicht Samba gewesen sein?«

Ich war schon an der Haustür und reagierte vollkommen verblüfft. »Ja, durchaus. Das könnte sein. Aber warum ist er dann nicht an Ort und Stelle getötet worden? Das Urteil gegen ihn war doch schon gesprochen.«

»Kein theoretisches Geschwafel mehr!«, sagte Rodenstock freundlich. »Das verwirrt euch nur.«

Es war wie der Eintritt in eine andere, längst vergessene Welt. Das kleine Haus stand mit dem Rücken zum Wald in einem Garten, in dem neben sehr vielen fröhlichen, blauen und roten Blumenflecken auch Blattsalat, viele Kräuter und sogar ein kleines Feld Stangenbohnen standen. Das Haus wirkte ganz still, gleichsam so, als wäre es seit langer Zeit nicht mehr bewohnt und vergessen worden von den Leuten, die einst in ihm gelebt, geliebt, gelacht, geschlafen und gezeugt hatten. Die Gardinen waren schneeweiß, hingen aber so gerafft, als wären sie zementiert, ohne einen Hauch von Leben. Der Putz war mit der Zeit grau geworden, und die Wetterseite zum Westen hin war mit den Platten verkleidet, die vor Jahrzehnten einmal der Inbegriff von Dämmung gewesen waren, und von denen man heute weiß, dass sie giftig sind. Die Platten waren mit weißer Farbe gestrichen. Links von dem Haus stand eine kastenförmige Garage, verschlossen, als wäre seit Ewigkeiten kein Auto mehr hineingefahren worden. Und davor ein Jaguar in dem unvermeidlichen, dezenten Grün der Engländer und den beigefarbenen Ledersitzen für die Bessergestellten. Er passte nicht dahin.

»Warten auf den Tod«, murmelte Rodenstock leise.

Ich klingelte, es gab ein knarrendes Geräusch im Haus, dann wurde die Tür geöffnet, und ein sehr alter, kleiner Mann mit schlohweißem Haar stand vor uns, der verlegen sagte: »Sie sind wohl die Herren.« Dann trat er einen Schritt zur Seite und ließ uns hinein. Er trug einen einfachen blauen Pullover über einem weißen Hemd, eine graue Tuchhose und kräftige, schwarze Schuhe.

In dem halbdunklen, kurzen Flur stolperte man fast über eine uralte Garderobe aus den Fünfzigern mit einem schmalen, ovalen Spiegel. Unten ein Kasten mit zwei Schubladen, auf denen ein altes, einfaches Telefon mit Wählscheibe stand. Wahrscheinlich stand es seit dreißig Jahren dort. Daneben zwei Regenschirme. Links neben dieser Garderobe hing ein Druck vom blutenden Herzen Jesu in einem schwarzen, schmalen Rahmen. Wie eine Ansage.

»Dann kommen Sie mal«, sagte der alte Mann und ging an uns vorbei durch eine Tür.

Es war das Wohnzimmer und wirkte so, als würde es nie benutzt, es roch muffig. Die Einrichtung war einfach, zwei Sessel, ein Sofa in einem dunklen, plüschigen Rot, ein kleiner Tisch, auf dem ein Kerzenleuchter mit zwei hohen, roten Kerzen stand. Neben diesem Kerzenleuchter eine Holzschale, in der zwei Äpfel und zwei Birnen lagen, die in ihren Farben beinahe zu realistisch und zu vollkommen wirkten. Es war Obst aus Wachs, wie man es vor vierzig oder fünfzig Jahren hatte. In der Ecke zum Fenster hin hing an der Wand neben einem Kruzifix mit dem Corpus Christi ein kleines Gefäß für Weihwasser zusammen mit einem Buchsbaumsträußchen.

Wir setzten uns in die Sessel, der alte Mann nahm das Sofa.

Er sah uns an und sagte: »Also, meine Frau kann das nicht. Das Reden.«

»Das ist doch selbstverständlich«, murmelte Rodenstock. »Der Anlass ist traurig. Woher kommt denn Ihr Vorname Wolf?«

»Von Wolfgang natürlich«, lächelte er. »Aber ich war immer Wolf.«

»Sie haben im Wald geschafft«, sagte ich. »Harte Arbeit.«

»Das kann man wohl sagen«, nickte er. »Kein Mensch würde heute unter solchen Umständen für das Geld schaffen. Zwölf Monate durch, keine Pausen, keine Ferien. Ach ja, Ferien waren gar nicht bekannt. Ich habe gar nicht gewusst, was das war: Ferien.«

»Gemeindewald? Privater Wald?«, fragte ich.

»Gemeinde und privat«, antwortete er. »Wenn heute die Leute reden und gezeigt kriegen, wie mit Pferden Holz gerückt worden ist, dann muss ich immer lachen und sagen: Wir hätten gern Pferde eingesetzt, aber kein Mensch hatte Pferde. Und wenn mal einer Pferde hatte, dann konnte der nicht bezahlt werden, die Pferde waren zu teuer.«

»Haben Sie etwa das Holz mit der Hand zusammengetragen?«, fragte Rodenstock verblüfft.

»Alles geschleppt«, nickte er. »Mein anderer Sohn ist auch gekommen«, sagte der alte Mann, er hielt den Kopf gesenkt. Dann stand er unvermittelt wieder auf und murmelte: »Irgendwo habe ich noch eine Zigarre.« Dann sah er uns an und teilte seltsam tonlos mit: »Sie können auch rauchen, wenn Sie wollen.«

»Suchen Sie nicht«, bemerkte Rodenstock hastig. »Ich habe noch zwei, drei bei mir, das dürfte reichen.« Er zog ein Zigarrenetui aus seinem Jackett, öffnete es und hielt es dem Alten hin.

Der nahm eine heraus und murmelte: »Das ist ein hochwertiger Stoff, das riecht man. Schönen Dank auch.« Dann setzte er sich wieder. Die Zigarre legte er auf das Tischchen vor sich. »Ja, wie gesagt, meine Frau kann nicht. Liegt oben im Bett. Ich sage immer, im Liegen weint es sich besser, und du kannst dich verkriechen. Tja, das ist eine Sache, da darf man gar nicht drüber nachdenken.«

»Ich wusste nicht, dass Sie zwei Söhne haben«, murmelte Rodenstock. Dann griff er nach der Zigarre des Alten, schnitt das Ende mit seinem Zigarrenschneider ab und legte sie vor ihn hin. »So geht es besser. Ist er älter oder jünger?«

»Der Timo? Der ist vier Jahre älter. Wenn Sie nichts dagegen haben, kann er ja kommen und zuhören. Ich meine, das ist dem wichtig, hat er gesagt.«

»Gerne«, sagte ich. »Wir freuen uns auch, wenn er dabei ist.«
Also sagte der Alte überraschend und unvermittelt kräftig: »Timo? Timo, kannst du mal kommen?«

In der Wohnzimmertür war eine Milchglasscheibe. Sie verdunkelte sich, dann ging die Tür auf. Dann stand da ein sehr großer, mächtiger Mann und nickte, ohne ein Wort zu sagen. Er setzte sich neben seinen Vater, holte eine Schachtel Zigaretten aus der Tasche und zündete sich eine an. Es waren Gauloises ohne Filter. Er trug Jeans und eine Jeansjacke, darunter einen schwarzen, einfachen Pullover. Sein Gesicht war dem des Vaters sehr ähnlich. Es war ein nachdenkliches Gesicht mit hellen, intensiven Augen unter schwarzen Haaren. Die Narben fielen auf, die krassen, runden, alten Verletzungen der Haut, vermutlich eine schwere Akne in seiner Jugend. Und ich fragte mich, wie denn ein so kleiner Vater einen solch großen Sohn haben konnte.

»Sind Sie gekommen, wie schön für die Eltern«, stellte Rodenstock fest. »Wo leben Sie?«

»In Frankfurt«, antwortete er. »Da muss ich kommen, oder? Ist ja nicht weit. Ist wegen Hotte.« Er wirkte so, als könnte er sich nur mühsam beherrschen, als stünde er unter einer unerträglichen Spannung.

»Welchen Beruf haben Sie?«, fragte ich.

»Sicherheitsberater«, antwortete er fast tonlos. Es war klar, dass er nicht darüber sprechen wollte.

Seine Hände fielen auf. Es waren die klar und straff geformten, übergroßen Hände eines Mannes, der gelernt hat, Menschen mit einem Schlag zu töten, schwere Waffen zu halten und ohne Auflage mit ihnen zu feuern. GSG9-Leute haben solche Hände und die Spezialeinheiten der US-Amerikaner. Der Mann strahlte eine mühsam verdeckte Bereitschaft zur Gewalt aus.

»Herr Walbusch, ich bin ein pensionierter Mordspezialist, aber ich helfe noch aus. Siggi Baumeister neben mir schreibt für Zeitungen, Magazine und das Fernsehen, wir sind Freunde, wir sind ...«

»Kann man die Texte sehen? Ich meine vorher?«, fragte Timo explosiv.

»Selbstverständlich«, nickte ich. »Ich beschreibe und zitiere niemanden, der das nicht vorher zu sehen bekommt.«

»Auch nichts über Papa und Mama! Auf gar keinen Fall!«, sagte Timo scharf und unnötig laut.

»Moment«, warf Rodenstock ein. »Wir sind nicht hier, um uns zu rechtfertigen oder gar zu streiten. Dann würden wir besser gehen.«

»Timo!«, sagte der alte Mann leise und bittend. Dann sah er uns an und breitete die Hände aus »Er ist ein bisschen ungestüm! Das war er schon immer.«

»Es ist wegen Hotte«, murmelte Timo.

»Haben Sie ihn immer schon Hotte genannt?«, fragte ich.

»Horst war Hotte, ewig«, nickte er.

»Wie war er denn, dieser Horst?«, fragte Rodenstock den Alten.

Der Vater senkte den Kopf, seine Stimme wurde leise. Er sagte: »Er war ein guter Sohn. Er kam jede Woche wenigstens einmal, und er telefonierte mit seiner Mutter, mehrmals die Woche. Die beiden waren ein Herz und eine Seele. Wenn irgendetwas war, wenn wir mal Hilfe brauchten, irgendwas, dann war er da. Und manchmal kam er sogar mit dem Streifenwagen, und die Leute im Dorf sagten zu mir: ›Jetzt hast du sogar deine eigene Polizei.‹«

»Er war ein feiner Kerl!«, sagte Timo.

»Also, Sie kannten auch die Gaby Schirmer?«, fragte Rodenstock.

»Ja«, antwortete der Alte. »War ja eine schöne Frau. Ich habe Horst im Scherz gesagt: ›Da musst du aber aufpassen, Junge, dass die dir nicht ans Fell will!‹ Er war eben immer für uns da. Und der Julian, der ist ja wie unser eigenes Kind. Meine Frau sagt, Julian ist wie der Sonnenschein. Und dann kam Nicole ja auch oft mit Julian vorbei, und sie hat immer vorher angefragt, ob wir was brauchen, damit wir nicht extra zum REWE fahren müssen. Ja, so war das immer.« Dann kamen seine Hände nach oben, und er presste sie auf das Gesicht. Er saß vollkommen bewegungslos da, und es war nicht zu sehen, ob er weinte.

»Dann wollen wir mal ein Rauchopfer darbringen«, murmelte Rodenstock und zündete sich die Zigarre an.

Die Hände des Alten lagen wieder in seinem Schoß, und er sah Rodenstock an, weil er kein Feuer hatte. Ich reichte ihm mein Feuerzeug über den Tisch, und wir sahen zu, wie er die Zigarre ganz bedächtig in Brand setzte und den blauen Rauch genüsslich über den Tisch blies.

»Es gibt einen Punkt, an dem wir sehr unsicher sind«, erklärte Rodenstock und sah den Alten an. »Das ist der Punkt Drogen. Ihr Sohn Horst ging sogar in Schulen, um Kindern und Jugendlichen Vorträge darüber zu halten. Er soll sehr gut gewesen sein. Können Sie uns sagen, weshalb er auf dem Sektor Drogen so viel wusste?«

»Er hat sich eben dafür interessiert«, entgegnete der Alte. »Er war ja Polizist, da lernt man so was.«

»Also, da korrigiere ich mal ein bisschen«, sagte Timo, und er wirkte auf einmal fast heiter. »Ich war schuld, dass Hotte sich für Drogen interessierte. Ich habe in jungen Jahren so viel gesoffen, dass ich hier nicht bleiben konnte. Und ich wusste auch nicht, wohin ich gehörte. Meine Eltern haben sich viele Sorgen gemacht deswegen. Aber

Hotte kam nach Frankfurt und brachte die Sache in Ordnung.«

»Wann war denn das gewesen?«, fragte Rodenstock schnell.

»Vor zwölf Jahren«, sagte Timo. »Seitdem bin ich clean. Nix mehr, nur noch Aspirin.«

Der Vater hatte wieder den Kopf gesenkt und nickte bedächtig, als sei die knappe Schilderung seines Sohnes sehr genau.

»Darf ich Timo etwas fragen?«, warf ich ein.

»Aber klar doch«, sagte Timo.

»Wenn ich das richtig verstanden habe, bist du in Bier und Schnaps ersoffen. War das so?«

»Das war so«, antwortete er.

»Und dann kam Hotte?«

»Und dann kam Hotte.« Er machte eine kurze Pause. »Es war so, dass ich ganz unten war, da war einfach nix mehr. Keine Sau hat sich mehr mit mir unterhalten, ich habe aus Mülltonnen gelebt und manchmal von Nutten ein belegtes Brötchen geschenkt bekommen.«

»Timo!«, murmelte der Vater betroffen.

»Sie können stolz auf ihn sein«, sagte ich. »Was hat Hotte mit dir gemacht?«

»Es war im Untergeschoss Hauptbahnhof Frankfurt, morgens um sechs Uhr. Voller Betrieb. Hotte kam auf mich zugeschossen, und ich wusste: Jetzt bin ich fällig. Ob du es glaubst oder nicht: In dieser Sekunde war ich froh, richtig glücklich. Da kommt mein kleiner Bruder auf mich losgeschossen, sagt kein Wort. Der war weiß vor Wut. Dann hat er mich fertiggemacht, ich hatte null Chancen.«

»Timo!«, sagte der Alte leicht vorwurfsvoll.

»Muss mal gesagt werden!«, murmelte Timo. »Hotte hat mich richtig gut getroffen, hat richtig gut Maß genommen.

Unterkiefer zweimal gebrochen, links, rechts, Nasenbein gebrochen. Drei Rippen gebrochen, linkes Sprunggelenk gebrochen. Ich wurde im Krankenhaus wach, und er saß an meinem Bett. Junge, war der sauer. Wir kannten einen aus Daun, der nach Kanada ausgewandert war. Der hatte da Wald mit einem See gekauft. Zu dem bin ich hin. Da stand eine Holzhütte, da habe ich zwölf Wochen allein gelebt, mit keinem Menschen gesprochen, nur in saukaltem Wasser geschwommen und ein Feuerchen angemacht und reingestarrt. Hotte hat alles bezahlt. Und als ich wieder in Frankfurt war, sind wir beide zu den Eltern und haben Guten Tag gesagt.«

»Meine Frau hat geweint, so glücklich war sie«, bemerkte der Alte versonnen. »Wir hatten zwei Söhne.«

Rodenstock beugte sich weit vor. »Das heißt also: Wenn Hotte etwas über den Drogenalltag der Süchtigen wissen wollte, hat er seinen Bruder angerufen.«

»Richtig«, sagte Timo. »Ich muss es ja wissen, ich sitze ja mittendrin.«

»Was ist es denn?«, fragte ich.

»Sicherheitsberatung«, sagte Timo. »Sechzehn Nachtbetriebe, vier Kinos und acht Bars. Eros-Center. Eigene Firma, acht Angestellte, siebzehn Freie. Arbeit in drei Schichten.«

»Und du fährst mit dem Jaguar rund«, sagte ich.

»Genau!« Er lächelte schmal.

»Und du willst selbstverständlich wissen, welches Schwein deinen Bruder Hotte getötet hat«, stellte Rodenstock fest, als wäre eine andere Möglichkeit nicht denkbar.

»Ja«, nickte Timo. »Du liegst richtig, genau deswegen bin ich hier.« Dann versteinerte sein Gesicht, er bewegte sich nicht mehr, er starrte geradeaus auf irgendeinen Punkt, sein Mund wurde ganz breit, seine Augen schlossen sich, und er hoffte wohl, dass man die Tränen nicht bemerkte.

Sein Vater beugte sich zu ihm, legte ihm eine Hand an die Schulter und murmelte: »Sachte, mein Junge, nur sachte!«

»Ich habe noch eine Frage«, sagte ich. »Es geht das Gerücht, die Ehe vom Horst mit der Nicole sei kaputt gewesen. Können Sie das bestätigen?«

»Da war so ein Drecksmaul.« Der Vater sprach langsam und zögerlich, er sprach von einer Welt, mit der er nichts zu tun haben wollte. »Hat hier angerufen und mich gefragt, ob mein Sohn mit seiner Kollegin im Streifenwagen rummacht und seine Ehefrau verkommen lässt. Hat der so gefragt. Ich hatte keine Worte mehr, ich habe einfach den Hörer aufgelegt. Und draußen auf der Straße waren die Leute vom Fernsehen und haben ganz laut nach Sachen gefragt, die einfach … die einfach eine Schweinerei waren. Nicole hat gesagt, wir müssten uns keine Sorgen machen, da komme nichts ran an den Julian. Und wenn das manchmal auch so aussähe, dann sei doch eine Freundschaft da bei unserem Horst und ihr. Das kennt man ja, da geht man ja manchmal durch ein tiefes Tal, aber es kommt auch immer wieder der Anstieg zum Berg. Es ist ja nicht so, dass wir hier von der Welt keine Ahnung haben. Wir hatten es auch schwer, und wir kriegten nichts geschenkt.«

»Timo«, sagte ich, »einfache Frage: Hat Hotte dir gegenüber jemals erwähnt, dass er mit der Kollegin Gaby ein Liebesverhältnis hatte?«

»Hat er nie. Und ich habe ihn auch nicht gefragt. Warum denn auch? Das war seine Sache, da mische ich mich nicht ein.«

»Noch eine Frage«, murmelte Rodenstock. »Wenn er mit dir telefonierte, war das abends oder am Morgen?«

»Immer abends oder nachts.«

»War er allein? Oder hörte man im Hintergrund die Stimmen seiner Frau oder den Julian?«

»Manchmal hat Julian dem Hotte den Telefonhörer aus der Hand genommen und gefragt: ›Wie geht es dir denn so, alter Schwede?‹ Ich habe immer lachen müssen, für einen kleinen Jungen war das witzig. Aber das war selten, sehr selten.«

»Herr Walbusch, eine Frage an Sie: Ihr Sohn Horst hat ja wohl viele Bäder gefliest. Er soll angeblich so viele Aufträge gehabt haben, dass er viele ablehnen musste. Ist das richtig?«, fragte Rodenstock.

»Ja, der war gut im Fliesenlegen. Aber die meisten wissen einfach nicht, dass er das richtig gelernt hat. Bevor er zur Polizei ging, war er Fliesenleger, er hatte den Gesellenbrief.«

Eine Weile herrschte Schweigen, Rodenstock und der alte Walbusch bliesen nachdenklich den Rauch der Zigarren über den Tisch, und ich stopfte mir eine Pfeife.

Ich erwartete einen Angriff Rodenstocks, weil er sich unruhig bewegte, seinen Körper verlagerte. Und tatsächlich kam dieser Angriff auch, schnell und ohne Schnörkel.

»Du bist bewaffnet«, stellte er sachlich fest.

»Ja, klar«, nickte Timo. »Das hier habe ich dabei.« Dann legte er eine Neun-Millimeter Glock auf den Tisch. »Ich habe einen Waffenschein«, setzte er hinzu.

»Das nehme ich selbstverständlich an«, nickte Rodenstock.

»Dass du die Waffe hier trägst!«, murmelte der Vater in milder Verwunderung, »Ist doch nicht nötig.«

»Nein, Papa«, sagte der gehorsame Sohn und steckte die Waffe wieder in das Holster unter der linken Schulter. Er war Rechtshänder.

»Hast du sie jemals benutzt?«, fragte ich.

»Noch nie«, antwortete er. »Aber in meinem Gewerbe brauchst du das, und die Leute müssen wissen, dass du das bei dir hast.«

»Kennst du den Samba?«, fragte Rodenstock.

»Wer kennt den nicht?«, fragte er lächelnd dagegen. »Bei dem habe ich Döner gegessen, immer schon.«

»Warum heißt er Samba?«, fragte Rodenstock.

»Irgendwann war Sambatanzen mal groß in Mode. Und Samba hat in seinem Dönerladen behauptet: Wenn er beim Dönermachen Samba tanzt, schmeckt das alles viel besser. Seitdem heißt er Samba. Aber der ist ja nun auch nicht mehr. Was ist da abgelaufen?«

»Ich war nachts am Tatort«, antwortete ich. »Jemand hat ihn aus einem fahrenden Auto mit Schrot erschossen. Er saß auf seinem Bike, war auf dem Weg nach Hause und hat wahrscheinlich nichts geahnt.«

»Wie kann das sein?«, fragte er. »Da muss doch etwas gewesen sein, oder? Warum erschießt jemand Samba? Ich meine, Samba ist einfach friedlich und ewig gut gelaunt. Der kann doch keine Gegner haben, oder?«

»Samba hat Schwarzgeld transportiert.« Rodenstock referierte sachlich. »Er hat es von jemand bekommen und dann zu irgendjemand gebracht. Es muss verdammt viel gewesen sein. Als wir bei ihm zu Hause waren, lag da ein Koffer mit fast fünfzigtausend Euro in bar. Und manchmal hat er wohl zweihunderttausend durch die Landschaft gefahren. Und wir fragen uns, woher stammt in der Eifel so viel Bargeld? Prostitution? Drogen? Andere Quellen? Wir haben noch keine Erkenntnisse.«

»Davon weiß ich ja nun überhaupt nichts«, sagte der alte Mann mit einem verlegenen Lächeln.

»Das musst du auch nicht, Papa«, sagte der Sohn. »Drogen sind einfach nur scheiße. Und sie töten. Und viel Bargeld ist meistens auch scheiße.«

»Da haben wir noch eine Frage, die für uns eine große Rolle spielt«, murmelte ich. »Hotte war auf dem Drogensektor ein

Experte, er kannte sich aus. Um welche Fragen ging es denn zuletzt? Was wollte er wissen? Hatte er Dealer im Verdacht, suchte er nach bestimmten Leuten, war er hinter einem speziellen Stoff her? Was ist da abgelaufen?«

Timo schloss kurz die Augen und konzentrierte sich. »Er hat mir gesagt, in der Eifel wäre Crystal aufgetaucht. Plötzlich und in großen Mengen. Das ist nicht mal vierzehn Tage her. Er sagte, es gibt hier Leute, die die Szene zwischen Trier und dem Rheintal vom Hunsrück bis zum Westerwald und der Eifel damit anfüttern. Sie nehmen als Eintritt nur fünf Euro für das Piece. Er war stinksauer und er sagte, er hätte einen Verdacht. Aber er nannte keinen Namen.«

»Crystal?«, fragte Rodenstock heiser und erschreckt. »Nicht auch das noch!«

Wir ließen unsere Visitenkarten da, und Timo sagte zum Abschied grollend: »Crystal ist das Tor zur Hölle. Das weiß ich. Und irgendwelche Arschlöcher in Berlin nennen das niedlich eine Partydroge.«

10. Kapitel

Wir fuhren nach Hause, Rodenstock bemerkte nachdenklich: »Wenn der Junge ausflippt, gibt es Krieg.«

»Mindestens Kleinholz«, sagte ich. »Und er ist nicht kontrollierbar. Sollen wir die Mordkommission und die Staatsanwaltschaft warnen?«

»Wir sollten es zumindest erwähnen. Außerdem wird die Mordkommission sich mit diesem Bruder unterhalten wollen. Aber jetzt lassen wir mal meine Frau zu Wort kommen. Sie soll uns Crystal erklären. Ich weiß nur, dass es ein furchtbares Zeug ist.«

»Und so alt«, sagte ich.

»Stimmt«, brummte er.

So kamen wir in Heyroth an und fragten beinahe gleichzeitig: »Emma, kannst du uns Crystal erklären?«

»Das kann ich.« Sie rührte in irgendeinem Topf herum und war nicht sonderlich konzentriert. »Soll das etwa hier in der Eifel aufgetaucht sein? Das wäre schlimm. Es ist ein künstlich hergestelltes Aufputschmittel aus Methylamphetaminhydrochlorid. Es sind Kristalle, die man rauchen kann, es kann aber auch zu Pulver zerstoßen werden. Dann wird es geschnupft, geschluckt oder gespritzt. Die Gefährlichkeit besteht darin, dass es ein kompletter Ersatz für Kokain ist, und es könnte sogar Heroin ablösen. Es wirkt intensiver als Kokain. Die User sagen, dass sie, viel länger als bei Kokain, ein sehr starkes Selbstwertgefühl erleben, eine starke Aufwertung des eigenen Ich. Sie haben ein stark gesteigertes Mitteilungsbedürfnis und ein sehr starkes sexuelles Verlangen. Das Schlafbedürfnis sinkt enorm ab, Hunger und Durst kommen nicht mehr vor. Lässt die Wirkung nach, kommt es zu Gereiztheit und sogar Depressionen. Es kommt sogar zu Psychosen, also zu Zuständen, bei denen der Verbraucher völlig ausflippt und sich nicht mehr kontrollieren kann. Die Abhängigkeit, die entsteht, kommt sehr schnell, viel schneller als bei Kokain. Dauerkonsumenten wirken ausgezehrt, haben sehr oft Zahnschäden, können auch Gedächtnisprobleme bekommen. Es zerstört die Nasenschleimhäute, es wirkt direkt in den Nervenzellen. Mit anderen Worten: Das Zeug ist die Hölle. Man rechnet in Deutschland damit, dass von hundert Jugendlichen einer Amphetamine nimmt. Die Dunkelziffer wird als sehr hoch bezeichnet. Der Trip kostet im Durchschnitt etwa zehn Euro, ist also relativ billig. Methylamphetamine wurden in den neunziger Jahren des 19. Jahrhunderts erfunden und entwickelt. Im Grunde ist es wie Speed, es turnt ungeheuer an.«

»Wo in Deutschland taucht es denn auf?«, fragte ich.

»In Sachsen, in Bayern, in Mitteldeutschland. Das hat seinen Grund, denn die Droge kommt überwiegend aus dem benachbarten Tschechien, sie wird dort in privaten Labors hergestellt. In Tschechien selbst kann man sie auf Vietnamesenmärkten kaufen, also bei den Leuten, die früher und jetzt noch die geschmuggelten Zigaretten verkaufen. Es gibt null Probleme bei der Beschaffung. Du gehst über die Grenze nach Tschechien und hast es in der Tasche. Die Politiker in Berlin wollen jetzt zusammen mit den Erzeugerländern gegen die Labors vorgehen. Dass dabei aber ein striktes Vorgehen herauskommt, wird stark bezweifelt. In Bayern hat man in der letzten Zeit geradezu wahnsinnige Steigerungen festgestellt. In etwa vier Monaten einen Zuwachs um das Dreifache. Jugendliche nennen das Zeug C oder Meth oder Ice oder Ruppe. Und es sind natürlich besonders die Jugendlichen gefährdet, die keinen Beruf erlernt haben, mit Hartz IV dahindämmern, deren Eltern teilnahmslos sind, denen es egal ist. Diese Droge baut das Ich auf, was diese Jugendlichen in ihrem normalen Alltag einfach nicht erleben. Es ist die gefährlichste Droge, die wir im Augenblick kennen.«

»Da war was mit dem Zweiten Weltkrieg«, sagte Rodenstock. »Aber ich kenne keine genauen Angaben.«

»Da war etwas«, bestätigte Emma. »Im Zweiten Weltkrieg ist das Mittel von deutschen Landsern genommen worden. Sie konnten damit Angstzustände unterdrücken, sie konnten in Kämpfen ihre Konzentration länger aufrechterhalten. Entscheidend war: Sie hatten sehr viel Mut. Und dann gab es noch eine Gruppe, die dieses Methamphetamin zum Überleben brauchte. Das waren die Kampfflieger der Deutschen. Das Mittel gab den Piloten über einen langen Zeitraum genug Konzentration und Mut, um wesentlich mehr Stunden im Inferno der Luftschlachten am Himmel durchzustehen. Das Zeug ist wirklich höllisch. Und Drogenfahnder berichten, dass das Mittel sich so schnell ausbreitet, dass man den Mut verlieren kann. Sagt mal, haben wir das Zeug jetzt in der Eifel?«

»Der tote Horst Walbusch hat seinen älteren Bruder in Frankfurt nach diesem Zeug befragt. Und er soll angedeutet haben, dass er einen Verdacht hat. Gegen wen, hat er nicht gesagt. Und er hat wohl auch nicht gesagt, warum er gegen jemand einen Verdacht hatte. Also gegen einen Dealer, eine Gruppe von Usern oder gegen einen, der Drogen finanziert. Wir haben einfach nichts Näheres erfahren.« Rodenstock stellte resolut fest: »Ich brauche jetzt eine Pause. Ich kann es nicht mehr ertragen, in diesem Fall pro Stunde eine Theorie zu Bruch gehen zu sehen. Das ist wirklich mehr, als ich mir zumuten sollte.«

»Emma«, sagte ich, »komm einfach um halb zwölf bei mir vorbei. Dann fahren wir zu Nicole Walbusch nach Daun.«

Ich fuhr nach Hause und beschimpfte grundlos und ruppig meinen Kater, der so nutzlos in der Gegend herumlag. Anschließend schrieb ich einen wütenden Brief an meine Bank, weshalb sie mich dauernd mahnte, ich solle gefälligst etwas für meinen Lebensabend tun. Glücklicherweise schickte ich diesen Brief nicht ab. Dann fuhr ich zur Bäckerei Utters in Dockweiler und erreichte immerhin, dass sie mir ein Pfund Kaffee verkauften. Das war das erste positive Ereignis dieses Tages.

Als ich nach Hause zurückkehrte, stellte ich fest, dass ich keine Milch besaß, kein Brot mehr und auch keine Margarine. Da ließ ich es sein und setzte mich auf die Terrasse. Mittlerweile hatte es leicht zu regnen begonnen, und diesem Regen schaute ich völlig tatenlos zu, bis Emma ihren Volvo auf meinen Hof steuerte.

»Ich bin richtig gespannt auf diese Frau«, sagte sie mit einer Spur von Aufregung und gab Gas. »Die war also nicht bei einer Freundin gewesen in der Nacht, in der ihr Mann starb. Also: Wo war sie? Du machst aber einen miesepetrigen Eindruck.«

»Wir kommen nicht weiter«, erklärte ich muffig.

»Das ist manchmal so«, erwiderte sie unbekümmert. »Das wird sich in der nächsten Zeit ändern, das ist häufig so. Rodenstock hat in seinem Arbeitszimmer eine Wand freigemacht und pinnt Zettel mit den Erkenntnissen dran, aber auch die Fragen, die wir noch nicht geklärt haben. Er ist genauso verbiestert wie du, er will es erzwingen – und das funktioniert eben nicht.«

»Mir ist eingefallen, dass wir uns überhaupt nicht mit Sambas Eltern befasst haben. Sind die bekannt, ist er hier aus dieser Gegend?«

»Der ist aus Darscheid«, sagte sie. »Das habe ich irgendwo gelesen.«

»Samba ist ein Sonnenscheinchen gewesen, sagen die Leute. Er hatte einen gut funktionierenden Dönerladen. Warum, zum Teufel, verschiebt er schwarze Gelder?«

»Das kann einen ganz einfachen Grund haben. Vielleicht wollte er seiner Gefährtin Monika Baumann ein schönes Leben bieten, ein paar Reisen machen, ein Auto schenken. Jedenfalls hat er das doch gesagt, oder?«

Vor dem Haus der Walbuschs stand der kleine, rote Renault, den ich schon am Morgen nach der Erschießung gesehen hatte. Wir klingelten, und Nicole Walbusch öffnete uns die Tür.

»Kommen Sie bitte herein«, sagte sie mit steinernem Gesicht. Sie trug Schwarz. »Ich habe gedacht, wir können uns in die Küche setzen. Da ist es gemütlicher.«

»Es muss nicht gemütlich sein«, giftete Emma eisig.

Nicole Walbusch reagierte nicht und setzte sich auf einen Stuhl, vor dem zwei Schachteln Zigaretten auf dem Tisch lagen, ein voller Aschenbecher und eine Menge Zettel, auf denen sie etwas notiert hatte.

»Ich hatte schon aufgehört, jetzt fange ich wieder damit an.« Dann sah sie mich an und fragte streng: »Wieso sind Sie in der Nacht hierher gekommen und haben mir nicht gesagt, dass mein Mann tot ist?«

»Ich habe es nicht gewusst«.

»Das können Sie mir nicht erzählen. Ich lasse mich nicht verarschen!«

»Er wusste es nicht«, versicherte Emma. »Es ist bei derart furchtbaren Fällen ganz normal, dass sofort abgeklärt werden muss, wo sich die nächsten Familienangehörigen aufgehalten haben. Das ist die Norm. Siggi Baumeister wusste es nicht, er hatte keine Ahnung.«

Das mit der Norm war glatt gelogen. Das war kein guter Einstieg.

Emma war nicht bereit, sich aufhalten zu lassen und Höflichkeiten auszutauschen. Sie fragte: »Nach dem Stand der Dinge haben Sie sich geweigert, Auskunft darüber zu geben, wo Sie in der Nacht waren. Bleiben Sie dabei?«

»Dabei bleibe ich.« Sie zündete sich eine Zigarette an. »Das geht niemanden etwas an. Und falls Sie denken, ich wäre bei einem Mann gewesen, muss ich Sie enttäuschen. Ich musste mich um meine Zukunft kümmern. Und um die Zukunft von meinem Sohn Julian. Deswegen war ich unterwegs. Und die Leute, mit denen ich zusammen war, haben mit dem Tod meines Mannes nicht das Geringste zu tun. Sie haben ihn nicht einmal gekannt. Und ich musste ihnen versprechen, dass ich sie nicht in diese schreckliche Sache hineinziehe. Dabei bleibe ich. Wer sind Sie eigentlich genau? Sie haben irgendwas mit der Mordkommission zu tun, oder?« Sie war beinahe weiß im Gesicht, ihre Augen glühten, ihre Hände zitterten.

Emma machte es ganz knapp. »Mein Mann arbeitet hilfsweise bei der Mordkommission, ich bin eine Kriminalistin aus den Niederlanden. Der Herr Baumeister neben mir ist Journalist, schreibt aber noch nicht über den Fall. Das kommt später, und er legt Ihnen den Text vor, bevor er erscheint. So sieht seine Arbeitsweise aus.«

»Ich habe heute Morgen in Waldkönigen den Bruder Ihres Mannes kennen gelernt, den Timo. Sie können ihn anrufen, wenn Sie mögen«, sagte ich nicht sonderlich überzeugend. Es ging stockend voran, es hakte an allen Ecken und Enden.

»Der kommt heute vorbei, hat er gesagt. Aber eines sage ich Ihnen: Sie haben kein Recht, mich zu zitieren. Sie haben auch kein Recht, mich unter Verdacht zu stellen. Das hat Timo mir auch gesagt. Ich habe Ihre Kollegen hier vor dem Haus gehabt.

Es war schrecklich, sage ich Ihnen, schrecklich. Der Julian kam zu mir, und sagte: ›Mami, die sind hinter dem Haus im Garten und sie filmen.‹ Da sehe ich einen Kameramann und eine Kamerafrau, die durch die Fenster in mein Haus reinfilmen. Es war ganz übel, und der Junge hatte richtig Angst. Dabei ist es sowieso schon schwer, dem das zu erklären. Was soll ich dem sagen? Dass sein Vater einfach so erschossen wurde? Der weint nur noch, der versteht die Welt nicht mehr.«

»Ich nehme an, er ist noch zu Hause«, sagte ich. »Haben Sie eine Ahnung, wer ihm die Drogen gegeben hat?«

»Er sagt es nicht. Ich nehme an, es waren ältere Jugendliche, welche vom Gymnasium. Passiert ist das mittags nach der Schule. Julian kam hier an und war blass wie der Tod. Und er übergab sich dauernd, und er konnte nicht mehr stehen und legte sich hin, wo er gerade war. Das war ganz furchtbar. Er schwamm irgendwie weg, also das Bewusstsein war nicht mehr da. Das war wirklich furchtbar, und wir bekamen Angst.«

»Es war Crystal, nicht wahr?«, fragte Emma.

»Ich kenne mich da nicht aus«, antwortete sie heftig. »Der Arzt hat mir das aufgeschrieben.« Sie griff nach einem kleinen Zettel, der neben ihren Zigaretten lag. »Es heißt Methylamphetaminhydrochlorid.« Das Wort machte ihr Schwierigkeiten, sie stotterte leicht.

»Julian sollte das aufklären«, sagte ich. »Das Zeug ist ganz höllisch, es kann sehr krank machen. Hat er das gegessen?«

»Ja, hat er.« Sie drückte die Zigarette im Aschenbecher aus, stand auf, nahm den Aschenbecher und ging damit vor die Spüle und leerte ihn in einen Eimer.

»Wir sind nicht Ihre Gegner«, sagte Emma fest. »Wir wollen nur die Verbrechen aufklären. Kannten Sie einen gewissen Samba?«

»Ja, klar. Den kennt doch jeder in Daun. Wir haben uns da auch schon mal einen Döner nach Hause geholt.«

»Es kann sein, dass der schwarzes Geld verschiebt, also Bargeld, bei dem nicht nachzuweisen ist, woher es kommt. Haben Sie jemals davon gehört, hat Ihr Mann irgendetwas darüber gesagt?«, fragte Emma.

»Kein Wort«, antwortete sie. »Das hat mein Mann nie erwähnt. Woher soll das Geld denn kommen?«

»Das wissen wir eben nicht«, sagte ich.

»Wie war das Verhältnis Ihres Mannes zu Samba?«, fragte Emma.

»Ganz normal« antwortete sie. »Die gingen oft zu ihm, wenn sie auf der Wache einen Happen essen wollten, in den Pausen zum Beispiel, oder am späten Abend, wenn sie Nachtschicht hatten. Und Samba hatte ja auch immer seine Sprüche drauf. Er hat gesagt, die Bullen muss man schmieren, und dann machte er es einen Euro billiger. So war er ja, immer gut gelaunt.« Sie griff wieder nach einer Zigarette. »Stimmt das, dass sie den vom Motorrad geschossen haben? Ich meine, ich kann ja hier nicht dauernd Fernsehen gucken, weil dann diese furchtbaren Bilder kommen, die Julian nicht sehen soll. Stimmt das?«

»Das ist passiert«, nickte Emma. »Und kein Mensch kann erklären, warum es so passierte. Ich nehme an, bei Ihnen steht das Telefon nicht still, weil die Medienvertreter wissen wollen, ob Ihre Ehe intakt war – und solche Dinge. Und vermutlich antworten Sie dann gar nicht.«

»Genauso läuft das«, nickte sie. »Ich weiß ja auch gar nicht, was da abgelaufen ist. Und was hat denn meine Ehe mit diesen furchtbaren Dingen zu tun?«

»Wir nennen das auch Kollateralschäden«, erklärte Emma freundlich aber kühl. »Plötzlich sind Dinge wichtig, die vorher keinen Menschen interessiert haben. Wenn Pressemenschen in einem Fall wie diesem eigentlich nichts zu schreiben haben, weil einfach nichts vorhanden ist, und weil es keinen Verdacht gibt, dann fällt das Interesse plötzlich auf Dinge wie Familienverhältnisse. Das kann ekelhaft sein. Also, ich finde das ekelhaft.«

»War denn Ihre Ehe am Ende?«, fragte ich freundlich.

Sie drückte ihre kaum gerauchte Zigarette im Aschenbecher aus, ihre Hände zitterten wieder stark. »Ich weiß ehrlich nicht, wie ich das nennen soll.« Dann stockte sie und fragte mit einer plötzlich grellen Stimme: »Aber Sie schreiben nicht drüber? Jedenfalls nicht morgen, oder in den nächsten Tagen, oder so? Also, dass ich nicht irgendwo lese: Die Frau des ermordeten Polizisten spricht endlich über die Tat, oder irgend so etwas in irgendeiner Zeitung oder so?«

»Das wird nicht geschehen«, sagte Emma leise.

»Nein«, sagte ich gleichzeitig.

Sie saß da auf ihrem Stuhl und weinte hemmungslos. Sie griff nach einer Packung Papiertaschentücher und versuchte ihre Fassung zu bewahren. Sie schniefte und sie putzte sich laut schnaubend die Nase und sagte stockend: »Es ist eine verdammte Scheiße. Du fragst dich doch: Warum haben wir das nicht in den Griff gekriegt? Warum ist das so beschissen gelaufen? Konnten wir denn, verdammt noch mal, nicht etwas warten? Hätten wir nicht eher reden müssen? Und jetzt ist er tot.« Sie stand plötzlich auf, ging zum Eisschrank, kam mit einer Flasche Genever zurück und sagte: »Ich trinke jetzt einen! Jemand dabei?«

»Ja, ich«, sagte Emma. »Und du darfst auch heulen. Wir verstehen das schon, wir kennen das.«

Sie kramte irgendwo kleine Gläser aus einem Schrank und stellte sie auf den Tisch. Sie goss ein und setzte sich wieder.

»Das kam so langsam, immer ein bisschen weiter. Wir haben anfangs nicht mal darüber geredet. Wir haben aber auch nicht mehr miteinander geschlafen. Das ist jetzt bald zwei Jahre her. Also, es war nicht so, dass wir uns nicht mehr mochten. Ich liebe ihn immer noch, verdammt. Irgendwie haben wir uns auseinandergelebt, irgendwie waren wir am Ende, da war die Luft raus. Wir haben dann getrennt geschlafen. Das konnten wir Julian mit dem Schichtdienst erklären, das verstand er: Papa muss nach der Schicht schlafen, egal, wann er nach Hause kommt.«

»Aber Horst hatte auch viel Freizeit. Was machte er da?«, fragte Emma.

»Er ging, war einfach nicht hier. Ich wusste das nicht immer genau. Er war bei Kollegen oder alten Freunden – oder manchmal in der Kneipe. Von Zeit zu Zeit hat er das erwähnt. Wir hatten keine Schwierigkeiten damit, und er fragte ja auch nicht, was ich so mache. Aber ich habe es ihm erzählt, also ganz freiwillig. Und dauernd haben wir gedacht: Wir packen das eines Tages, wir räumen dann auf und fangen von vorne an. Das habe ich zu ihm gesagt, und er zu mir.« Sie weinte jetzt ganz laut, und sie griff wieder nach einem Taschentuch.

»Ihr habt also nicht miteinander gelebt, sondern nebeneinander. Es war demnach ein schleichendes Ende«, stellte Emma fest.

»Ja, das war es wohl«, schniefte sie.

»Hast du denn einen neuen Freund?«, fragte Emma.

»Habe ich nicht«, sagte sie und putzte sich wieder energisch die Nase.

Dann stand plötzlich Julian in der Tür und fragte verschlafen: »Wieso weinst du schon wieder, Mama?«

»Es ist wegen Papa, Kind«, antwortete sie.

Er kam an den Tisch und sagte: »Ich bin immer noch müde. Darf ich fernsehen?« Er war noch sehr blass, er hatte noch sein Krankenhausgesicht, er wirkte ein wenig wie ein kleiner, verirrter Engel.

»Wenn du willst«, sagte seine Mutter.

Julian öffnete eine Tür und schloss sie wieder hinter sich.

»Er hat mich gefragt, wie sein Papa ausgesehen hat, als er tot war. Das muss man sich mal vorstellen, das war richtig grausam. Ich kam in sein Zimmer, da hatte er sich mit einem Lippenstift von mir rote Striche ins Gesicht gezogen. Er sagte: ›Das sind Wunden, Mami.‹«

»Liebte er seinen Vater?«, fragte Emma.

»Oh ja, sehr. Wir haben immer gesagt, zwischen die zwei kommt nicht mal ein Zeitungsblatt.«

»Hatte dein Mann eine Beziehung zu Gaby Schirmer?«, fragte ich.

»Nein, nein, nein«, wehrte sie schnell ab. »Das habe ich von allen meinen sogenannten besten Freundinnen gehört. In Daun wird ja geredet, dass sich die Balken biegen. Ich habe ihn danach gefragt, und er hat geantwortet, er habe wirklich andere Sorgen.« Sie sah uns eindringlich an, ihr Mund wurde ganz breit, ihr Gesicht war von der Trauer zerklüftet. »Ich weiß es nicht, ich weiß es wirklich nicht. Aber warum soll er mich belügen? Und wenn? Was soll ich jetzt damit anfangen? Das nutzt doch alles nichts mehr, er ist ja weg, er kann ja nichts mehr sagen. Oh, mein Gott!«

Emma warf mir einen schnellen Blick zu. »Da gibt es noch etwas, das uns Sorgen macht. Es ist von Polizeikollegen gesagt worden, dass die Gaby Schirmer sich um geklaute Luxusautos gekümmert hat, und dein Mann sich um Drogen. Er wusste viel darüber, das steht außer Zweifel. Hat er in der letzten Zeit mir dir darüber gesprochen? Hat er auf dem Drogensektor irgendetwas Neues entdeckt, einen neuen Stoff? Hatte er gegenüber gewissen bekannten oder unbekannten Leuten einen Verdacht? Zum Beispiel den Verdacht, dass neue Dealer und neue Stoffe aufgetaucht sind?«

»Das haben die Kollegen von der Mordkommission mich auch gefragt. Und sie haben den Computer hier im Haus auf den Kopf gestellt und nichts Besonderes gefunden. Ich habe ihnen nur gesagt, er hätte ja auch irgendeinen anderen Computer benutzen können. Bei der Polizei zum Beispiel. Auf unserem hier im Haus hätte er niemals solche Sachen nachgeguckt oder gespeichert. Weil ja Julian schon gut mit dem Computer umgehen kann, und das sofort entdeckt hätte.«

»Da gibt es im Leben immer Knackpunkte, also folge mir mal«, sagte Emma leise und beinahe gemütlich. »Dein Mann kommt nach Hause und hat eigentlich bis zum nächsten Morgen frei. Er geht aber nicht sofort schlafen, sondern er verschwindet wieder. Hat er dir da gesagt, wohin er geht?«

»Mal ja, mal nein. Ganz normal.«

»Passierte das häufig?« Emma hatte ihr Verhörgesicht, sie würde Nicole Walbusch keine Hintertüre lassen.

»Darauf habe ich wirklich nicht geachtet. Auf so was achtet man doch nicht. Er kann doch hingehen, wohin er will, oder?«

»An was hast du gedacht, wenn er tagsüber heimkam und dann abends wieder aus dem Haus ging?«

»An nichts Besonderes. Ich gehe ja abends auch manchmal zu Freundinnen oder so.«

»Nicole! An was hast du gedacht, wenn dein Mann abends irgendwohin ging? Sieh mich einfach an und sag die Wahrheit. Du weißt ganz genau, was ich meine, wir brauchen doch hier kein Versteckspiel.«

Sie hatte jetzt rote Flecken am Hals, und ihre Hände bewegten sich hektisch auf der Tischplatte. Sie beugte sich vor, als wollte sie verhindern, dass wir ihr Gesicht sehen konnten. »Ich habe ... also, ich weiß nicht genau ... ich habe gedacht: Jetzt geht er wieder zu der blöden Schnepfe!«

»Zu Gaby Schirmer?«

»Ja, klar. Hinter der sind sie doch alle her, das war ja manchmal schon peinlich. Na, sicher habe ich das gedacht. Muss ja auch erlaubt sein, oder?« Ihre Stimme kam jetzt ganz hoch, sie atmete sehr laut und heftig. »Er war schließlich dauernd mit der zusammen, sie fuhren drei Jahre ihre Schicht, immer zusammen, rund um die Uhr. Da denkst du dir doch dein Teil, oder?« Jetzt war sie wütend, auf eine unüberhörbare Art wütend, sie zischte die Worte.

»Hast du jemals einen Beweis für diese angebliche Geschichte zwischen den beiden bekommen?« Emma war in Höchstform.

»Ja, klar, manchmal schon. Er hat nach einem ganz teuren Parfüm gerochen, alles an ihm, seine ganzen Klamotten. Dann fand ich mal zwei Kinokarten, dann eine Restaurantrechnung. Beweis? Als Ehefrau weißt du so was, du brauchst keine Beweise. Du weißt genau, was da abläuft, und du denkst: Jetzt machen sie auf irgendeinem Bett rum.« Sie sah uns an, sie war empört über das Bild, das sie malte.

»Du hast also sicher gewusst, dass er eine Affäre mit Gaby Schirmer hatte. War es mehr als eine Affäre?«

»Würde ich schon sagen, ja.«

»Und er hat es abgestritten?«

»Abgestritten nicht direkt, er hat nur gesagt, auf so was hätte er keinen Bock. Und, verdammt noch mal, ich hätte ihm ja gerne geglaubt, aber irgendwie war mir das zuletzt alles scheißegal.«

»Hattet ihr Krach wegen Geld?«, fragte ich.

»Nein, hatten wir nicht. Hatten wir nie.« Sie unterbrach sich, weil sie wieder zu weinen begann, weil sie sich einen neuen Schnaps eingoss und wieder eine Zigarette anzündete. Sie war fahrig, ihre Hände bewegten sich zuweilen mit großen Gesten, und dann wischte sie ihr Schnapsglas beiseite. Es fiel auf den Boden und zerbrach. »Scheiße!«, sagte sie heftig.

»Ich mache das schon.« Emma war mit einem Schritt am Spülbecken und kam mit einem Lappen zurück. Sie wischte über den Tisch, und sie wischte über den Fußboden. »Alles klar!«, sagte sie. »Nichts passiert.«

»Wie war das mit dem Geld?«, fragte ich nach.

»Da hatten wir keine Schwierigkeiten«, kam die Antwort. »Es war so, dass wir beide nicht in den rosigsten Verhältnissen aufgewachsen sind. Er war Bulle, ich Fleischerei-Fachverkäuferin. Wir haben beide gearbeitet, nur in den ersten drei Jahren mit Julian, da habe ich Pause gemacht. Jetzt arbeite ich halbtags. Wir kamen mit Geld immer gut klar, wir brauchten nicht viel. Ich hatte Zugriff auf das gemeinsame Konto, es war eben normal.«

»Ist das Haus bezahlt?«, fragte Emma.

»Aber ja, alles bezahlt.«

»Hat er noch als Fliesenleger gearbeitet?«, fragte ich.

»Selten, nicht mehr wie früher. Bei Verwandten oder guten Bekannten hat er schon mal zugesagt.«

»Da habe ich noch eine Frage«, bemerkte Emma. »Du möchtest über die Nacht, in der er starb, nicht aussagen. Du hast gesagt, dass du den Leuten das zusichern musstest. Also ging es um deine berufliche Zukunft, und auch um die Zukunft von Julian. Kannst du, ohne Namen zu nennen, Auskunft darüber geben, wieso du dabei an deine und Julians Zukunft denken musst?«

Sie überlegte eine Weile und zerquetschte dabei die qualmende Zigarette im Aschenbecher. »Also, es war mir doch klar, dass ich einen anderen Weg gehen musste als den mit Horst. Ich meine, ich weiß ja, dass unsere Ehe kaputt ist. Ich wusste ja nicht genau, was kommen würde, ich wusste nur, dass irgendwann eine Scheidung anstand. Das habe ich Horst auch ganz klar gesagt, und er war einverstanden. Also habe ich mich umgesehen. Das dauerte schon eine ganze Weile. Jetzt habe ich Leute getroffen, die mich brauchen können. Also, ich kann da Vollzeit arbeiten, ich kann Julian mitnehmen, ich kann das Haus hier behalten, alles ist gut.«

»Also, dieses Haus wird dir gehören?«, fragte Emma.

»Ja. So haben wir es abgemacht. Schriftlich. Horst wollte sowieso zur Kripo wechseln, und er wusste ja nicht, wohin er versetzt würde, ich meine, in welche Gegend er kommen würde.«

»Dann danken wir dir sehr«, sagte ich.

»Vielen Dank!«, sagte auch Emma.

Sie brachte uns zur Tür und sagte: »Wir sehen uns.«

Wir setzten uns in Emmas Wagen und fuhren bis zu einem Wendehammer, um zu drehen. Als wir an Walbuschs Haus vorbeirollten, war Nicole nicht mehr zu sehen. Ein paar Meter weiter auf der gleichen Straßenseite stand ein Mann in seinem Vorgarten und winkte uns heftig zu.

Emma hielt an. »Ja, bitte?«

»Mein Name ist Tombers«, sagte der alte Mann verlegen und beugte sich zu uns herunter. »Sie recherchieren ja sicher diese furchtbaren Verbrechen. Ich will Ihnen nur sagen, dass der Horst Walbusch, also der Polizist, drei Tage vor seinem Tod und einen Tag vor seinem Tod hier bei seiner Frau aufkreuzte und beide Male seine Frau wie wild anschrie. Er brüllte so, dass wir das alles mithören mussten. Sie sei völlig verrückt geworden, schrie er. Sie hätte keine Ahnung, was da auf sie zukommt. Sie würde sich selbst zerstören, und den kleinen Julian gleich mit. Das könnte er nicht zulassen. Und beim zweiten Mal haben die beiden sogar hinter dem Haus im Garten gestritten. Und schrecklich laut war das alles, meine Frau hat gesagt, sie hätte richtig Angst bekommen. Die Frau Walbusch hat da auch geschrien. Ihr Mann sollte sich nicht wie der liebe Gott aufspielen und solche Dinge erfinden. Und jetzt habe ich den Herrn hier gesehen, der immer über die Eifel schreibt, und die Frau neben ihm ist ja die Frau von dem, der Rodenstock heißt und bei der Kripo ist.« Er versuchte tatsächlich in seiner stark gebeugten Körperhaltung so etwas wie eine Verbeugung hinzukriegen, es wirkte bizarr und völlig abgedreht. »Ich meine, ich will das sagen, weil es ja vielleicht wichtig ist.« Dabei stand er leicht gebückt und strahlte uns an, als hätte er etwas zu verschenken.

»Würden Sie das vor Gericht aussagen?«, fragte Emma knapp.

»Ja, sicher doch«, gab er verlegen zurück. »Man hat ja seine Pflicht als Bürger.«

»Ich danke Ihnen«, murmelte Emma, gab Gas und ließ das Fenster wieder hochgleiten.

»Nehmen wir das ernst?«, fragte ich.

»Wir sollten es nicht vergessen«, antwortete sie. »Wenn eine Ehe vor dem Aus steht, wenn an Scheidung gedacht wird, kommt es fast immer zu lautem Zoff. Das ist unvermeidlich. Vielleicht sind die Aussagen des Nachbarn etwas ganz Banales, vielleicht spielt er sich nur auf.«

»Ich nehme es ernst. Sie hat nicht die Wahrheit gesagt, sondern hat sich eng daran vorbeigeschlängelt, und die Wahrheit mit vielen Worten zugedeckt.«

»Das nenne ich ein Statement!«, strahlte Emma.

11. Kapitel

Es war früher Nachmittag, und ich war dankbar, wieder zu Hause zu sein. Ich sprach mit meinem Kater und berichtete ihm ein wenig von den Schwierigkeiten, die entstehen, wenn nicht genau bekannt ist, wer die Wahrheit sagt, oder wer nur ständig knapp daran vorbeischlendert.

Aber Satchmo hörte mir nicht zu, weil es ihm schlecht ging. Weil er offenbar bei jedem Schritt, den er tat, starke Schmerzen im linken, vorderen Lauf hatte. Er machte einen oder zwei Schritte, ließ sich dann zuerst auf die Hinterläufe nieder, ehe er sich ganz flach hinlegte und beide Vorderläufe, vor allem den linken, so weit wie möglich ausstreckte. Diese Haltung schien weniger schmerzhaft zu sein. Von der Rasenfläche unter den Bäumen bis zu den vier Stufen auf die Terrasse brauchte er endlose Minuten, und es waren weniger als zehn Meter.

»Okay«, sagte ich, »dann sollten wir vielleicht etwas unternehmen. Du bist jetzt sechzehn, was für deine Gattung ein stolzes Alter ist. Ich telefoniere mal, und vielleicht bekommen wir Hilfe.«

Ich rief die Tierärztin an, und sie sagte, sie sei nur noch eine halbe Stunde in der Praxis, weil sie zu zwei Pferdehöfen müsse. Ich sagte, ich sei in zwölf Minuten da.

Ich schnappte meinen Freund, tat ihm die Plastikbox nicht an, sondern setzte ihn behutsam auf den Beifahrersitz. Dann fuhren wir los.

Selbstverständlich brach sofort Panik aus. Satchmo schoss durch mein Auto, sprang auf die hintere Ablage, war sofort wieder neben mir, sprang auf das Armaturenbrett, und jaulte ununterbrochen. Er hatte plötzlich eine Stimme, und plötzlich konnte er sich wild bewegen.

Ich hielt unterhalb der Kirche an, versuchte es mit einem Monolog, erzählte ihm von der einzigen Katze, die ausgesprochen gerne mit dem Auto fuhr. »Sie hieß Molli«, führte ich aus. »Sie war schwarzweiß, und wenn ich mich ins Auto setzte und ließ dabei die Wagentür offenstehen, sprang sie herein und hockte sich auf das Armaturenbrett. Sie betrachtete diese seltsame Welt, die sich so komisch zusammen mit ihr bewegte, und sie war vollkommen angstfrei. Verstehst du? Hörst du mir zu? Ja, ja, ich gebe zu, Molli war die große Ausnahme, Molli war total bescheuert. Aber ich will auch nicht verschweigen, dass Molli zweiundzwanzig Jahre alt wurde. Das solltest du dir merken. Molli war das große Vorbild aller autofahrenden Katzen. Und eines Morgens lag sie tot auf dem Hof, hatte das Ende erreicht. Wahrscheinlich wollte sie auch nicht mehr, was man ihr nicht übelnehmen konnte, gefressen hatte sie jedenfalls nicht mehr. Und jetzt reiß dich zusammen, verdammte Hacke, ich will dir doch nur helfen.«

Dann gab ich Gas, es hatte keinen Zweck, friedlich mit ihm zu sprechen und ihm zu versichern, dass alles nur zu seinem Besten war. Satchmo war einfach nicht einsichtig. Er kapierte diese blöde Menschenwelt nicht, und sprang wie wild in meinem Auto herum, saß einmal sogar für Sekunden auf meiner rechten Schulter, wobei sich seine Krallen schmerzhaft tief in mein Fleisch schlugen, und ich wahrscheinlich genauso aufheulte wie er.

Und dann, kurz hinter Dreis in Höhe des Autobahnzubringers zur A 1, nichts mehr, gespenstische Ruhe. Ich sah ihn nicht mehr, ich hörte ihn nicht mehr, er war einfach weg.

Man denkt für Sekunden tatsächlich darüber nach, ob die Autobauer vielleicht ein Schlupfloch für Katzen eingebaut haben, perfekt wie sie nun einmal sind.

Ich hielt also in einem Waldweg und rief meine Katze. Nichts. Dann tastete ich meinen Sitz ab, und tatsächlich kauerte Satchmo darunter, flach wie ein Plattfisch.

»Das ist gut«, sagte ich. »Bleib da.«

Ich schaffte es in acht Minuten, fuhr vor und sagte: »Er hockt unter dem Sitz.«

»Das haben wir gleich«, sagte die resolute Fachfrau. »Ich hole mal Handschuhe.« Und dann: »Machen Sie mal die hintere Klappe hoch.« Ich machte die hintere Klappe auf. Es passierte einfach und mühelos. Satchmo kam aus dem Auto geschossen, die Fachfrau sagte: »Hepp!« und hielt ihn in den unförmigen Handschuhen gefangen. Dann setzte sie ihm eine Spritze, die sie aus einem Kittel zog, und Satchmo verabschiedete sich vorübergehend von dieser Welt.

»Damit das klar ist!«, erklärte die Hüterin aller Katzen. »Er wird diese Zustände immer häufiger zeigen, und ich kann Ihnen nicht einmal Besserung versprechen. Ich spritze ihm jetzt jede Menge Vitamine und Aufbaustoffe zusammen mit einem Beruhigungsmittel. Er wird bestimmt zwei, drei Stunden schlafen. Legen Sie ihn einfach irgendwohin, wo es warm und weich ist. Und wollen Sie nicht doch einmal darüber nachdenken, ob ...«

»Nein«, sagte ich.

Wir bedankten uns, zahlten und machten uns vom Acker.

»Siehst du«, sagte ich, »du musst ernsthaft drüber nachdenken, ob es nicht besser ist, sich an das Auto zu gewöhnen. Du kannst dich an die Speerspitze der internationalen Katzenbewegung *Katzen lieben Autos* stellen. Das kann eine steile Karriere werden.« Zu Hause legte ich ihn auf eine warme Decke am Fuß des Sessels, auf dem ich immer sitze.

Ich schrieb auf einen Zettel, was mir fehlte, und fuhr zum EDEKA nach Kelberg. Mein Haushalt war vollkommen ausgedörrt. Als der Einkaufswagen voll war, kaufte ich noch Brot und ein paar Puddingteilchen und machte mich auf den Heimweg. Ich fuhr nicht die B 421 entlang nach Hause, sondern bog mitten in Kelberg auf die schmale Straße nach Bongard und Nohn ab. Mir war nach Wald und Ruhe, und beides konnte ich auf dieser Strecke im Übermaß finden.

Als ich oben auf der Höhe über Kelberg anlangte, hielt ich einfach auf dem kleinen Rastplatz an, von dem aus man bis zum Nürburgring blicken kann. Es war sehr still hier oben, kein Auto kam vorbei, keine Bauern mit Erntemaschinen. Ich stopfte mir eine kleine, eigenwillig gestylte Pfeife von *design berlin* mit dem schönen Namen Strasbourg und paffte vor mich hin. Ich dachte an diese drei Toten, spürte sofort Hektik und Stress hochsteigen und musste mich dazu zwingen, nicht sofort und in aller Eile weiterzufahren. Ich befahl mir: Hetze nicht! Sieh dir endlich in Ruhe an, was wir haben.

Mal angenommen, dass die beiden Polizeibeamten einem Unbekannten auf die Spur kamen. Wie genau das passiert sein mag, wussten wir nicht. Angenommen, dieser Unbekannte hatte viel mit Bargeld zu tun, vielleicht mit Drogengeld, vielleicht mit Geld aus Prostitution, vielleicht sogar mit Geld für geklaute Luxusautos. Vielleicht aber auch mit Geld aus dem Schmuckhandel, weil auch das ein Bargeldgeschäft ist. Wenn die beiden Polizeibeamten diesen Unbekannten identifiziert hatten, dann musste dieser Unbekannte schleunigst etwas unternehmen, was sie zum Schweigen brachte. Er erschoss sie also, oder – weitaus wahrscheinlicher – er ließ sie erschießen. Aus irgendeinem Grund geriet nun gleichzeitig

Samba ins Visier dieses Unbekannten. Vielleicht hatte Samba geredet, vielleicht hatten die zwei Polizeibeamten mit ihm gesprochen und ihn überredet, ihnen Einzelheiten mitzuteilen. Zum Beispiel über die Geldtransporte, zum Beispiel über die Quellen des Bargeldes, zum Beispiel über ihren nächsten oder endgültigen Bestimmungsort. Dann musste auch Samba verschwinden, also wurde er erschossen.

Konnte sich der Unbekannte jetzt sicher fühlen? Konnte er eindeutig nicht! Jetzt hatte er niemanden mehr, der die Gelder transportiert. Er musste einen Ersatzmann finden, musste diesen Mann einarbeiten, und musste zwangsläufig annehmen, dass die beiden Polizeibeamten Zeugnisse hinterlassen hatten. Zum Beispiel in Computern oder in Notizen oder in einer Unterlage, die so ähnlich aufgebaut ist wie ein Tagebuch. Oder in schriftlichen Unterlagen, die genauso aussehen wie eine Bilanz, die aber nicht von allen Menschen gelesen werden können.

Konnte es einen Menschen geben, bei dem alle diese Geschäfte zusammenliefen? Konnte ein Mensch alle derartigen Geldströme steuern? Sehr unwahrscheinlich. Ging es also um eine Gruppe von Leuten, die, getrennt nach Branchen, Gelder verschwinden ließen? Sie hätten diese Geldströme so verschleiern müssen, dass das Geld gewaschen wurde, legal wurde. Wohin verschwanden alle diese Gelder? Sie verschwanden dorthin, wo alle Gelder angeblich legal sind, wo alle Gelder frei fließen – also zum Beispiel in einen Hedgefonds. Davon gab es permanent auf diesem Planeten mindestens neuntausend, die über geschätzte neun Billionen Euro verfügten. Die wiederum tauschten Gelder nach Absprache aus, und diese Gelder waren dann wiederum nicht einwandfrei festzustellen, man hatte ihre Herkunft verschleiert. Man hat schon mexikanische Drogengelder in höchst ehrbaren europäischen Deponien festgestellt, zum Beispiel in Schottland.

Hör auf, mein Freund, das führt zu nichts. Wenn du jetzt, am Ende dieser flüchtigen Gedankenkette, feststellst, dass zwei biedere Streifenpolizisten in der Eifel auf solch ein Durcheinander stoßen und es in die Gefahr der Entdeckung bringen, dann gerätst du selbst in die Gefahr, aus einer geradezu unwahrscheinlichen Mücke einen irrealen Elefanten zu machen. Lass das sein, da reicht deine Fantasie nicht, da warst du nicht dabei.

Dann schoss mir eine Bemerkung durch den Kopf, die jemand von der Mordkommission gemacht hatte. Angeblich saß Gaby Schirmer stundenlang vor dem PC, um Ausschau zu halten nach Leuten, die Luxusautos klauten, umfrisierten und dem Besteller irgendwo in der Welt vor die Tür stellten. Die Mordkommission hatte im PC der Gaby Schirmer nichts dergleichen gefunden. Keine Notizen, keine Tagebücher, keine schriftlichen Quellen. Was also sollte das Theoretisieren bringen, außer Verwirrung?

Konnte es nicht sein, dass die beiden Polizeibeamten mit vielen Unterbrechungen und Verzögerungen zueinander fanden und nichts anderes wollten, als ihre Liebe zu leben? Und sofort tauchte erneut die alles überragende Frage auf: Warum hatte irgendjemand sie dann erschossen? Etwa die Ehefrau des Toten, die verwirrte und zutiefst enttäuschte Nicole Walbusch?

Und warum war Samba auf seinem Motorrad erschossen worden? Konnte es nicht sein, dass etwas an dem schrecklichen Bild nach seinem brutalen Tod auf dem nächtlichen Eifelacker fehlte? Konnte es nicht sein, dass er auf seinem Motorrad einen Koffer mit Geld bei sich hatte? Konnte es denn nicht sein, dass er fünfzigtausend oder hunderttausend

Euro transportierte, von denen die Mörder wussten? Sie erschossen ihn, nahmen das Geld und verschwanden. Konnte das sein?

Ich rief Rodenstock an.

»Ich habe darüber nachgedacht, dass Samba, als er in der Nacht erschossen wurde, Gelder transportierte. Dass genau das der Grund für seine Tötung gewesen sein könnte. Ist das untersucht worden? Gab es zerrissene Spanngurte oder irgendwelche mit Instrumenten geöffneten Behälter oder so was?«

»Sie haben noch keine genauen technischen Hinweise, aber selbstverständlich wird das untersucht. Du kannst mich sowieso abholen. Da ist ein Gymnasiast verschwunden. Einer, der wahrscheinlich Crystal genommen hat.«

»Hast du an Timo Walbusch gedacht?«

»Habe ich sofort. Der ist nicht in Waldkönigen, sein Vater weiß nicht, wo er ist. Er ist auf seinem Handy nicht erreichbar.«

»Ich komme sofort.«

Dann mussten meine Tiefkühlpizza eben den Eifeler Sommer in meinem Kofferraum überstehen, oder ich konnte sie entsorgen. Wenn das mit Timo Walbusch ein paar Stunden dauerte, konnte ich eine Menge meines Einkaufs entsorgen.

Ich beeilte mich, fuhr die Waldstrecke nach Nohn, bog dann scharf nach links ab und kam über die Ahbachstrecke wieder nach Heyroth.

Rodenstock wartete schon. »Was denkst du, wohin sollen wir fahren?«, fragte er.

»Zu dem Vater, zu Wolf Walbusch«, antwortete ich. »Wenn überhaupt jemand eine Ahnung hat, dann er. Und was ist das für ein Gymnasiast, der verschwunden ist? Steig ein, wir müssen los.«

»Ein merkwürdiger Fall, aber vielleicht einer, der genau passt.« Er zog seine Tür zu, und ich gab Gas.

»Es handelt sich um einen Achtzehnjährigen, der schon immer mit Drogen Probleme hatte. Erst war es Hasch, dann war es irgendein Speed, dann war er im Entzug, hatte angeblich beste Chancen, wurde aus der Therapie entlassen, fiel wieder zurück mit Schmerzmitteln und Haschisch. Das Elternhaus ist kritisch, die Eltern trennten sich jahrelang in einem ziemlich wüsten und ausfernden Prozess, der Junge litt massiv darunter, hatte schlechte medizinische Prognosen, Therapeuten sagten, er müsse aus der Familie herausgenommen werden. Das versuchte man und scheiterte. Der Junge wird als sensibel und hochempfindlich bezeichnet, seine Lehrer mögen ihn, er ist in der Klasse beliebt, hat also eigentlich einen guten menschlichen Rückhalt. Aber er scheitert immer wieder, solange bestimmte Verhältnisse in seiner Familie ihn nicht zur Ruhe kommen lassen. Es gab eine verrückte Situation, die ihn fast zerbrochen hätte. Die Eltern trennten sich, wurden geschieden und kamen dann erneut zusammen. Damit kam er überhaupt nicht klar. Er wird von allen Beteiligten und Unbeteiligten als hochintelligent bezeichnet, was ich nicht eigens erwähnen muss. Es sind immer diese Leute, die es trifft. Man hoffte, dass man den Jungen endlich therapieren konnte. Man sagte, er solle ein Jahr lang in eine stationäre Therapie gehen. Die Schule wurde beteiligt, alle Lehrer, der Fall ging sogar an das zuständige Ministerium und bekam seinen Segen. Er sollte in Ruhe gesund werden und sich danach ein Gymnasium suchen, an dem er das Abi machen konnte. Aber so weit kam es nicht. Der Junge geriet vor wahrscheinlich drei oder vier Tagen an jemanden, der ihm Crystal verkaufte. Er wurde gestern total stoned auf dem Dachboden des elterlichen Hauses gefunden. Es kam zu einem Krach zwischen ihm und dem Vater. Er rannte einfach weg. Seitdem ist der Junge verschwunden. Angeblich ist er heute am frühen Morgen, noch ehe die Schule begann, von einer Mitschülerin in Daun gesehen worden. Er wirkte müde und erschöpft. Am Mittag sah ihn ein anderer Mitschüler in der Dauner Stadtmitte mit jemandem sprechen. Die Person ist nicht bekannt. Danach nichts mehr. Wenn Timo Walbusch jemanden gesucht hat, der irgendwie mit Crystal zu tun hat, dann muss er diesen Jungen gesucht haben.«

»Wie heißt der Knabe?«

»Er heißt Rainer Soos, er wird Gambler genannt, Spieler. Und was fragen wir jetzt den alten Wolf Walbusch?«

»Das kann ich dir nicht sagen«, antwortete ich. »Ich habe keine Ahnung. Halt dich fest, wir werden schnell.«

Ich fuhr nach Waldkönigen hinein, ich fuhr zu dem alten, stillen Haus. Der Jaguar war nicht da.

»Verdammt still«, sagte Rodenstock, stieg aus und bewegte sich auf die Tür zu. Er klingelte, die Tür ging auf, der alte Mann wirkte überrascht.

»Hat der Timo angerufen?«, fragte ich.

»Nein. Und ich weiß ja auch nicht, wo er steckt. Also, wir hier wissen ja gar nicht ...«

Eine Frau schrillte hoch und hysterisch: »Hör da auf, Wolf! Wir wissen doch gar nichts!«

»Maria, es ist ja gut!«, sagte der Alte heftig über die Schulter zurück. »Die Herren waren doch schon mal da, ich kenne die doch!«

Die Frau schrie erneut etwas, das ich nicht verstand.

»Nun sei doch endlich still, Maria!« Dann wandte er sich uns zu und murmelte: »Also, meine Frau ist total durcheinander. Eben war ein hoher Polizist hier und hat uns gesagt, dass die große Trauerfeier in Trier sein soll. Übermorgen. Mit beiden

Särgen, und den Ministern und dem Ministerpräsidenten. Und dass wir erst danach den Horst zu Hause beerdigen können, also so, wie wir das wollen. Mit der Familie und den Nachbarn. Das ist eben von Staats wegen so. Und sie ist irgendwie damit nicht klargekommen, und jetzt weint sie, und sie weiß nicht ...«

»Es ist okay so, wir stören ja auch nicht lange«, unterbrach Rodenstock hastig. »Wann hat denn der Timo heute das Haus verlassen?«

»Das weiß ich gar nicht«, gab er unsicher zur Antwort. »Also, ich habe meiner Frau den Kaffee ans Bett gebracht, da war es vielleicht sieben Uhr. Dann bin ich wieder runter in die Küche, und da stand der Timo da am Herd und trank Kaffee. Er hat mich gefragt, ob ich weiß, wo in Daun mittags die Schüler zusammenkommen. Und ich habe gesagt: ›Junge, wieso fragst du mich das? Das weiß ich doch nicht.‹ Und dann ist er weggefahren, da war es vielleicht halb acht oder so. Ich hab ihn dann angerufen, weil ich ihm sagen wollte, er soll für die Mutter etwas mitbringen. Irgendetwas vom Friseur, ich kenne mich da nicht aus, irgendetwas zum Sprühen. Da hat sich nur diese Kunststimme gemeldet und dann habe ich draufgesprochen, dass er das mitbringen soll. Aber er hat sich nicht gemeldet. Das ist ja jetzt mehr als acht Stunden her, sage ich mal. Also, ich verstehe das nicht.«

»Herr Walbusch«, sagte Rodenstock drängend, »das ist jetzt wichtig. Hat der Timo irgendetwas gesagt, irgendeinen Namen genannt, hat er mit jemandem telefoniert, als er da in Ihrer Küche stand?«

»Nein, das nicht. Also, er hat nicht telefoniert. Nein, mit keinem.«

»Was ist mit Timo passiert, wenn er total betrunken war? Wohin ist er dann gegangen, wo hat er sich verkrochen?«, fragte ich. »Sie waren doch stinksauer auf ihn, wenn so was passierte, Sie haben ihn doch gesucht, Sie wollten ihn doch davor bewahren, weiteren Blödsinn zu machen, krumme Sachen anzustellen. Wo haben Sie nach ihm gesucht? Bitte, konzentrieren Sie sich! Das ist jetzt dringend!«

Er sah auf seine Hausschuhe hinunter, versuchte, sich zu konzentrieren und sagte stockend: »Das kann doch nicht sein, also das ist ja ...« Dann hob er den Kopf und sagte sehr endgültig: »Da finden Sie doch nicht hin.«

»Wenn Sie mir jetzt sagen, wohin ich muss, dann find ich auch dahin. Wo ist es?«

»Also, das sind die zwei Buchen«, begann er, und er sprach sehr langsam. »Du fährst jetzt rauf zur Bundesstraße. Dann fährst du links in Richtung Dockweiler. Aber du fährst nur bis zum zweiten Parkplatz, wo es rechts in den Wald geht. Da fährst du rein, und dann immer geradeaus. Dann kommt rechter Hand eine Schonung, Tannen, vielleicht zehn Jahre alt, nicht älter. Du fährst zur Mitte von der Schonung, ungefähr hundert Meter, würde ich mal schätzen. Dann siehst du links Buschwald, ziemlich viel Durcheinander. Vogelbeere, Birken, aber auch Haselbusch und Erle, denn da ist es nass. Und auf der anderen Seite von dieser Buschstrecke kommen Buchen. Schöne Stücke, um die siebzig Jahre. Du gehst bis zu einem Bruch im Gelände, ein starker, kurzer Abhang, vielleicht insgesamt drei, vier Meter runter. Da stehen zwei Buchen, die sich mit den Wurzeln verschränkt haben. Die Jungens haben sich damals Bretter über die Wurzeln gelegt.« Er sprach wieder so langsam, als müsste er es lernen. »Totale Windstille, weil nach Osten, und staubtrocken. Also, die Bretter sind längst weggefault. Das kann doch nicht wahr sein, also das glaube ich nicht, wie soll der Junge denn da ... Also, ich weiß nicht.«

»Wir haben keine Wahl«, sagte Rodenstock und war schon wieder auf dem Weg zum Auto.

»Und passen Sie auf!«, schob der alte Walbusch nach und wirkte sehr verwirrt. »Da ist es verdammt nass!«

»Bis dann«, sagte ich.

Ich fuhr so schnell, wie die schmale Straße es mit ihren Kurven zuließ. An der Einmündung in die Bundesstraße nach links. Am zweiten kleinen Parkplatz rechts in den Wald. Es war rutschig, ich hoffte nicht aufzusetzen.

»Da sind die Tannen«, sagte Rodenstock. »Da steht der Jaguar. Machen wir Lärm?«

»Wir machen keinen«, sagte ich. »Pass auf, wenn du da reingehst, da steht Wasser.«

Aber es war schon zu spät, er stand bis zu den Knien in einem Wasserloch und stellte sachlich fest: »Schön kühl!«

Die Strecke durch den Buschwald war nicht breiter als ungefähr sechzig Meter, dann kamen sanft bergan steigend die Buchen, ein stolzer Dom, durch dessen grünes Dach die Sonne schien. Dann der Geländebruch, ganz wie der alte Walbusch es gesagt hatte.

Wir rutschten auf dem Hintern hinunter und sahen rechts Timo Walbusch auf einem alten, morschen Stamm sitzen. Ihm gegenüber saß ein junger Mann auf einem großen, flachen Stein, der den Kopf gesenkt hielt und dessen Schultern sich bewegten, weil er wohl weinte.

»Komisch«, sagte Timo sehr gelassen. »Ich habe gedacht, wenn einer mich findet, dann seid ihr das. Mein Vater hat euch hierher geschickt.«

»Was soll das hier?«, fragte Rodenstock aggressiv.

»Wir unterhalten uns nur«, sagte Timo.

»Du lügst«, sagte ich. »Rainer? Hallo, Rainer!«

Der junge Mann hob den Kopf. Er sah aus wie jemand, der stirbt. Er hatte ein graues Gesicht, die Augen lagen tief und schwarz umrandet in ihren Höhlen, seine Bewegungen wirkten so, als unterläge er einer grotesken Zeitlupe. Er sah mich an, aber er nahm mich nicht wahr.

»Das kannst du nicht verantworten«, sagte ich zu Timo.

»Das kann ich. Und wie ich das kann!« Er sprach leise und sehr konzentriert.

»Was soll er dir denn sagen?«, fragte Rodenstock.

»Wer ihm das Crystal verkauft hat«, antwortete Timo.

»Er ist suchtkrank«, stellte Rodenstock fest. »In diesem Zustand sagt er dir alles, was du hören willst.«

»Das kann schiefgehen«, sagte ich und hatte einen sehr trockenen Mund. Ich hatte Angst um Rainer Soos. Wir waren Meilen weit entfernt von einem Krankenhaus, und meilenweit entfernt von einem Arzt.

»Dann gib mir deine Waffe!«, forderte Rodenstock hart und laut.

»Sie liegt zu Hause«, sagte Timo mit Verachtung. »Ich brauche sie doch nicht. Wenn dieses Weichei fertig ist, wird er es sagen.«

»Sachlich bleiben«, mahnte ich. »Was hat er denn bisher gesagt?«

»Er sagt, es war ein Mann in einem BMW. Der Wagen war schwarz. Und es war in der Nacht.«

Rainer Soos beugte sich vor und ließ sich dann auf das Gesicht fallen. Er winselte ganz hoch, es war eine erschreckende Folge hilfloser, kindlicher Töne. Seine Augen rollten unkontrolliert in ihren Höhlen. Er krümmte sich in einen Bogen wie ein ungeborenes Kind.

»Hat er gesagt, wie viel Geld er für das Crystal gezahlt hat?«, fragte Rodenstock sehr sachlich.

»Hat er«, nickte Timo Walbusch. »Er sagt, er hat seinem Vater fünfzig Euro aus der Brieftasche geklaut. Er hat dem Dealer diese fünfzig Euro gegebenund das Crystal genommen. Dann ist er Richtung Maare gelaufen. Zu Fuß. Es war in der Nacht. Irgendjemand hat ihn dann zurück nach Daun mitgenommen.«

»Kannte er den Mann in dem BMW?«, fragte ich.

»Er sagt nein. Er sagt, es war Nacht und er hat von dem Mann so gut wie nichts gesehen. Aber das kommt schon noch«, murmelte Timo Walbusch.

»Timo, weißt du, was ich glaube?« Ich konnte mich kaum konzentrieren, ich hatte das Gefühl, nicht durchatmen zu können.

»Du wirst es mir sagen.«

»Ich glaube, er weiß wirklich nicht mehr. Er hat dir alles gesagt.« Ich wurde wütend. »Du kannst hier nicht den lieben Gott spielen. Wenn der Junge hier kollabiert, kann er sterben. Du hast selbst gesagt, dass Crystal die Hölle ist.«

Rainer Soos winselte wieder wie ein Kleinkind und rieb sich mit erdigen Fingern über das Gesicht. Er hatte plötzlich dreckverschmierte Wangen und spuckte Erde aus.

»Pass auf«, sagte Rodenstock hart: »Wir laden ihn jetzt ins Auto und fahren ihn ins Krankenhaus.« Er ging auf Rainer Soos zu und fragte: »Kannst du aufstehen?«

»So geht das nicht!«, sagte Timo hart.

»Doch! So geht das«, sagte ich.

Rodenstock bückte sich über Rainer Soos, griff ihm unter die Achseln und zog ihn hoch. Der Junge war weicher als Gummi, er war vollkommen leblos, und er war schwer.

»Das lässt du sein!«, sagte Timo.

»Du solltest uns lieber helfen«, sagte ich wütend. »Du markierst hier den starken Macher, und keiner ist beeindruckt. Es geht um diesen Jungen, nicht um dich!«

»Es ist wegen Hotte!«, sagte er matt.

»Hotte würde dir in den Hintern treten!«, schrie Rodenstock. »Jetzt hilf mir mal, verdammte Hacke!« Er ließ Rainer

Soos wieder zu Boden gleiten, und der weinte jetzt. Der Rotz lief ihm aus der Nase, er stammelte irgendetwas, was niemand verstehen konnte.

»Du scheiß Sicherheitsbeauftragter, du greifst dir jetzt den Rainer, und du trägst ihn zum Auto. Moser hier nicht rum, und komm mir nicht mit dem blöden Getue: für Hotte. Komm mir nicht damit. Du missbrauchst deinen toten Bruder. Und wegen unterlassener Hilfeleistung bist du sowieso dran.« Ich musste versuchen, flach zu atmen, diese Szene ging mir schwer an die Seele.

»Pack jetzt an«, blaffte Rodenstock kalt, »sonst hole ich die Bullen hierher, und du bist matt.«

»Er ist ein Arsch, er bewegt sich nicht«, sagte ich. »Ich nehme die Schultern und du die Beine.«

Wir versuchten das, scheiterten aber an dem steilen Hang. Mit der Last kamen wir nicht hinauf.

»Gib her«, sagte Timo endlich. Er packte den Jungen wie einen Sack, legte ihn sich über die Schulter und stapfte scheinbar mühelos den Hang hinauf und auf den Streifen Buschwald zu. Wir hatten Mühe, ihm zu folgen.

Wir legten Rainer Soos auf die Rückbank meines Wagens, und weil ich nicht im Schlamm stecken bleiben wollte, verzichtete ich darauf zu wenden und fuhr im Rückwärtsgang bis zur Bundesstraße. Ich dachte ununterbrochen und verkrampft an die Möglichkeit, dass der Junge hinter mir sterben konnte und fuhr verantwortungslos schnell.

Rodenstock neben mir telefonierte. »Wir kommen mit einem Süchtigen, der Crystal genommen hat. Er geht durch einen kalten Entzug und braucht dringend einen Arzt. Wenn es gut geht, sind wir in zehn Minuten bei Ihnen ... Ob das ein Notfall ist? Ist das eine ernsthafte Frage? ... Ja, der Patient ist in Ihrem Haus bekannt und bereits behandelt worden. Seinen Namen buchstabiere ich jetzt ... Mein Name ist Rodenstock, Sie können mich jederzeit zurückrufen ... Ob eine Kasse das übernimmt? Woher, zum Teufel, soll ich das wissen? Ich gebe Ihnen meine Nummer, und dann muss es gut sein, Gnädigste.«

Wir lieferten Rainer Soos ab, sie legten ihn auf eine Trage, er machte nicht den Eindruck, als wäre ihm klar, was mit ihm passierte.

»Also, es war ein schwarzer BMW, er hat den Fahrer nicht wahrgenommen. Was schließen wir daraus?«, fragte Rodenstock auf dem Rückweg nach Heyroth.

»Daraus schließen wir gar nichts«, entschied ich. »Wenn es Nacht war, und er den Fahrer nicht erkannt hat, kann es sein, dass der BMW nicht schwarz war, sondern zum Beispiel dunkelgrau oder dunkelblau. Das weißt du doch ganz genau. Je nach Lichtverhältnis kann der Wagen nachts sogar dunkelrot gewesen sein. Das sind keine Angaben, das ist Pipifax. Und dieser Zeuge stand gesundheitlich unter haushohem Stress.«

»Wie tröstlich!«, brummte Rodenstock.

12. Kapitel

Emma erwartete uns schon, als wir in Heyroth ankamen. Sie stand in schweren Stiefeln, riesigen Handschuhen und unförmigen Hosen und Pullover im Vorgarten und buddelte an etwas. Sie drehte sich misstrauisch um, als ihr Mann auf sie zulief. Sie musterte ihn kurz und äußerte dann: »Wenn ich dich so ansehe, warst du im Amazonas-Delta.«

»Es war etwas feucht«, gab er zu.

»Reingehen, ausziehen, Dusche, Klamotten im Flur liegen lassen«, befahl sie ohne sonderliches Interesse. »Irgendetwas mit diesem Bludenz stimmt nicht. Kischkewitz hat angerufen. Der Mann ist aufgetakelt wie ein erfolgreicher Manager, fährt einen ziemlich neuen, schweren BMW, und ist nicht im Geringsten daran interessiert, mit der Mordkommission zu sprechen.«

Rodenstock verschwand ins Haus.

»Ich habe ihm ausgerichtet, er soll Kischkewitz anrufen«, warf ich ein. »Das Kennzeichen des BMW habe ich notiert, die Handynummer von Bludenz auch. Was macht ihn denn interessant?«

»Er ist bis vor einem Jahr herumgelaufen wie ein Penner. Er bezog Hartz IV. Dann kam die Wende. Von heute auf morgen. Er verdient jetzt sechstausend brutto bei einem Holzhändler.«

»So etwas passiert«, sagte ich. »Das muss nicht unbedingt ein Wunder sein, es gibt auch Leute, die Glück haben.«

»Ich habe das kurz nachgeprüft« sagte sie und zog sich die Handschuhe aus. »Der BMW hat über fünfzigtausend Euro gekostet, und er ist auf den Namen Gerd Bludenz zugelassen worden. Das Geld an die BMW-Niederlassung kam per Überweisung von diesem Holzhändler. Der heißt Marcus Straubing, sitzt mit seiner Firma im Industriegelände in Gerolstein, und die Firma heißt *Holz International*. Ich habe das bereits an Kischkewitz durchgegeben.«

»Hat das irgendwie mit den beiden Polizisten oder mit Samba zu tun?«, fragte ich sofort.

»Bis jetzt nicht erkennbar«, antwortete sie knapp. »Komm rein. Ich habe einen Linseneintopf für euch. Ist das glatt gegangen bei diesem kleinen Crystal-User?«

»Es war knapp«, antwortete ich. »Ich hatte richtig Angst. Der hat bereits eine lange Drogenlaufbahn hinter sich, und eine miese Familiengeschichte. Es ist wie immer: Diese Leute bezahlen mit ihrem Leben Schulden, die sie freiwillig nie gemacht hätten. Ist denn irgendetwas an dieser Holzhandlung faul?«

»Nein«, antwortete sie. »Es ist wahrscheinlich nicht mehr als eine Routineprüfung, aber Kischkewitz sagt wütend, dass er jetzt jede Fährte erneut prüfen will. Die Staatsanwaltschaft, die wegen Wirtschaftsvergehen ermittelt, hat jedenfalls unmissverständlich festgestellt, dass *Holz International* eine saubere Unternehmung ist. Die Zeit rennt der Kommission davon, die Medien machen Stunk, alles regt sich über eine Kommission auf, die angeblich im Nichtstun versinkt. Und eine Tageszeitung im Raum Frankfurt/Main greift Tessa Brokmann an. Sie habe die Mordkommission nicht unter Kontrolle, könne die Nachforschungen nicht mit der nötigen Härte leiten und sitze auf dem falschen Stuhl. Hinzu kommt die Behauptung, dass Kischkewitz besser ersetzt werden sollte. Er sei zu alt, schreiben sie, er habe jede Menge Erfolge gehabt, aber nun müsse Schluss sein. Das ist zwar sachlich vollkommen falsch, aber sie leiden jetzt natürlich beide.«

»Wir haben aber keine Fährten, die wir erneut überprüfen könnten«, wandte ich ein. »Wir haben gar nichts.«

»Dann fangen wir eben noch einmal von vorne an«, erklärte sie in beruhigendem, mütterlichem Ton. »Wenn du willst, kriegst du einen Linseneintopf.«

Also löffelten Rodenstock und ich gemeinsam einen Linseneintopf, während Emma die Frage stellte: »Was könnten wir denn erneut angehen? Wo haben wir vielleicht Fehler gemacht?«

»Ich sehe keinen Fehler«, sagte Rodenstock muffig.

»Sambas Geldtransporte«, sagte ich. »Hat Monika Baumann sich an die Aufgabe gemacht, aufzuschreiben, an welche Summen sie sich erinnert?«

»Das habe ich ihr im Krankenhaus Gerolstein erklärt, und sie wollte es zusammenfassen«, gab Rodenstock zurück.

»Kann es sein, dass sie wieder zu Hause ist?«, fragte Emma.

»Nein«, antwortete Rodenstock. »Sie wollten sie mindestens eine Woche in der Klinik lassen und auf neue Medikamente einstellen.«

»Mir fällt ein möglicher Fehler ein«, sagte ich. »Samba fährt durch die Nacht und wird mit einer Schrotflinte erschossen. Möglicherweise hat er viel Geld bei sich, möglicherweise nehmen ihm die Täter das ab. Jetzt stelle ich mir vor, dass ich Samba ein Zeichen gebe. Ich befehle ihm, das Geld irgendwohin zu transportieren. Was macht er dann, wenn es spät am Abend ist?«

»Er packt es auf sein Bike und fährt es dorthin, wo es hingehört. Das ist doch albern!«, sagte Rodenstock.

»Na ja, so albern ist das nicht«, widersprach ich. »Hast du jemals auf den Straßen der Eifel in der Nacht Biker herumfahren sehen? Hast du nicht. Das kommt zwar vor, ist aber äußerst selten. Wir werden hier von Bikern überrollt, das nimmt im Sommer und im Herbst jedes Jahr weiter zu, allmählich ist das eine Flut. Aber nachts findet das nicht statt. Monika Baumann hat aber erzählt, dass er meistens nachts unterwegs war. Und dass sie allein im Haus war und auf ihn wartete. Hast du das auch so in Erinnerung?«

Rodenstock nickte nur.

»Gehen wir einmal logisch weiter. Wenn wir von Geldtransporten reden, denken wir immer an Luxemburg. Warum? Weil in der Stadt etwa dreihundert Bankhäuser registriert sind. Eines davon mauschelt immer, sagen wir. Also fährt Samba vor und liefert ab. Ist das bis dahin logisch?«

»Ja, ja«, sagte Rodenstock gedehnt gelangweilt.

»Er wird aber nicht mit einem Bike unterwegs sein. Nicht mitten in der Nacht. Da würden die Jungens vom deutschen Zoll sofort nervös, denn da würde ein Bike auffallen. Und zwar immer ein Bike? Und immer nachts? Und immer derselbe Fahrer? Und immer dasselbe Bike? Und das seit mindestens eineinhalb Jahren, wie seine Freundin versicherte? Im Sommer wie im Winter? Das geht nicht, Leute!«

»Du willst sagen, dass er ein Auto hatte, richtig?«, fragte Rodenstock.

»Richtig«, nickte ich.

»Aber was, zum Teufel, willst du mit einem Auto? Verändert das etwas?«

»Ich weiß es nicht. Vielleicht.«

»Da auf dem Sekretär liegen die Schlüssel«, sagte er mit einem ziemlich miesen Grinsen. »Ich komme nicht mit, ich bin geschafft.«

»Kein Problem. Bis gleich«. Ich nahm die Schlüssel und ging hinaus. Ich fuhr nach Nohn. Ich dachte verbissen: Irgendwo muss doch der Anfang von diesem Schmutz erkennbar sein!

Im Westen war der erste Schimmer eines Abendrots zu sehen.

Das Haus lag dunkel und vertraut vor mir. Es zeigte klare Linien und wirkte unter dem Himmel der Eifel wie ein sicherer Hafen. Wahrscheinlich hatte Samba das auch so empfunden, wenn er abends müde hier angekommen war. Und er hatte sich wahrscheinlich auf die Frau gefreut.

Es gab keine Garage.

Ich ging auf die Haustür zu, schloss auf und dachte: Erst einmal Licht einschalten, die Spinnen und Fledermäuse, die Kreuzottern und Spukgestalten verscheuchen.

Das Erste, was ich bemerkte, war ein voller Aschenbecher auf dem niedrigen Tischchen in der Sitzecke. Rodenstock hatte nicht geraucht, als wir hier waren. Ich hatte bestenfalls an meiner Pfeife gezogen, aber nicht die Reste in den Aschenbecher geleert. Dann fiel mir ein, dass wahrscheinlich seine Eltern oder Geschwister hier gewesen waren. Sie hatten sich hier in Trauer versammelt und vielleicht lächelnd an den einen oder anderen Gag gedacht, mit dem er sie zum Lachen gebracht hatte.

Dann fiel mir auf, dass der Aschenbecher voller Asche war, aber kein Zigarettenrest zu entdecken. Es war typische Asche von Zigaretten: Hellgrau bis grau, manche Teile weiß, manche rund, noch in der Struktur einer Zigarette. Hatte jemand die Zigarettenreste, die Kippen mitgenommen? Wer machte so etwas? Ich musste fragen gehen. Sofort.

Das Haus gegenüber war ein eher neues Haus, wahrscheinlich in den Siebzigern gebaut. Die Leute hießen Margolin. Ich schellte.

Der Mann, der die Tür öffnete, war jung und freundlich.

Ich stellte mich vor und erklärte mein Anliegen. »Ich bin drüben in Sambas Haus«, sagte ich. »Da haben Leute etwas vergessen, eine Unterlage. Waren die Verwandten von Samba da?«

»Da waren Leute in der vergangenen Nacht«, sagte er. »Aber es waren nicht Verwandte. Wir haben gedacht, es waren Leute aus seinem Imbiss. Also Ausländer. Vielleicht solche, die helfen wollten. Aber wir kannten sie nicht. Wie geht es denn Monika?«

»Schon besser«, sagte ich. »Sie kommt bald nach Hause.«

»War ja auch schlimm für sie«, sagte er gedehnt. Dann fragte er: »Wann ist denn die Beerdigung?«

»Das wissen wir noch nicht, muss noch festgelegt werden. Die Polizei weiß noch gar nicht, wann er freigegeben wird. Ist ja alles ein Elend. Wir sagen euch Bescheid. Was war denn das für ein Auto vergangene Nacht?«

»Das weiß meine Mutter nicht, sie achtet nicht auf so was.«

»Wieso Ausländer?«, fragte ich.

»Na ja, weil er doch eine Dönerbude hatte. Waren halt dunkle Typen.«

Ich wurde sofort sauer und wollte gegenfragen, ob er Schwarzafrikaner meinte oder schlichtere Schwarze wie vielleicht Türken oder Afghanen. Ich ließ es sein, weil er nicht so wirkte, als würde er es verstehen.

»Alles klar«, sagte ich, bedankte mich artig und ging zurück zu Sambas Haus. Davor drehte ich mich um und fragte hinüber: »Wo hat er denn sein Auto stehen?«

»Hinter dem alten Haus!«, rief er und winkte noch einmal.

Hinter dem alten Bauernhaus hatte Samba einen kleinen Carport aufgestellt, vier Pfosten, ein hölzernes Dach. Darunter stand ein älterer, schwarzer BMW der mittleren Baureihe, wahrscheinlich ein Dreier oder ein Fünfer, ich kannte mich nicht aus. Aber einer mit sehr, sehr viel PS, wenn ich den Auspuffrohren Glauben schenken wollte. Ich prüfte die Türen, alle verschlossen. Ich starrte hinein, es gab nichts zu sehen. Aufgeräumt, kein Stäubchen zu entdecken, als hätte nie ein Mensch an seinem Steuer gesessen. Ich notierte das Kennzeichen und ging wieder zurück ins Haus.

Ich versuchte, mich an die Bilder zu erinnern, die dieses Haus in mir zurückgelassen hatte. Der Wohnraum, in dem ich saß, war nicht verändert, außer dem Aschenbecher. Es war alles an den Stellen, an denen ich es wahrgenommen hatte, keine Veränderung. Wir hatten in die Küche hineingeschaut, Rodenstock und ich. Auch das Bad hatten wir gesehen. In den Räumen gab es keine Veränderung, wenn meine Erinnerung mich nicht täuschte.

Jetzt das Schlafzimmer, in dessen Schrankwand wir das Geld in dem Koffer gesehen hatten. Das Fach unmittelbar darüber war leer. Ich erinnerte mich genau, dass dort kleine Akten gelegen hatten, einfache, bunte Hefter, in denen irgendetwas Wichtiges aufbewahrt worden war. Geburtsurkunden und aktuelle Rechnungen, Steuererklärungen und Pachtverträge oder Erbschaftsangelegenheiten. Ich konnte mich sogar daran erinnern, was ich gedacht hatte, als ich das sah: Sieh mal an, der Samba konnte auch nie mit seinem Bürokram umgehen, er stopfte das einfach hier in seinen Wäscheschrank.

Ich rief Rodenstock an und fragte: »Erinnerst du dich an den letzten Schrankteil, in dem der Koffer mit dem Geld lag? Was lag in dem Fach darüber?«

»Kleiner Bürokram, einfache farbige Hefter. Nächstes Fach drüber: Unterwäsche von Samba. Wieso?«

»Das ist weg. Hier war jemand zu Besuch.«

»Hast du deine Kamera dabei? Fotografiere das, bitte. Und komm endlich heim, Junge, du bist doch auch übernudelt.«

»Ja, ja. Tu mir bitte noch einen Gefallen. Recherchiere mal ein Autokennzeichen ...« Ich nannte es ihm.

Dann ging ich die Kamera holen und fotografierte jeden Raum aus vier Perspektiven, vielleicht entdeckte Rodenstock noch etwas Fehlendes. Sicherheitshalber packte ich den Aschenbecher in Toilettenpapier und nahm ihn mit. Dann machte ich mich auf den Weg.

Ich traf sie in Heyroth am Esstisch bei einer ernsthaften und offensichtlich deprimierenden Konferenz. Emma, Rodenstock, Kischkewitz und Tessa Brokmann. Sie tranken Bier und Rotwein.

Kischkewitz erläuterte gerade lustvoll: »... und was ist, wenn überhaupt keine Ermittlungen dabei eine Rolle spielten? Was ist, wenn das Ganze nichts als ein Privatkrieg war, von dem wir nur den Schluss erlebt haben?«

»Ja gut«, meinte Rodenstock, »aber was machen wir dann mit Samba?«

»Grüße in die Runde«, sagte ich. »Samba sollten wir näher unter die Lupe nehmen. Er hatte Besuch. Von Leuten, die nicht eingebrochen sind. Jedenfalls waren keine Spuren an der Tür, also hatten sie einen Schlüssel. Sie benutzten einen Aschenbecher und nahmen die Zigarettenkippen mit. Das ist kurios, wie ich meine. Den Aschenbecher habe ich mitgenommen. Habt ihr das Kennzeichen von dem BMW ermittelt?«

»Haben wir.« Emma nickte. »Er kaufte den Wagen vor ziemlich genau zwei Jahren. Wir lassen gerade untersuchen, von wem. Wir nehmen an, er kaufte ihn gebraucht. Das müsste in seinem Computer vom Imbissstand zu finden sein. Wieso nimmst du einen Aschenbecher mit?«

»Weil ich glaube, dass weder dein Mann noch ich in Sambas Haus geraucht haben. Meiner Erinnerung nach stand da kein Aschenbecher.«

»Das ist richtig«, bestätigte Rodenstock. »Wir haben da nicht geraucht. Aber das ist auch egal. Ein voller Aschenbecher ohne Kippen, wenn die Asche von Zigaretten stammt, ist schon merkwürdig genug.«

Ich berichtete, was ich vorgefunden und gehört hatte, und es war Emma, die sagte: »Vielleicht sollten wir mit wenig zufrieden sein. Vielleicht ist das ein erster Schritt in eine unbekannte Richtung. Wer filzt Sambas Haus, nachdem man ihn erschossen hat? Wer klaut die dürftigen privaten Papiere? Das kann nur jemand sein, der Interesse daran hat, dass nichts bekannt wird. Wir wissen zwar nicht, was nicht bekannt werden soll, aber wir sind bescheiden.«

»Sehr bescheiden«, sagte Tessa Brokmann leise

»Seid mal ein wenig mutiger, Leute! Es kann nicht sein, dass drei Menschen brutal ermordet werden, und dass es nicht den geringsten Anhaltspunkt gibt.« Die dauernde Erwähnung der Aussichtslosigkeit ging mir auf die Nerven.

»Doch, doch!«, sagten Tessa Brokmann und Kischkewitz fast gleichzeitig.

Tessa Brokmann fuhr fort: »Die NSU, die Rechtsaußenmörder, töteten zehn Menschen, deren Tod ein absolutes Rätsel war. Das lief über zehn Jahre, und eine Menge deutscher Sicherheitsbehörden haben sehr viel über die Täter gewusst. Was sie aber erst später zugaben. Es gibt diesen Irrsinn also, und man kann ihn nahezu lückenlos beweisen.« Sie sah blass und erschöpft aus.

Rodenstocks Festnetzanschluss meldete sich, er sagte: »Ja?« Dann hörte er eine Weile zu. Er legte den Hörer wieder auf die Station und erklärte: »Samba hat seinen BMW gebraucht gekauft. Der Wagen hat um die 230 PS. Er zahlte nach seinen Computerdateien etwas über fünfundzwanzigtausend an die Firma *Holz International* des Marcus Straubing in Gerolstein. Nach Ansicht der Fachleute geht der Preis in Ordnung. Nichts Besonderes.«

»Das ist ja eine richtige BMW-Niederlassung«, bemerkte ich. »Ein Auto an Gerd Bludenz, ein zweites an Samba. Was machen wir damit?«

»Wir überlegen«, murmelte Kischkewitz.

»Wir nehmen auf jeden Fall die Firma auseinander. Und das machen wir jetzt.« Emma lächelte schmal und bösartig.

»Aber lautlos!« Rodenstock wirkte aggressiv. »Ich will wissen, was das bedeutet: *Holz International*.«

»Na ja, was schon?«, grummelte Kischkewitz voll Verachtung. »Er wird Holz überall aufkaufen und dann weiterverkaufen. Möbel, Wohnlandschaften, Büros und so weiter. Und wir kriegen das dann verkauft mit den knalligen Angeboten: 25 Prozent auf alles, Null Zinsen, Null Bearbeitung, Geschirrspüler geschenkt, und dann noch einmal 30 Prozent auf alles, weil es so schön ist, und weil wir euch unbedingt glücklich machen wollen, und weil wir euch das alles kostenlos ins Haus liefern und aufstellen. Und sollten Sie unser Geschäft am Tag Ihres 50. Geburtstages aufsuchen, dann schenken wir Ihnen ein Pfannenset, das eigentlich 389,30 Euro kostet.«

»Weiß jemand, wer dieser Marcus Straubing ist?«, fragte Emma. »Wer könnte das wissen?«

»Der Computer«, sagte Kischkewitz. »Jedenfalls bis zu einer gewissen Grenze. Da habe ich Experten.«

»Dann sollten wir diese Experten erst einmal arbeiten lassen«, bemerkte Rodenstock.

»Das ist eine gute Idee. Und während die Experten arbeiten, gehe ich schlafen.« Ich holte eine Pfeife aus der Tasche und sah, dass es eine von Poul Winslow war, mit einem großen, flachen Kopf, in die nur wenig Tabak hineinpasste. Eine Pfeife zum Nachdenken. Also stopfte ich sie achtsam wie ein Rentner und zündete sie an.

»Das riecht gut«, sagte Tessa Brokmann.

»Kischkewitz, mein Gästezimmer für dich«, sagte Emma. »Baumeister, bietest du Tessa einen Schlafplatz an?«

»Aber immer«, nickte ich.

Ich dachte: Von wegen, die will nicht kuppeln. Und ich dachte: Erst lächeln, dann lügen. Aber das gefiel mir nicht, nicht jetzt. Es gefiel mir noch viel weniger, dass ich das reflexartig dachte. Wie der berühmte Pawlowsche Hund. Im Übrigen – und das erschien mir sehr wahrscheinlich – war ich ohnehin impotent und an weiblichen Reizen nicht im Geringsten interessiert.

»Da ist noch etwas«, sagte ich. »Horst Walbuschs Bruder Timo. Er war hinter jungen Leuten her, die Crystal genommen haben. Und er wurde fündig. Wir haben ihn noch nicht gefragt, was er alles herausgefunden hat. Schließlich geht es um Dealer, kleine oder große. Und genau die waren Horst Walbuschs Welt.« Ich wandte mich an Kischkewitz. »Du kannst einen Drogenspezialisten auf ihn ansetzen, wenn möglich. Vielleicht erfahren wir etwas, das wichtig ist.«

»Ja, gut«, nickte er. »Aber ich habe keine Leute, verdammt noch mal.«

»Ich biete dir an, das zu übernehmen. Ich kann mit ihm reden«, sagte ich.

»Dann ist da noch etwas«, bemerkte Emma. »Die Sarah Bitter in Hillesheim. Älteste und längste Freundin der toten Gaby Schirmer. Und ich mache darauf aufmerksam, dass wir noch einmal an die Eltern der Beamtin herangehen müssen. Bei genauem Hinsehen wissen wir erstaunlich wenig über Gaby Schirmers Leben. Sie war zweiunddreißig Jahre alt, als sie starb. Ich kenne keinen einzigen Freund, schon gar keinen Liebhaber, ich weiß einfach nichts von der.«

»Wir haben drei Liebhaber ausgegraben«, sagte Kischkewitz seufzend. »Aber was die erzählen, ist mehr als dürftig.

Es ist eine richtige provinzielle Gemengelage. Ich habe schon gedacht, ob sie nicht irgendwo ein zweites, heimliches Leben aufbaute, von dem kein Mensch weiß. Und ihre Eltern sind mehr als zurückhaltend.«

»Was ist eigentlich mit dem Gerücht, dass beide Beamten in den Dienst bei der Kripo wollten?«, fragte ich.

»Das stimmt anhand der Akten«, gab Tessa Brokmann Auskunft. »Sie haben beide den Antrag gestellt. Beide Anträge liegen seit mehr als einem Jahr vor. Ihre Chancen standen gut.«

Irgendwann, als es schon auf Mitternacht zuging, verabschiedeten wir uns, während Kischkewitz und Rodenstock immer noch am Tisch saßen und Möglichkeiten der Untersuchungen und Nachforschungen erörterten. Sie würden wahrscheinlich bis zum Frühstück Problemlagen betrachten und zu keinem Resultat kommen. Wenn ein Fall feststeckte, und keine Lösungen zu sehen waren, entstand das blanke Elend.

Wir rollten auf meinen Hof, stiegen aus, gingen in das Haus, und ich erinnerte mich an meinen Kater, den ich im bewusstlosen Zustand verlassen hatte. Er lag nicht mehr neben meinem Sessel auf der warmen Decke. Stattdessen hatte er sich dort übergeben, wahrscheinlich eine Folge der Betäubungsspritze. Also brachte ich die Decke auf die Terrasse und rief nach ihm.

»Hast du einen ordinären Schnaps?«, fragte sie.

»Ich habe eine Nelches Birne«, sagte ich. »Aber die ist nicht ordinär. Sie steht im Kühlschrank.«

Satchmo kam nicht, vielleicht lauerte er irgendwo und wartete auf eine Maus.

Sie saß auf dem Sofa und trank den Schnaps. »Macht es dir nichts aus, wenn die anderen trinken?«

»Nein, überhaupt nicht.«

»Und im Sommer, wenn man im Biergarten sitzt?«

»Dann bin ich schon mal neidisch.«

»Und wenn es dir schlecht geht, und die ganze Welt ist elend, und du könntest das mithilfe eines Kognaks etwas verbessern?«

»Das klingt sehr einleuchtend, aber nicht überzeugend.«

Ich dachte leicht angewidert: Mädchen, du bist dabei, dir selbst ins Knie zu schießen.

»Und wenn du unten an der Mosel auf einer Terrasse sitzt, wenn die Sonne scheint, und alle Welt um dich her einen Wein trinkt?«

»Dann sage ich Prost, bestelle einen Kaffee und eine Buttercremetorte, oder irgendetwas anderes Schreckliches. Was versuchst du denn herauszufinden?«

»Ob ich dich bedauern soll.« Sie grinste und trank wieder ihren Edelbrand.

»Mir geht es gut damit. Das Einzige, was mich daran stört, ist die alkoholgeschwängerte Atmosphäre auf jeder Fete, weil die Leute über Scherze lachen, die ich nicht mal als solche begreife. Es stört mich auch, dass ich sehr schnell verstehe, wer mit dem Stoff ein echtes Problem hat, und vor allem: dann zu schweigen.«

»Ist das so? Riechen Alkis die anderen Alkis?«

»Es ist wie bei den Schwulen oder Lesben«, sagte ich. »Der Stallgeruch ist entscheidend.«

»Ist es dann so, dass du demütig schweigst?«

»Demut spielt eine zentrale Rolle. Ich kann nicht einen anderen Menschen sarkastisch oder ironisch runtermachen, nur weil ich weiß, dass er ein Problem mit Alkohol hat. Nichts ist schlimmer als der Zeigefinger des Eiferers.«

Sie trank das Glas leer und sagte: »Ich hätte gern einen zweiten.«

»Dann gieße ich dir einen ein«, sagte ich, nahm ihr Glas und ging in die Küche.

Satchmo kam um die Ecke getrödelt, miaute leise und strich mir um die Beine. Er machte einen guten Eindruck, hinkte nicht mehr, seine Augen waren klar und nicht von Schmerzen verdunkelt.

»Hey, Alter«, sagte ich. »Die Menschin da auf dem Sofa will einen zweiten Schnaps.«

»Mit wem redest du?«

»Mit meinem Kater.«

»Emma sagt, der macht es nicht mehr lange.«

»Ja, ja, aber wir akzeptieren das nicht. Wir sind gänzlich anderer Meinung.« Ich ging zu ihr und stellte den Schnaps vor sie hin. Dann suchte ich eine Pfeife aus, stopfte sie und paffte den Rauch in die Lampe über dem Tisch.

»Was hältst du von einem Liebespaar Gaby Schirmer und Horst Walbusch? Ich habe da ziemlich weitgreifende Vorstellungen.«

»Wie sehen die denn aus?«, fragte ich. »Wie muss ich mir eine weitgreifende Vorstellung vorstellen?«

»Sie haben ein Leben gelebt, von dem ihre Verwandten und Freunde nichts wussten. Sollte eigentlich bei Polizeibeamten nicht möglich sein, aber sie haben es geschafft. Und als sie sich damit eingerichtet hatten, kam die Erkenntnis, dass sie etwas wussten, was niemand wusste. Außer dem Täter natürlich.«

»Aber dieser Täter wird nicht der Schütze gewesen sein. Er blieb der Mann im Hintergrund. Die Tat ist so eiskalt durchgezogen worden, dass es nur jemand gewesen sein kann, den wir als Profi bezeichnen würden. Und Profis dieser Art findest du nicht in der Eifel.«

»Kann ich solche Leute bestellen?«

»Ja, das kannst du. Wenn du bereit bist, einen anständigen Preis in bar auf den Tisch zu legen. Und jetzt, Mädchen, gehe ich schlafen. Ich kann nicht mehr, wie ich zugeben muss.«

»Und wo schlafe ich?«

»Wo du willst. Du hast drei Ebenen zur freien Verfügung.«

Es lief darauf hinaus, dass sie im Wohnzimmer bleiben wollte, aber nach einer Stunde in völliger Dunkelheit im zweiten Teil meines Bettes landete. Sie legte sich eng an mich, und seltsamerweise wollte ich nicht flüchten. Und sie schnarchte wieder leicht.

13. Kapitel

Ich wachte auf, weil das Telefon lärmte. Es war kurz vor acht Uhr am Morgen, Tessa war verschwunden. Mein Kater saß vor dem Bett und starrte mich wütend an, es roch nach Kaffee, irgendwo dudelte ein Radio. Eigentlich ein guter Start in den Tag. Aber ich wettete gegen mich selbst, dass es Rodenstock war.

»Hör einfach zu«, sagte er im Ton eines Vorgesetzten, der unter keinen Umständen einer sein will. »Wir haben heute Nacht unsere Optionen diskutiert. Generell, würde ich sagen, haben wir zwei Möglichkeiten. Wir können diese Firma *Holz International* mit allen Kräften gleichzeitig ausnehmen. Wir stürmen rein, nehmen alles, was nicht niet- und nagelfest ist, mit, und sehen nach, was wir dann haben. Genauso verfahren wir mit den Angestellten und dem Besitzer.« Er seufzte tief. »Bei der konzentrierten Aufmerksamkeit der Medien, die in diesem Fall herrscht, können wir davon ausgehen, dass jeder Rechtsanwalt uns spätestens nach fünf Minuten aus dem Rennen wirft, und wir noch in zehn Jahren die monatlichen Raten für den Rufmord und die Wiedergutmachung zahlen. Deshalb haben wir uns gegen diese Methode entschieden und ...«

»Rodenstock, ich habe eine Frage: Warum erzählst du mir diesen gestoßenen Mist? Was habt ihr denn nun vor?«

Er schwieg ungewöhnlich lange, dann sagte er: »Wir schicken dich.«

»Was macht ihr?«

»Wir schicken dich«, wiederholte er störrisch.

»Das könnte ich ablehnen, weil ich nicht weiß, was ich unter derartigen Umständen überhaupt sagen kann. Sehr geehrter Herr Straubing, entschuldigen Sie mein Eindringen. Aber Sie haben da einen BMW verkauft, und nun hätten wir gern die Antwort auf die Frage, warum Sie zwei Polizeibeamte erschießen ließen und anschließend einen Imbissbudenbesitzer. So etwa?«

»Wir haben nichts«, gestand er ein. »Wir müssen also das Gelände erkunden, um zu erfahren, wie es weitergehen könnte. Wie ich schon andeutete, müssen wir den Mann kennen lernen. Ach, Baumeister, es geht doch nicht anders.«

»Haben wir denn wenigstens Basiswissen über den Mann?«

»Haben wir. Wenn du also einen Termin mit ihm machen würdest, käme das unseren Wünschen sehr entgegen.«

»Was ist dieser Straubing für einer?«

»Er ist einundvierzig Jahre alt, er ist Spezialist auf dem Sektor Holz, national und international. Er stammt aus Mürlenbach, die Eltern hatten eine Sägemühle und eine Bautischlerei. Er hat eine hochfeine Firma aufgezogen, die im vergangenen Geschäftsjahr rund 70 Millionen Euro Umsatz machte. Er hat acht Festangestellte, alles Kommunikationsspezialisten mit einem Wirtschaftsstudium. Sie sind mehrsprachig. Deutsch, Englisch, Französisch, Arabisch, Spanisch, Urdu, Chinesisch. Er bezahlt diese Leute sehr gut und wird dabei selbst natürlich sehr wohlhabend. Zuweilen fliegt er um den Erdball, um Kontakte zu machen und zu pflegen. Die Eltern sind mittlerweile verstorben. Er hat sich ein Haus in Mürlenbach gebaut, wobei er das elterliche Haus einfach überbaut hat. Er hat es komplett in einen Neubau integriert, und das Schlafzimmer seiner Eltern wurde zu einer Art Totenschrein. Wenn du so willst, hockt er da in seinem eigenen Museum und erzählt die unglaublichsten Geschichten über seinen Vater, die alle nicht stimmen. Er soll sie in Gesprächen seine Ahnen nennen, dass er diesen Ahnen verpflichtet ist, dass sie auf ihn aufpassen, ihn vor Feinden beschützen und ähnlichen

Unsinn. Auf jeden Fall muss er streng abstinent leben, also null Alkohol. Es kommt vor, dass er trinkt, und zu viel trinkt. Dann wird er gemeingefährlich, was aber kaum Schwierigkeiten bereitet. Das wird alles mit Hilfe von Geld und Anwälten glattgebügelt.« Er schwieg und seufzte wieder.

»Das ist doch noch nicht alles«, sagte ich.

»Nein, ist es nicht«, antwortete er mit leiser Stimme. »Er hat ein paar weitere Macken. Manchmal leidet er massiv unter Verfolgungswahn. Deshalb hat er sich auch in seinem Haus und in seinem Büro in Gerolstein die Fenster mit Panzerglas ausstatten lassen. Das Haus in Mürlenbach wird von etwa zwanzig automatischen Kameras bewacht. Angeblich hat er in England nachgefragt, ob er den neuesten Bentley auch gepanzert kaufen kann. Sie haben geantwortet: Ja. Aber dann müssten sie den Wagen so bauen, dass er kaum fünfzig Stundenkilometer schnell sein würde, es sei denn, sie würden ein neues Triebwerk einbauen, das aber erst noch gebaut werden müsste. Solche Geschichten über ihn gibt es zuhauf, aber wir gehen davon aus, dass das Meiste schlicht gelogen ist und auf Gerüchten beruht. Tatsache ist wohl, dass er sich maßlos in irgendwelche wüsten Szenen hineinsteigern kann. Dann fängt er an zu schreien und schmeißt schon mal eine Mingvase ins Kaminfeuer. Na ja, es wäre schön, wenn du vorbeikommst.«

»Okay, ich komme rüber.« Ich hatte Rodenstock selten so tief unten erlebt.

Bei Tessa gab es tatsächlich Kaffee, und sie hatte mir zwei Eier im Glas gemacht, wobei ich überlegte, ob ich das in den letzten zwanzig Jahren jemals irgendwo gegessen hatte. Wie auch immer, es war ein geradezu festliches Frühstück.

»Ich habe mit Kischkewitz gesprochen«, sagte sie. »Der Aschenbecher, den du mitgebracht hattest, wurde bereits kriminaltechnisch untersucht. Da ist nichts zu holen. Wenn die

Kippen fehlen, können keine DNA-Spuren nachgewiesen werden. Sie wissen nicht weiter. Sie wollen dich schicken, habe ich verstanden.«

»So ist es«, bestätigte ich. »Und wenn ich das alles richtig mitbekommen habe, brauche ich ein Übermaß an Glück.«

»Wieso das?«

»Weil ich einen Termin bei dem Mann brauche. Und was ist, wenn er sich gestern zu einer Thailandreise aufgemacht hat?«

»Ja, ich verstehe.« Sie lächelte flüchtig. »Sag mal, hast du eigentlich Angst vor mir?«

Erst lächeln, dann lügen. »Wie kommst du denn darauf?«

»Da bin ich aber froh.«

Ich verschanzte mich in meinem Büro und hörte nicht einmal, wie Tessa vom Hof fuhr.

»*Holz International*«, sagte die Frau am Telefon freundlich.

»Mein Name ist Baumeister, Siggi Baumeister. Ich bin Journalist und schreibe an einer Serie von Reportagen über heimische Firmen in der Eifel. Dass ich dabei auf Sie stoße, wird Sie kaum verwundern. Ich hätte gern einen Termin mit Marcus Straubing.«

»Kann man das auch über Computer laufen lassen?«

»Das kann man nicht«, sagte ich. »Es geht auch erst einmal um ein Kontaktgespräch, und mein Computer ist mir nicht schlau genug. Mit anderen Worten, ich muss mit Marcus Straubing persönlich sprechen.«

»Ich weiß nicht, ob der Chef überhaupt Zeit hat.«

»Das glaube ich Ihnen gerne, aber das wird sich doch feststellen lassen.«

»Wie war Ihr Name? Ich müsste erst einmal vorfühlen.«

Ich hatte eine obszöne Erwiderung auf der Zunge, unterließ das aber besser. Ich fragte stattdessen: »Kann ich in einer halben Stunde noch einmal anrufen?«

»Ja, das geht durchaus«, sagte sie munter. »Dann verlangen Sie bitte Frau Ewen.«

Dreißig Minuten später verlangte ich brav Frau Ewen, und deren Stimme war mir sofort unsympathisch.

»Es ist so, Herr Baumeister, dass der Zeitrahmen, den Herr Straubing hat, sehr eng ist. Um was geht es genau, wenn ich fragen darf?«

»Es geht um ein Informationsgespräch«, erwiderte ich. »Bei der Vorstellung von international arbeitenden Firmen in der Eifel stoße ich an erster Stelle auf *Holz International*. Ich plane eine Serie von Firmenbeschreibungen, Porträts also.«

»Könnten Sie uns eine Liste Ihrer Fragen mailen?«

»Das kann ich nicht, weil ich meine Fragen noch gar nicht kenne. Die kann ich erst stellen, wenn ich Ihrem Chef gegenübersitze.«

»Ja, was machen wir denn da?«, fragte sie. Ihre Stimme war tatsächlich merkwürdig. Sie sprach in einem hohen Diskant, und manchmal, wenn am Ende eines Wortes ein Vokal kam, kiekste sie geradezu. Es klang, als stürzte ihre Stimme aus großer Höhe ab.

»Was Sie damit machen, weiß ich nicht«, murmelte ich. »Es wäre sehr freundlich, wenn ich zu einem Informationsgespräch kommen könnte. Heute, wenn es geht.«

»Also, das geht schon gar nicht!«, betonte sie entsetzt, als hätte ich ihr einen unsittlichen Antrag gemacht.

»Wenn das nicht möglich ist, würde ich auf das Porträt über *Holz International* verzichten, und würde mich dann in einem halben Jahr erneut melden. Da erinnere ich mich gerade an einen gewissen Herrn Gerd Bludenz, der bei Ihnen angestellt ist. Ich hatte ihn gebeten, den Leiter der Mordkommission, Kriminalrat Kischkewitz, anzurufen. Würden Sie Herrn Bludenz bitten, das zu erledigen? Das wäre sehr nett von Ihnen.«

»Mordkommission?«, sagte sie mit viel Unheil in der Stimme.

»Ja, Mordkommission«, bestätigte ich. »Ich weiß nicht, um was es geht. Ich sollte nur die Bitte weitertragen. Sonst taucht am Ende jemand der Kriminalisten bei Ihnen auf, und sämtliche Hühner flattern panisch gackernd im Hof herum.«

»Hühner«, kiekste sie.

»Hühner!«, bestätigte ich ungerührt. »Wissen Sie, Frau Ewen, ich arbeite bei diesen Porträts für dpa, und dpa bietet diese Firmenporträts bundesweit an. Wenn also Herr Straubing keine Zeit hat, dann verzichte ich auf *Holz International*. Ich habe einfach keine Zeit zu langen Telefonaten, bei denen sowieso nichts herauskommt.«

»Aber wenn Sie uns Ihre Fragen schicken könnten, dann wüsste Herr Straubing wenigstens, wo es langgeht.« Da klang Empörung mit.

»Du lieber mein Vater«, erklärte ich ungehalten. »Ich weiß nichts vom Holzhandel, ich kann eine Eiche nicht von einer Kirsche unterscheiden, Frau Ewen. Ich weiß ja nicht einmal, wo Sie Ihr Holz kaufen. Fragen Sie Herrn Straubing einfach. Und vergessen Sie nicht, Herrn Bludenz auszurichten, er soll die Mordkommission anrufen. Und zwar heute noch.« Schluck es runter, oder stirb dran.

»Kann ich Ihre Handynummer haben?«

»Aber ja«. Ich diktierte sie ihr.

»Sie bekommen dann Nachricht«, versprach sie verzagt, und sie machte den Eindruck, als würde ihr Chef in diesem Jahr unter keinen Umständen mehr mit mir sprechen.

Etwa zwanzig Minuten später, als ich gerade mit meinem Kater über seine Zukunft diskutierte, rief sie an und sagte: »Also, es ginge um 14.30 Uhr. Er hat zwanzig Minuten für Sie, und es würde in Mürlenbach sein, die Adresse ist Bachtal 17. Und wir haben Herrn Bludenz ausgerichtet, dass er den Leiter der Mordkommission anrufen soll. Vielen Dank, Herr Baumeister.« Das klang so lebendig wie die Ansage über die Einfahrt eines Zuges auf Gleis 14. Frau Ewen nölte die Worte richtig, sie mochte den arroganten Siggi Baumeister überhaupt nicht. Aber das war dem wurscht.

Es war kühl, als ich nach Heyroth fuhr. Der Herbst schickte die ersten Farbenflammen über das Land. Da gab es einen Ahorn auf der rechten Seite der schmalen Straße, ungefähr da, wo man über dreißig Kilometer weit bis zur Nürburg sehen konnte. Er war etwa zehn Meter hoch, stand allein und war ziemlich stolz darauf, ideal gewachsen. Er herrschte über die *Rolling Hills* hinter ihm, traumhaft schön. Dieser Baum hatte einen rot schimmernden Hut aufgesetzt, die Blätter hatten sich eingefärbt, in wenigen Tagen würde das alljährliche Sterben der Wälder eingesetzt haben. Es war die schönste Zeit des Jahres, man ahnte den Niedergang und roch zuweilen einige Holzfeuer. Und ich glaubte fest an den kommenden Frühling, wenn genau dieser Baum seine Knospen sanft öffnen und als Erster den Frühling begrüßen und gewaltig austreiben würde. Er war so etwas wie ein Kumpel.

Ich kannte selbstverständlich eine Menge Leute, die mir hoffnungslose und biedere Naturromantik vorwarfen, aber das konnte ich aushalten, und sie taten mir ein wenig leid.

Bei Rodenstock war ziemlich viel Betrieb, um den Esstisch herum saßen drei Männer zusammen mit Kischkewitz und dem Hausherrn und sprachen miteinander. Es waren Kriminalisten, deren Gesichter ich kannte. Im Küchenbereich arbeiteten Emma und Tessa an irgendetwas herum, was sehr gut roch.

»Ich habe um halb drei einen Termin bei Marcus Straubing in Mürlenbach«, erklärte ich. »Ich brauche dringend einen Espresso.«

»Sollst du haben«, sagte Emma.

»Kennst du einen Mann namens Mirko Slavic?«, fragte Kischkewitz.

»Nein. Sollte ich? Wer ist das?«

»Ein Tscheche. Er sagt, er wäre Sicherheitsberater und für die polnische Regierung tätig. Das können wir nicht nachprüfen, aber dieser Mann war und ist hier in der Eifel. Und meine Spezialisten sagen: Wenn der auftaucht, musst du dein Haus ganz schnell abschließen, und vorher Frauen und Kinder ins benachbarte Ausland schaffen.«

»Wo war er denn in der Eifel?«

»Bisher in Trier, in Koblenz, in Bitburg, in Köln, in Aachen. Und er will in ein paar Tagen wiederkommen. Er macht anscheinend eine Rundreise und ist mit drei Porsche Cayenne unterwegs, alle drei feuerwehrrot. Er besucht Nachtbetriebe und Bordelle, und in der Szene wird behauptet, er will einige Betriebe kaufen, er will also einsteigen. Es wird behauptet, dass er so viel Geld vertritt, dass er alle Konkurrenten wegbeißen kann.«

Mich störte, dass dauernd Handys die Aufmerksamkeiten beanspruchten, dass die Männer dann aufstanden, sich vom Tisch abwandten und mit leiser Stimme sprachen. Genau das demonstrierte auch Tessa, wobei sie einmal einen großen, schweren Topf mit einer Hand hochhielt und dabei präzise ausbalancieren musste, weil er voll war. Es wirkte grotesk.

»Hat er Verbindung zu Drogen?«, fragte ich.

»Wenn er aus der Szene kommt, hat er die automatisch«, sagte ein langer, dünner Mann neben Kischkewitz gemütlich. »Du denkst an Crystal, nicht wahr?«

»Ja, sicher. Haben wir Bilder?«, fragte ich.

»Jede Menge«, sagte Rodenstock. »Er ist ein gemütlicher Dicker, der gern lacht. Überaus gesellig. Wird in einschlägigen Kreisen nur Mirkoboy genannt. Hat ein tschechisches Filmsternchen geheiratet, zwei kleine Kinder. Die Frau singt manchmal Jazz, gar nicht so übel. Er ist ein gläubiger Katholik. Hat auf seinem Anwesen eine eigene Kapelle und geht jeden Sonntag zu seinem eigenen Vikar in die Messe.«

»Wie sehen denn seine Leute in den Autos aus?«

»Na ja, das Übliche«, erklärte Kischkewitz. »Junge, schweigsame Männer mit ganz ruhigen Augen und mit ziemlich vielen Waffen am Körper. Aber alles gesetzlich, alle mit Waffenscheinen, alle beruflich ausgewiesen als Personenschützer, ein paar von ihnen waren vorher sogar bei der Polizei, sagen unsere Leute im Bundeskriminalamt.«

»Ist auf dem Sektor der geklauten Luxusautos irgendetwas hinzugekommen? Wissen wir jetzt, ob Gaby Schirmer dieses Feld tatsächlich untersucht hat?«, fragte ich.

»Wissen wir nicht«, sagte Tessa. »Rückt mal zur Seite, Leute, das Essen naht.« Sie trug Geschirr an den Tisch. »Aber ich habe in dieser Richtung recherchiert. Das geklaute Auto spielt in Deutschland eine wesentlich größere Rolle, als ich bisher dachte. Beim normalen deutschen Autoklau geht es um jährlich einen Schaden von etwa 500 Millionen Euro. Den bezahlen die Versicherten mit steigenden Versicherungsprämien. Jeden Tag werden etwa 115 Autos geklaut, im Jahr durchschnittlich 42.000. Die weitaus häufigsten Fälle registriert der deutsche Osten, die Städte Frankfurt/Oder, Görlitz, Berlin, Potsdam, Rostock. Das kommt daher, weil die Grenzen so nah sind. Die Autos werden über die Grenzen nach Osten gefahren und sofort zerlegt. Die Teile werden verkauft, oder zu neuen Autos zusammengesetzt und dann verkauft. Der Diebstahl von Luxusautos geht anders vor sich. Er konzentriert sich auf die großen Städte überall in Europa und folgt dabei den großen Ereignissen wie zum Beispiel den

Filmfestspielen an der Côte d'Azur, den großen Museumstagen in Paris, der Oper in London. Die ganz großen Open-Air-Ereignisse werden auch abgedeckt. Aber auch zum Beispiel die großen Automobilrennen auf der Welt, also die Formel 1 oder DTM. Diese Autos werden so schnell wie möglich über die Grenze gefahren und dann ohne Unterbrechung auf ein Schiff verladen, aber durchaus auch auf LKW. Die Leute, die das durchziehen, wissen vorher genau, was sie klauen müssen. Sie arbeiten auf Bestellung. Die Kunden sitzen in Schwellenländern, oder sogar in Entwicklungsländern. Sie bekommen das richtige Auto in genau der richtigen Farbe, und sie brauchen keine Angst vor Entdeckung zu haben, weil sie Originalbestellungen und Farbwünsche im gedruckten Original der Hersteller vorgelegt bekommen und unterschreiben, und die Kopie einer Bestellung vorlegen können. Der ganze Kram ist natürlich gefälscht, aber wen interessiert das schon? Eine Verbindung in die Eifel ist bisher nicht aufgetreten. Tut mir leid, Leute. Ich muss natürlich darauf aufmerksam machen, dass es trotzdem sein kann, dass eine zentrale Steuerung solcher Diebstähle in der Eifel sitzen kann. Das wissen wir aber nicht, und falls wir darauf stoßen würden, wäre das ein reiner Zufall.«

Es gab einen Eintopf aus Chinakohl mit gehacktem Fleisch, die Männer aßen schnell und mussten anschließend sofort zu ihrer Arbeit fahren. Einer von ihnen, der lange Dünne, gab mir einen kleinen Plastikkasten, der nicht größer war als eine Zigarettenschachtel.

»Da ist ein Knopf dran. Auf den musst du nur drücken. Dann kriegen wir alles mit. Und dir kann nichts passieren, sonst kommen wir mit einem Räumpanzer.« Er grinste mich an.

»Darum möchte ich auch bitten. Ich arbeite zum ersten Mal als V-Mann und möchte das überleben. Hat er eine Leibwache?«

»Die hat er. Aber es sind gute Jungens. Meistens nur zwei«, antwortete Kischkewitz beiläufig.

Dann verabschiedeten sich Tessa und Kischkewitz, gingen zu ihren Autos und verschwanden. Ich blieb allein mit Emma und Rodenstock.

Rodenstock murmelte: »Du musst aber vorsichtig sein und dich zurückhalten. Nicht zu viele Fangfragen. Möglich ist auch, dass er dich nur ein paar Minuten anhört und dann hinauswirft, es ist schließlich seine Burg.«

Ich wusste nicht, was ich antworten konnte, also schwieg ich und trank stattdessen meinen kalten Espresso. Dann stopfte ich eine neue Pfeife, zündete sie aber nicht an. Ich war nervös, ging hinaus an die frische Luft und machte einen kleinen Spaziergang. Es war schnell deutlich geworden, dass ich mich selbst bei bester Kondition nicht auf das Gespräch vorbereiten konnte. Wir kannten den Mann nicht, also hatte er alle Trümpfe in der Hand, falls es so etwas wie Trümpfe überhaupt gab.

Ich fuhr rechtzeitig los, und ich fuhr langsam. Ich kam zehn Minuten zu früh in Mürlenbach an, fuhr aber trotzdem zu der angegebenen Adresse. Ich dachte: Sie sollen sich an meinen Anblick gewöhnen.

Das Grundstück war riesig und von einem hohen Zaun umgeben. Die Überwachungskameras waren auf hohe Pfosten montiert, das Haus lag weit zurückgesetzt dicht vor einem Waldstreifen aus Fichten, der wahrscheinlich zum Haus gehörte. Das Haus lag zu drei oder vier großen Quadern geformt, die ineinander verschränkt waren. Es gab unmittelbar vor mir ein breites, zweiflügeliges Tor aus weiß gestrichenem Stahl, etwa drei Meter hoch. Rechts davon ein Parkplatz, auf den vielleicht fünf oder sechs Autos passten. Ich war anscheinend der einzige Gast.

Ich stieg aus und ging zu einer Steinsäule, in die eine Messingplatte eingelassen war. Dann drückte ich auf einen Knopf. Als eine schnarrende Stimme fragte, was ich denn wolle, sagte ich brav meinen Namen auf, und dass ich eine Verabredung mit Marcus Straubing hätte.

»Schieben Sie bitte Ihren Ausweis in den Schlitz neben dem Klingelknopf. Mit Ihrem Foto zur Mitte der Platte hin, bitte.«

Ich fuhrwerkte meinen Pass aus seiner Hülle und schob ihn wie vorgeschrieben in den Schlitz. Dann drückte ich den Knopf auf der kleinen Plastikschatulle in der Brusttasche meiner Weste.

Die Männerstimme sagte: »Danke. Bitte einen Moment warten.« Dann: »Setzen Sie sich in Ihr Auto und fahren Sie zügig zum Haupthaus hoch. Dort steigen Sie einfach aus. Man wird Sie erwarten, danke schön.«

In dieser Sekunde empfand ich das Begrüßungsritual als absolut lächerlich. Wer sich ausgerechnet in der Eifel derart verbunkerte, musste meiner Ansicht nach so etwas wie ein Neurotiker sein, mindestens aber eine Macke mit Krankheitscharakter pflegen. Ich dachte derb und mit großer Erleichterung: Ihr habt ja alle ein Rad ab!

Aber ich war folgsam. Ich setzte mich in mein Auto, startete es und fuhr dicht vor das Tor. Gleich darauf setzte es sich in Bewegung und glitt nach zwei Seiten auseinander. Dann rollte ich zügig in einem großen Bogen auf das Haus zu. Die Zufahrt war asphaltiert. Am Haus stand in großen, weißen Buchstaben *für meine Gäste* auf dem Asphalt. Ich hielt an und stieg aus.

Der Mann, der auf mich zukam, mochte dreißig Jahre alt sein. Er trug einen schwarzen, einfachen Pulli zu einem schwarzen Anzug, baute sich vor mir auf und fragte durchaus freundlich: »Führen Sie eine Waffe mit sich?«

Ich starrte ihn an und schnaubte: »Ist das eine ernsthafte Frage?«

»Ich muss das fragen, ich werde dafür bezahlt.« Er lächelte nicht, er fand das scheinbar normal.

Ich sagte: »Ich bin unbewaffnet.«

»Dann kommen Sie bitte mit.« Er ging vor mir her.

Es ging vier Stufen auf einer großen Treppe hoch, dann trat ich in eine Halle, die durchaus beeindruckend war. Wenig Einrichtung, aber gediegen. Ein großer Schrank an der gegenüberliegenden Wand, eine hölzerne Kostbarkeit aus Eiche, über deren Doppeltüren ein Tischler die erhabenen Worte geschnitzt hatte, dass in diesem hölzernen Gelass die edle Jungfrau Hermine Trott zu Brandenfels ihre Mitgift aufbewahrt und zu ihrer Hochzeit mitgebracht hat. Anno Domini 1664.

Ich sagte: »Wow!« und strich über das Holz.

Der Sicherheitsmann vor mir lächelte eine kaum wahrnehmbare Spur. Dann drückte er eine Tür auf und murmelte: »Treten Sie ein, bitte!«

Das, was mich am meisten verwunderte, war der brennende Kamin. Rechts davon saßen in einer kleinen ledernen Sitzecke zwei Männer. Der Schlankere von beiden stand sofort auf und kam auf mich zu.

»Marcus Straubing. Herzlich willkommen. Den Herrn hinter mir kennen Sie ja schon.«

»Guten Tag, Herr Baumeister!«, sagte Gerd Bludenz artig.

14. Kapitel

Sie trugen beide die lässige und teure Freizeitkleidung der etwas Bessergestellten. Cordhosen, ein Hemd mit offenem Kragen, darüber einen leichten, einfarbigen Cashmere-Pullover, handgearbeitete Sneakers. Sie wirkten ein wenig wie Brüder. Was mich verwunderte, war, dass Bludenz den Eindruck machte, als wäre er dem Hausherrn durchaus gleichgestellt. Straubing musste ihn kurzfristig herbeordert haben, nachdem ich der Sekretärin die Bitte der Kriminalpolizei ausgerichtet hatte. Ich durfte also annehmen, dass Straubing im Bilde war.

»Herr Bludenz«, sagte ich, »das ist doch sicher kein Zufall, dass ich Sie hier treffe.«

Bludenz lächelte nur vielsagend, Straubing sagte generös: »Wenn Sie nichts dagegen haben, kann doch Herr Bludenz an diesem Gespräch teilnehmen, oder? Ich meine, Geschäftsgeheimnisse werden ja nicht zur Debatte stehen. Herr Bludenz kann hier sicher noch eine Menge lernen!«

»Oh, kein Problem«, sagte ich höflich. Dann legte ich mein Aufnahmegerät auf das Tischchen zwischen uns. »Sie haben ja sicher nichts dagegen, wenn ich unser Gespräch aufzeichne?«

»Nicht im Geringsten«, lächelte Straubing.

Er war ein blonder Mann, der bald eine Glatze haben würde. Das Haar war dünn, die Geheimratsecken groß, auf der Mitte des Schädels prangte schon eine runde, blanke Stelle. Er war schlank, er saß sehr aufrecht mit leicht durchgebogenem Körper. Sein Gesicht war ein langes Oval mit dicht nebeneinander stehenden Augen, deren Farbe nicht ganz eindeutig schien, ein verwaschenes Graublau. Er hatte sehr stark ausgeprägte Lippen, breit und dick. Wenn er sprach, bewegten sie sich kaum, und sie zerschnitten sein Gesicht, als wären sie falsch am Platz.

Ich holte einen kleinen Block und einen Kugelschreiber aus der Tasche und legte beides auf die Tischplatte zwischen uns.

»Ach, ehe ich das vergesse«, sagte Gerd Bludenz. »Ich habe eben Herrn Kriminalrat Kischkewitz angerufen. Alles in Ordnung, er wollte nur wissen, welche Verbindung ich zu dem toten Polizeibeamten Horst Walbusch hatte. Aber da war nichts.«

»Ich war nur der Bote«, sagte ich so freundlich wie möglich.

»Ist es nicht deprimierend, in so einer furchtbaren Mordsache zu recherchieren?«, fragte Straubing. »Ich meine, die Polizei weiß doch offensichtlich gar nichts.« Er lächelte mich an.

»Ja, das mag so scheinen. Aber so ahnungslos, wie von den Medien beschrieben, ist sie natürlich nicht. Sie darf die ganze Wahrheit nicht preisgeben, um mögliche weitere Beteiligte nicht zu verschrecken.«

»Sagen Sie: Und dieser Imbissbudenbesitzer aus Daun? Dieser ... ich weiß nicht mehr, wie er heißt. Ist der denn auch involviert? Oder wird das nur so als Möglichkeit beschrieben, um die Spannung hochzuhalten oder auszubauen?«, fragte er weiter. Dazu lächelte er mich an.

»Nein. Wir schreiben eigentlich nie, um Spannung künstlich zu erzeugen, wir sind da viel sachlicher als unsere Leser annehmen. Meiner Kenntnis nach ist Samba, so heißt er liebevoll bei den Eiflern, tatsächlich involviert. Wir wissen auch schon einigermaßen sicher, in welcher Weise er beteiligt war, ich kann es nur noch nicht öffentlich machen. Ich will schließlich nicht die Erfolge der Mordkommission zunichtemachen.«

»Da tragen Sie viel Verantwortung«, sagte er. »Wir haben uns über Sie schlaugemacht. Sie werden ja durchaus auch häufig von überregionalen Zeitungen und Magazinen gedruckt, und mit Themen, die mit der Eifel an sich nichts zu tun haben. Wie kommt man in eine solche Position?«

»Man arbeitet«, antwortete ich. »Ich mache genau das, was Sie auch tun, seit Sie Ihr Geschäft aufgebaut haben.«

An dieser Stelle gluckste er vor Lachen. Er war richtig sympathisch und sagte: »Siehst du Gerd, so wird man erfolgreich.«

Gerd lachte seine Zustimmung lauthals über den Tisch, aber es klang sehr gequält, sodass ich erleichtert dachte: Du bist also auch nur ein beruflicher Speichellecker, Bludenz!

»Und wenn Sie Wahrheiten recherchiert haben, dann kann es durchaus passieren, dass Sie schweigen, um die ganze Wahrheit zu schützen. Ist das so?«

Er lächelte mich noch immer an, und ich dachte, dass er wahrscheinlich das Lächeln gar nicht mehr ausknipsen konnte. Er hatte es gelernt und dann vergessen, wie man es abschalten kann. Mir fiel auf, dass er keinerlei Schmuck trug, keinen Ring, keine Kette, keinerlei Piercing. Aber Bludenz trug ein goldenes Kettchen um den Hals, wahrscheinlich ein Geschenk von der männerfressenden Witwe in Ulmen. Wahrscheinlich war das der entscheidende Unterschied zwischen den beiden.

»Ja«, erwiderte ich. »Wenn es dem Fall dienen kann, schweige ich eine gewisse Zeitlang.« Ich fragte mich zwei Sekunden lang, ob ich einen Angriff setzen konnte, und entschied mich dafür. »Wir hatten eben ein Beispiel«, fuhr ich gemütlich fort. »Herr Bludenz sagte mir, er habe inzwischen den Kriminalrat Kischkewitz angerufen. Dann setzte er hinzu, da sei nichts zwischen ihm und dem toten Horst Walbusch gewesen. Aber das stimmt nicht. Der ermordete Polizeibeamte Horst Walbusch hat Herrn Bludenz zweimal festgenommen und ihn auch verhört. Es ging um eine läppische, nicht weiter wichtige Drogengeschichte, aber immerhin sagte Herr Bludenz nicht die Wahrheit. Ich will sagen: So eng liegen zuweilen die ganze Wahrheit und ein kleiner Teil davon nebeneinander. Man muss also abwägen, ob das wichtig ist oder nicht. Schweigt man, oder schweigt man nicht?«

Bludenz' Lippen und Wangenknochen mahlten, er war von Herzen sauer.

»Ach, so ist das!«, sagte Straubing erstaunt und lächelte immer noch, aber eisiger »Und? Ist das mit Herrn Bludenz nun wichtig?«

»Nein, ist es absolut nicht. Nicht erwähnenswert. Sagen Sie, sind Sie damit einverstanden, dass wir endlich zu dem Thema Holz kommen? Sie haben nicht viel Zeit für mich, und ich habe relativ wenig Ahnung von Ihrem Beruf. Ich weiß nicht einmal, was Holzhandel heutzutage bedeutet.«

»Oh, selbstverständlich«, nickte er. »Entschuldigen Sie, ich bin unhöflich. Möchten Sie einen Kaffee, oder etwas anderes?«

»Ein Wasser reicht völlig«, erwiderte ich.

Er stand auf und ging irgendwohin. Glas klirrte, er kam mit einer kleinen Flasche der Nürburgquelle zurück. Er öffnete sie und goss mir ein. Und während er das tat, gab er schon Auskunft.

»Wenn wir das Jahr 1900 ansetzen, geben wir uns einen Rahmen. Bis dahin herrschte das Holzzeitalter. Holz signalisierte Besitz, signalisierte aber auch politischen Einfluss. Alles, was die Menschen umgab, war aus Holz. Wir bauten aus Holz, wir machten unsere Möbel aus Holz, wir verfeuerten Holz, um unsere Behausungen zu wärmen. Erinnern Sie sich an den Mumienfund, an Ötzi? Dieser Mann lebte vor

5300 Jahren. Bei sich führte er einen Bogen aus Eibenholz. Bei sich hatte er zwölf Pfeilrohlinge aus dem Holz des Wolligen Schneeballs, lateinisch *viburnum lantana*. Ich zitiere hier aus dem großartigen Buch von Detlev Ahrens *Der deutsche Wald*. Ich zitiere das deshalb so gern, weil dieser Mann aus dem Gletschereis vor fast fünfeinhalbtausend Jahren ein exquisites Wissen über die heimischen Hölzer hatte. Ein Bogen aus Eibenholz, Pfeile aus dem Wolligen Schneeball dokumentieren einzigartig, dass diese Menschen die Hölzer genau kannten, und um ihre Eigenschaften wussten. Der Schneeball war ein typisches Gewächs an den Waldrändern. Und richtige Waldränder haben wir heute immer weniger. Hier ist der fruchttragende Acker auf der linken Seite, da die hochragenden Stämme der Bäume auf der rechten Seite. Ein Waldrand, wie mit einem Lineal gezogen, ein völlig unnatürliches Bild. Man findet also den Wolligen Schneeball immer seltener, weil es richtige Waldränder nicht mehr gibt, den klassischen Übergang von gerodeter Fläche zum Buschwald und in den Busch hinein bis zwischen die Hochstämme. Da ließ man in früheren Jahrhunderten das Vieh weiden, die Rinder, die Ziegen, die Schweine. Mein Vater wusste sehr viel davon, er war ein großartiger Mann, ein Weiser, wie man sie heutzutage gar nicht mehr kennt. Im Zeichen der industriellen Geschichte der Menschheit verfeuerten die Menschen immer mehr Wald, einfach ausgedrückt haben sie sogar die ersten Hochöfen mit Holz befeuert, eine beispiellose Verschwendung des kostbaren Stoffes Holz. Es gab um 1900 Landschaften, ja sogar ganze Länder, die über keine geschlossenen Gebiete an Wald verfügten. Die Eifel war so eine Landschaft, hier waren die Hügel und Täler Brachflächen, kilometerweit. Die Eifel hatte nämlich auch den zahllosen Bergwerken das Holz geliefert, Fichtenstämme. Mit dem Holz wurden die Stollen abgestützt. Heute unvorstellbar, obwohl das alles noch gar nicht so lange her ist. Man begann also, den Wald als Nutzfläche zu betrachten, als etwas, das man kommerzialisieren konnte. Später dann wurden aus diesen nützlichen Erwägungen auch durchaus romantische geboren. Der hehre deutsche Wald, der Mythos deutsche Eiche, als Symbol für Kraft und Männlichkeit. Der Wald wurde auf diese Weise wieder so etwas wie die Heimat des Menschen. Man wurde allerdings sofort als heilloser Romantiker verschrien, wenn man das offen äußerte. Daraus resultierte aber auch der Begriff der Nachhaltigkeit auf diesem Sektor, also das Abholzen bestimmter Flächen und die gleichzeitige Selbstverständlichkeit, sie sofort wieder neu aufzuforsten. Aus dieser Idee übrigens entstanden dann die Nationalparks, also auch der Nationalpark Eifel, in denen der Mensch überhaupt nicht mehr eingreift, die sich selbst entwickeln, selbst steuern, in denen das Tote sich zersetzt und wieder zu Neuem wird. Und ich bin das Kind in der Mitte.« Er grinste richtig sympathisch. »Ich treibe Handel mit diesem Stoff, wobei ich gleich sagen will, dass ich den Handel mit Bauholz immer weiter zurückdränge und mich auf den Sektor der Möbelindustrie konzentrieren will, allerdings auch auf sehr spezielle Hölzer, die wir als Intarsien einsetzen, also zum Beispiel in Autos der gehobenen Klassen.« Er hatte zuweilen die Augen geschlossen, um nach eingängigen Formulierungen zu suchen. Jetzt sah er mich wieder lächelnd an und setzte hinzu: »Soweit also etwas aus der Vorgeschichte.« Er erwartete Lob, und ich gab es ihm sofort.

»Das finde ich sehr gut erklärt, aber was genau machen Sie nun?«

Er nickte und schloss die Augen wieder. »Mein Vater hatte hier eine Sägemühle und Bautischlerei. Er kaufte und verkaufte das Nutzholz dieser Gegend. Er lieferte Balken, er lieferte Bretter, er baute zum Beispiel Dachstühle, er baute auch Fensterrahmen, er baute sogar einfache Schränke für die Familien in den Städten. Aber er verwendete durchaus auch schon das Holz der Wildkirsche, auch Haselnuss, auch Esche. Für Möbel. Die baute mein Vater nicht selbst, aber er lieferte das Holz. Als ich allmählich in den Betrieb hineinwuchs, entdeckte ich nach meinem Studium der Volkswirtschaft die Möglichkeiten des Computers, die Vernetzung der Welt, den Sekundenabstand zwischen meinem Betrieb in Gerolstein und irgendeinem Holzlieferanten in der Gegend von Rio de Janeiro, oder den im Amazonasdelta. Ich kann heute in Echtzeit mit jemandem auf Borneo sprechen, von dem ich gewisse Stämme eines gewissen Baumes haben möchte. Weil meine Kunden dieses Holz haben wollen, nicht ein ähnliches, sondern genau dieses. Es ist also wichtig, dass ich diesen Mann genau kenne, und da ich ihn kenne, schicke ich ihm von der Mosel einen trockenen Riesling, weshalb er selig ist und gleich sechs Kisten nachbestellt. Ich bin um die Welt gereist und habe diese wichtigen Figuren kennen gelernt, ich habe sie zu Freunden gemacht und empfinde das auch so. Und ich komme immer wieder bei ihnen vorbei, und wir sprechen über Gott und die Welt. Das nennt man dann Marketing. Mit den Hölzern selbst komme ich überhaupt nicht mehr in Berührung, ich habe keine Kreissägen und keine Bandsägen mehr, nicht einmal mehr große Lagerplätze. Die Holzindustrie kommt auf mich zu, sie sagt: Ich brauche in einem halben Jahr sechs Stämme von dem, acht Stämme von dem, vierzehn Stämme davon. Ich sorge dafür, dass das dann da ist, vor Ort, direkt beim verarbeitenden Betrieb, bei dem, der aus diesen Hölzern dann etwas baut. Das Holz kommt mit Schiffen ins Land. Natürlich lasse ich dann von meinen

Leuten die Qualität des angelandeten Holzes prüfen. Das machen dann Holzscouts, wie Herr Bludenz einer ist.«

»Ach, Sie sind Holzscout?«, fragte ich Gerd Bludenz. »Wie wird man denn so einer?«

»Es gibt einige Hilfen, um Holz zu bewerten«, antwortete Bludenz trocken.

Er war immer noch stinksauer, und ich hatte die feste Absicht, ihn in diesem Zustand zu belassen.

»Na ja,« schob sein Chef ein. »So einfach geht das nun auch wieder nicht, mein lieber Gerd. Die Stämme werden auf Äste und Astlöcher unter die Lupe genommen, die Wuchsringe, also die Jahresringe, werden durchgesehen, mit feinen Bohrern stellen wir eventuelle Schäden oder Fäulnisherde im Wuchs fest. Wir prüfen sogar biochemische Zusammenhänge. Das ist ziemlich kompliziert und umfangreich, wobei man schlicht nicht übersehen darf, dass ein einziger Stamm schon mal zweihunderttausend Euro kostet – oder bei seltenen Edelhölzern durchaus das Doppelte.«

»Und dann suchen Ihre Spezialisten im Internet erneut die Holzfällerfirmen auf, um bestimmte Hölzer zu bestellen oder zu buchen. Das habe ich jetzt einigermaßen verstanden. Was machen Sie denn auf dem Sektor heimische Eiche und heimische Buche, oder heimische Kirsche oder Haselnuss?«

»Die Regel ist, dass wir von den deutschen und europäischen Forstspezialisten vorher gesagt bekommen, was im nächsten Winter voraussichtlich gefällt wird. Diese Leute brauchen auch Planungssicherheit. Dann schicken wir die Scouts, die dieses Holz noch im Naturzustand im Wald anschauen und einigermaßen klar definieren können, was da an Material zur Debatte steht. Dann müssen wir sehr schnell reagieren und entweder kaufen oder nicht kaufen. Es ist klar, dass wir dabei mit erheblichen Summen umgehen, zumal zum Beispiel Buche und Eiche immer seltener werden, aber auch Vogelbeere und Haselnuss, wobei Haselnuss schon Seltenheitswert hat. Das Meiste davon ist leider Buschholz und in der Möbelindustrie kaum zu verwenden oder aber so teuer, dass man es Otto Normalverbraucher nicht anbieten kann. Die Frage ist also auch da: Kaufe ich oder kaufe ich die Haselnuss nicht? Wenn ich sie kaufe, kann ein teurer Hersteller daraus die komplette Außenhaut einer ganzen Schrankwand belegen, traumhafte Holzfläche. Meinetwegen sechs oder zehn Meter lang, zweizwanzig hoch. Das sieht fantastisch aus, das haben die Nachbarn garantiert nicht. Aber der Hersteller sollte bemüht sein, einen solchen Kunden schon im Blick zu haben, der in der Lage ist, das auch zu bezahlen. Wie Sie sehen, hängen wir alle voneinander ab.«

»Kann man das also als ein ununterbrochenes Hindernisrennen um den Baustoff Holz bezeichnen?«

Er lächelte jetzt geradezu innig. »Das ist ganz hervorragend ausgedrückt, Herr Baumeister. Drückt er das nicht fein aus, Gerd?«

»Ja«, nickte Gerd mit der Überzeugungskraft eines alten Brötchens.

Ich dachte in heller, guter Laune: Ich sehe eine glorreiche berufliche Zukunft für Gerd Bludenz!

Dann fragte ich: »Kann ich Ihnen meinen Text faxen? Würden Sie kurz drübersehen und eventuelle Fehler markern? Das würde mir wirklich helfen.«

Er war deutlich entzückt, er strahlte, er nickte heftig. »Das mache ich gern für Sie, Herr Baumeister, keine Frage.«

Es war für mich gar nicht so einfach, dankbar auszusehen, denn in diese Falle war ich jetzt selbst hinein getappt. Ich musste die Reportage wirklich schreiben, aber was tut man nicht alles als Überzeugungstäter.

Dann holte ich zum letzten Schlag aus, was wahrlich nicht einfach war, und was mir erhebliche Bauchschmerzen verursachte. Ich holte das Foto von Mirko Slavic alias Mirkoboy heraus und legte es vor ihn hin. »Sie kennen diesen Mann«, behauptete ich munter. »Ich habe Fotos von Ihnen mit diesem Mann gesehen. Mal tragen Sie einen grauen Anzug, mal einen weißen, es hat also mit Sicherheit mehrere Treffen gegeben. Haben Sie irgendeine geschäftliche Verbindung zu diesem Mann namens Mirko Slavic?«

Straubing nahm das Foto und betrachtete es eingehend. Er fragte kühl, aber immerhin noch mit einem leichten Lächeln: »Ist das so ein Verrückter, der dauernd die ganze Welt umarmen will? Irgend so einer aus Bulgarien oder Rumänien oder so?«

»Nicht ganz, aber Tschechien. Sie haben auch sicher mit seiner Frau getanzt. Sie ist eine etwas füllige Dame mit langen, blonden Haaren, die dauernd Hepp! Hepp! ruft und dabei unanständige Bewegungen mit dem ganzen Körper macht. So eine Partynudel, wissen Sie. Hat aber zwei kleine Kinder. Können Sie sich an den Mann erinnern?«

Jetzt war er plötzlich kalt, irgendwie erstarrt. Er fragte sanft und gleichzeitig klirrend: »Das ist so ein Knubbel, nicht wahr? So einer, bei dem man ständig den Verdacht hat: Gleich küsst er dich! Irre wie eine Ulknudel? Mit Bewegungen wie ein Nervenkranker? So ein Hektiker, der dich dauernd anfasst?« Seine Stimme überschlug sich fast, klang extrem hoch.

Was war auf einmal los? Hatte ich einen Volltreffer gelandet? Da bahnte sich etwas an in dem Mann, das war nicht zu übersehen. Ich dachte kurz an Rodenstocks Ausführungen über Straubings neurotischen Charakter und sein explosives Temperament. »Um Gottes willen, ich will nicht indiskret sein«, bemerkte ich schnell und erschrocken. »Ich habe Sie nur gegoogelt. Da fand ich die Fotos. Ja, so eine Ulknudel, das stimmt.«

»Dieses Arschloch!«, sagte er kaum hörbar.

Dann stand er auf und stürmte in dem sehr großen Raum hin und her. Rannte auf das offene Feuer im Kamin zu, als wollte er hineinspringen. Drehte ab, stieß gegen einen Schaukelstuhl, warf ihn um und trat wütend danach, mehrfach, bis die Rücklehne und eine Armlehne zerbrochen waren. Ich verfolgte die Szene wie in Schockstarre. Straubing hatte ein krebsrotes Gesicht.

»Ja!«, schrie er plötzlich wütend mit hoher, verkrampfter Stimme. »Das war Dresden, verdammte Kacke!«

Dann bückte er sich neben einem schweren Eisenbehälter, in dem große Holzscheite lagen. Er nahm ein Holzscheit und warf es Bludenz an den Kopf. Er stürmte auf ihn zu, schlug wild auf ihn ein und brüllte: »Wozu habe ich euch? Wozu bezahle ich euch? Dass ihr blöden Säue nicht mal auf mich aufpasst?« Er trommelte mit beiden Fäusten auf Bludenz ein, und der konnte sich nicht wehren, weil er saß und sein Chef stand. Und Bludenz blutete jetzt sehr heftig, wahrscheinlich hatte das Holzscheit seine Nase getroffen.

»Ich habe gesagt, niemals Zeugen! Und was macht dieses Arschloch? Weil er natürlich angeben will, dieses verdammte, blöde Schwein! Dieser abartige Untermensch!« Dann rannte er wieder um die Sitzecke herum, griff erneut nach einem Holzscheit, ließ es aber wieder fallen und blieb ruckartig stehen – und es war still.

»Ich wollte Sie nicht erschrecken!«, sagte ich.

»Wie bitte? Was sagten Sie?« Er sah mich wild an und sah mich gar nicht. Er hatte ganz große, leere Augen, schüttelte den Kopf und äußerte zischend: »Bludenz, finde das raus. Das war Dresden und Guben, ja, Guben. Und blocke die

Fotos, egal wie! Kauf sie einfach, ganz egal, was sie dafür verlangen. Und drohe ihnen. Wenn sie die Fotos nicht aus dem Netz nehmen, starten wir eine Klage über eine Million!«

»Ja!«, sagte Bludenz. Er hielt beide Hände vor sein Gesicht, es tropfte Blut auf seinen Pullover. Er stand auf und rannte an mir vorbei, er flüchtete. Eine Tür klackte zu.

Straubing stand da, hielt den Kopf geneigt und hatte die rechte Hand an der Stirn. »Wieso fragen Sie mich ausgerechnet nach dem?«

»Ganz einfach. Die Unterwelt in Gestalt von Bars und Puffs und Eros-Centern in Köln, Aachen und Bitburg, Trier und Koblenz meldet: Mirkoboy kommt! Er reist herum und will angeblich einsteigen. Es heißt, seine Brieftasche ist brechend voll.«

»Wer hat denn das gesagt?«, fragte er scharf.

»Jemand bei den Bullen, bei der Polizei«, sagte ich laut und unschuldig. »Ich weiß nicht einmal wer, man kriegt so was bei den Pressekonferenzen mit. Und auf die Fotos bin ich per Zufall gekommen. Das ist mir jetzt aber peinlich. Ich glaube, ich verschwinde besser.«

»Ja, ja«, sagte er leise.

Er stand da in dem großen Raum, leicht vorgebeugt. Er wirkte isoliert, so allein, als wäre er der letzte Mensch auf Erden. Ein kleines Kind, ein ganz kleines, einsames Kind.

Ob das »ja, ja« irgendeine Antwort auf meine Erklärung war, wusste ich nicht. Aber ich trat augenblicklich den schnellen Rückzug an und stieß hinter einer Tür auf den jungen Mann, der mich eingelassen hatte.

»Ich möchte hier raus«, sagte ich.

»Dicke Luft da drin?«, fragte er.

»Geht noch«, sagte ich. »Legt sich auch wieder.«

Als ich die Auffahrt hinunterrollte und dann das große, weiße Tor auseinandergleiten sah, war ich richtig erleichtert.

Ich fand, für einen Hobbylügner hatte ich eine stramme Leistung hingelegt, und sang übermütig die Schnulze, die zu so einem Anlass passte: *Der alte Seemann kann nachts nicht schlafen ...*

Als ich auf die Talstraße einbog, um in Richtung Gerolstein und Daun zu flüchten, waren sie plötzlich hinter mir und bedeuteten mir mit mehrmaliger Lichthupe, anzuhalten. Ich tat ihnen den Gefallen und hielt bei der ersten Parkmöglichkeit an.

Es waren zwei. Sie stiegen aus, sie kamen angerannt wie kleine Kinder, als hätte ich ihnen den schwer bepackten Weihnachtsmann geschickt. Sie grinsten, ich kannte ihre Namen nicht, aber ihre Gesichter waren mir vertraut.

»Wie bist denn du auf die Idee mit Slavic gekommen? Das war ja einfach genial. Wie kommt man denn auf so was?«

»Ich konnte das leidende Gesicht von Kischkewitz nicht mehr ertragen«, gab ich Auskunft, musste aber lachen. »Ich weiß es nicht, wieso ich darauf gekommen bin. Mit anderen Worten: Jetzt müsst ihr herausfinden, wann die beiden sich treffen, und wo. Denn dass sie sich treffen, scheint mir sicher. Straubing kennt Slavic, sieh mal einer an! Ich habe gedacht, gleich haut er mir das Holzscheit auf den Schädel.«

»Ein Holzscheit war das? Gute deutsche Buche?« Die Kriminalisten lachten aus vollem Hals. »Wir haben uns über den Krach gewundert.«

»Kann ich unser Aufzeichnungsgerät wiederhaben?«, fragte der andere unvermittelt gänzlich nüchtern.

Ich gab es ihm und fuhr weiter.

Es hatte wenig Sinn, in mein Haus zu fahren, Satchmo würde mir sowieso nicht glauben. Also fuhr ich Emma und Rodenstock an.

Ich war noch nicht richtig ausgestiegen, als Rodenstock in der Tür stand und gerührt nuschelte: »Ich bin stolz auf dich, mein Junge, richtig stolz!« Dann legte er mir die Arme um den Brustkorb und drückte so fest zu, dass ich um mein Weiterleben fürchtete. Er hatte einwandfrei Tränen in den Augen.

»Ist ja schon gut«, murmelte ich. »Ist ja schon gut. Ich hab's doch nur mal versucht.«

15. Kapitel

„Ich brauche Sicherheiten«, sagte ich heftig und vollkommen verkrampft. »Wenn ich behauptet habe, dass es da Fotos gibt, dann brauche ich mindestens zwei oder drei Fotos, die das beweisen. Fotos, die beweisen, dass Straubing und Slavic bei irgendeinem Ereignis in Dresden oder Guben zusammentrafen. Das muss recherchiert werden, wir müssen herausfinden, was das für Ereignisse waren. Die Fotos muss jemand erstklassig fälschen. Ich brauche aber auch noch Fotos von Mirko Slavic, ich muss Marcus Straubing mit Fotos zudecken können. Dann brauche ich meinen Text über die Firma. Kann ich deinen Computer benutzen?«

»Kannst du«, sagte Rodenstock, »wir dürfen nun aber nicht zu schnell werden, da könnten sich Fehler einschleichen. Ich möchte jetzt lieber eine Zigarre rauchen.«

»Dann tu das doch. Ich rauche eine Pfeife.«

So machten wir das, und wir schwiegen bei dieser heiligen Handlung und starrten hinaus in den Tag. Es war eine sehr konzentrierte und stille Arbeit, mich wieder auf die Erde zurückzubringen. Es hatte zu regnen begonnen, der Wetterdienst hatte gemeldet, es würden von Westen her Regengebiete hereinziehen.

Dann klingelte es an der Tür. Kischkewitz und Tessa kamen herein.

Kischkewitz röhrte: »Meine Damen und Herren, darf ich Ihnen einen der profiliertesten Laiendarsteller der Eifel vorstellen: The great Baumeister!«

Tessa hauchte: »Du bist mein Held!«

»Lasst ihn in Ruhe! Er hat das nicht so gern«, stellte Emma fest.

Sie begannen sofort heftig miteinander zu diskutieren, was diese neue Entwicklung bedeuten könnte, und ich verschwand die Treppe hinauf in Rodenstocks Arbeitszimmer, um den Bericht über *Holz International* und seinen Besitzer zu schreiben. Angesichts der Geschwindigkeit, die ich vorlegte, wurde das Stück gar nicht einmal so schlecht. Ich druckte es aus und steckte es ein, um es bei Gelegenheit an Straubing zu faxen. Merke: Sparst du in der Zeit, hast du in der Not!

Als cleverer Mensch hatte Rodenstock in seinem Arbeitszimmer eine Couch aufgestellt, um notfalls die müden Knochen in eine halbwegs anständige Haltung zu kriegen. Ich schielte dorthin und ergab mich der Versuchung. Ich wurde anderthalb Stunden später wach, dachte angestrengt einige Sekunden darüber nach, ob ich irgendetwas verkehrt gemacht hätte, und antwortete mit einem strengen Nein. Dann schlich ich die Treppe hinunter und hörte zu meinem Entsetzen, dass sie immer noch diskutierten.

Meine kluge Emma sagte gerade zu irgendwem: »Ich weiß nicht, ob du das richtig siehst. Was faselst du da von versunkenen Schuldgefühlen? Ihr seid ja viel schlimmer als ein Rudel freilaufender Psychiater ...«

Ich dachte: Ihr könnt mich alle mal! und verschwand in die Abendluft. Ich erinnerte mich daran, irgendwo gehört zu haben, dass Thea und Günter Greif im *Kleinen Landcafé* in Kerpen an diesem Abend ein Jazzkonzert anboten: Edith van den Heuvel und Dany Schwickerath würden auf der Bühne stehen, erinnerte ich mich. Also fuhr ich hin.

Musik kann sehr tröstend wirken, Musik kann heilen, Musik kann sogar helfen, Menschen zu verstehen. Und ich war selig, als die beiden eine äußerst harmoniereiche und zugleich zeitlose Variante von *Honey Suckle Rose* brachten. Eine herausragende weibliche Stimme und eine brillant konzertante Gitarre mit dieser Nummer waren genau das, was mir half. Der Song hatte alles, von Traum bis hin zum harten Beat, und sie spielten es auch so. Jesus, war das gut! Sie hatten kein Schlagzeug, aber der Swing kam überwältigend und trieb die Harmonien. Ich soff Musik, und wenn ich ehrlich sein will, wurde mir der rätselhafte Marcus Straubing in diesen zwei Stunden vollkommen gleichgültig, und ich dachte auch nicht an die Toten, wohl weil ich lebte.

Ich sah dann auf meinem Handy, dass Rodenstock zweimal angerufen hatte, Tessa sechsmal, Emma einmal. Es war elf Uhr in der Nacht und ich fuhr heim. Ich war hundemüde und sehr heiter gestimmt. Ich erzählte meinem Kater in groben Zügen, wie mein Tag verlaufen war, und er schaute mich äußerst interessiert an, dachte aber wohl: Was redet der für einen Stuss? Er soll mir ein Stück Fleischwurst geben. Wir aßen also jeder ein Stück Fleischwurst, ehe wir schlafen gingen, Satchmo auf einer Decke im Wohnzimmer, ich in meinem Bett. Natürlich kam er nach einer Stunde hoch in mein Schlafzimmer und verharrte zornglühend auf dem Teppich vor dem Bett, bis ich wach wurde. Er starrte mich unausgesetzt an: Wie ich es denn wagen könnte, ihn allein zu lassen? Katzen sind zuweilen sehr menschlich.

Kurz nach sieben Uhr wachte ich auf und fühlte mich gut. Ich machte mir einen Kaffee und aß ein Stück Brot. Es war neblig, das Licht war ein wenig bläulich. In den Häusern meiner Nachbarn waren schon einige Fenster hell, ein neuer Tag brach an, irgendeine neue Aufgabe stand vor ihnen, sie würden sie angehen und dabei hoffentlich ein Lied pfeifen können.

Was bedeutete es denn, wenn der Unternehmer Marcus Straubing und der tschechische Puffbesitzer Mirko Slavic sich kannten? Machten sie Geschäfte miteinander? Wenn ja, welche Geschäfte? Hatte Slavic Geld in das Unternehmen *Holz International* gesteckt? Hatte Straubing sich bei Mirkoboy eingekauft? Geld stinkt nicht, hatten die alten Römer begriffen, und wahrscheinlich alle Kulturen vor ihnen auch schon. *Pecunia non olet*, so hieß der siegreiche, ewig währende Schlachtruf des Kapitalismus. Warum also nicht eine enge wirtschaftliche Verbindung zwischen Straubing und Slavic? Hatten Gaby Schirmer und Horst Walbusch genau das entdeckt?

Rodenstock rief an und schnauzte ohne jede Erklärung los: »Hast du was gesagt?« Seine Stimme war schrill.

»Was soll ich gesagt haben?«

»Sei ehrlich, du hast was gesagt!«

»Was soll das denn jetzt? Ich weiß nichts, wovon redest du?«

»Das ist doch der helle Wahnsinn, diese gottverdammten Schwätzer! Irgendeiner hat geredet, deine Branche hat Wind bekommen. Jetzt fragen sie nach der Verbindung zwischen den zwei toten Polizisten und Marcus Straubing und dem Gangster Mirko Slavic. Und sie gehen weiter und fragen nach der Verbindung zwischen Straubing, Mirkoboy und Samba. Es ist zum Kotzen. Hast du mit irgendjemand darüber gesprochen? Hast du?«

»Rodenstock, hör auf, mich anzubrüllen. Du weißt doch, dass es Polizeibeamte gibt, die von diesen Ereignissen gegenüber Vertrauten, also der eigenen Familie oder Freunden berichten. Und die Vertrauten kennen dann den einen oder anderen aus meinem Gewerbe. Das Internet potenziert diese Sachen viel stärker noch als früher. Wenn du dich da reinhängst, wirst du anfangen, den Verstand zu verlieren. Wir leben im Zeitalter des Gerüchts.« Ich war sauer und legte auf.

Tessa kam auf meinen Hof gefahren. Sie stieg aus und machte den Eindruck, als sei sie zornig. Sie bewegte sich eckig und hastig.

»Guten Morgen!«, kratzte sie muffig. »Das ist ja toll, dass es dich noch gibt. Ich habe auf zwei Sesseln geschlafen, es war die Hölle.«

»Ich habe Jazz gehört«, erwiderte ich. »Ich wollte eure fachlichen Erörterungen nicht stören. Seid ihr denn zu einem Resultat gekommen?«

»Sind wir eigentlich nicht«, antwortete sie. »Nur dass wir eigentlich unbedingt verhindern mussten, dass Straubing und Mirkoboy irgendetwas merken. Das ist schief gegangen. Das bedeutet, dass die Mordkommission vor enormen technischen Problemen steht. Beschattung, Abhören, Filmen, Fotografieren, die ganze Palette. Und man weiß natürlich nicht, ob das noch Sinn macht, wo alle Welt schon zu wissen scheint, dass *Holz International* mit Mirkoboy irgendwelche dubiosen Geschäfte macht, und jetzt die Frage gestellt werden darf, wie denn die beiden Polizeibeamten und Samba da hineinpassen. Das riecht so herrlich nach Unterwelt und Gangstern.« Sie schniefte und fragte: »Hast du einen Kaffee?«

»Aber ja«, sagte ich. »In der Küche.«

»Kann ich mal duschen?«

»Kannst du.«

»Bist du verschwunden, weil ich zu aufdringlich bin?«

»Nein, damit habe ich kein Problem, und ich denke auch nicht im Traum an Aufdringlichkeiten. Ich wollte nur heraus aus diesen immerwährenden Fragen, warum denn drei Menschen sterben mussten. Es kommt der Punkt, an dem ich mit dieser Frage nichts mehr anzufangen weiß. Diese Frage ist wie eine Tracht Prügel. Und spätestens dann schalte ich mich ab und verschwinde.«

Dann fing sie unvermittelt an zu heulen und nuschelte: »Das ist aber auch ein Elend, verdammt noch mal.«

»Ja, manchmal schon. Soll ich dir ein Brot schmieren? Leberwurst? Schinken? Marmelade?«

»Marmelade, bitte. Und warum bist du auf die Idee gekommen, dem Straubing das Porträt von Mirkoboy auf den Tisch zu legen?«

»Ich habe vorher überlegt, was ihn wohl verblüffen könnte. Und da hatte ich zwei Möglichkeiten: Mirkoboy, oder Gaby Schirmer und Horst Walbusch.«

Sie hatte große Augen voll Erstaunen. »Wieso denn die beiden Toten?«

»Weil ich jede Wette eingehe, dass er sie kannte. Aber das mache ich dann beim nächsten Mal.«

»Glaubst du das wirklich? Ein nächstes Mal?«

»Das glaube ich wirklich. Vergiss nicht, hier ist Provinz. Die Leute kennen sich alle. Nicht gut und umfassend, aber sie kennen sich. Gaby Schirmer war eine ausgesprochen schöne Frau. Glaubst du im Ernst, dass Straubing das nicht gewusst hat, dass er sie nicht kannte? Auf seine Weise ist er ein sehr heftiger Mann. Und die registrieren sehr genau, was ihnen an Weiblichkeit zur Auswahl angeboten wird.«

»Was würdest du denn sagen, wenn ich dir erkläre, dass er wahrscheinlich schwul ist?«

»Ich würde lachen und entgegnen, dass er gerade dann sehr wohl die Schönheit dieser Frau begriffen haben muss. Schwule sind in dieser Beziehung äußerst stilsicher. Es ist mehr als wahrscheinlich, dass sie über menschliche Schönheiten keinerlei Unterricht brauchen.«

Sie sah mich ein wenig verwirrt an und bemerkte: »Ja, das ist wohl so.« Dann verschwand sie unter die Dusche, und ich schmierte ihr ein Marmeladenbrot.

Ich rief Rodenstock an, ging auf seine Frechheiten von vorher nicht mit einer Silbe ein und fragte stattdessen:

»Gibt es einen alten Freund von Straubing aus Jugendtagen?«

»Den gibt es. Aber er ist aussageschwach, weil er befürchtet, den alten Kumpel zu verraten. Er hat zwar kaum mehr was mit ihm zu tun, aber die alten Bande halten noch, sind sehr stabil. Das Einzige, was er verriet, war die Tatsache, dass er bei der Befragung unter großem Gelächter herausknallte: Nehmt euch bloß in Acht, der Straubing ist ein absolut Verrückter!«

»Wie heißt der Mann, und wo lebt er?«

»Es ist ein Türke von Geburt, mit seinen Eltern als Baby hierhergekommen. Er heißt Jamali, ist vierzig Jahre alt und hat zusammen mit Straubing Abitur gemacht. Er lebt mit seiner Familie in Kelberg, hat eine Autowerkstatt, ist gut aufgestellt und richtet Fahrzeuge für Rallyes her. Sehr schweigsam. Ich geb dir seine Telefonnummer.« Er diktierte sie mir. »Und? Warum bist du verschwunden?«

»Ich habe Jazz gehört. Ich wollte nicht unhöflich sein. Ich musste mal raus aus diesem nutzlosen Dreh um mich selbst, es gibt ja noch die Welt da draußen.«

»Das nächste Mal nimmst du mich mit. Und entschuldige mein Gebrüll von vorhin.«

»Ja, Papa.«

Ich rief Timo Walbusch an.

»Bist du bereit, mir zu helfen?«

»Ja, wenn ich das kann.«

»Kennst du einen gewissen Mirko Slavic?«

»Etwa Mirkoboy?«

»Genau den.«

»Mein lieber Mann«, brummte er einwandfrei erschreckt »da müsst ihr aber verdammt vorsichtig sein. Der ist eine ganz heiße Kartoffel.«

»Was heißt das?«

»Na ja, du musst vorsichtig sein, wenn du den anfasst. Du verbrennst dir ganz schnell die Finger.«

»Ist er gefährlich?«

»Ja, absolut, würde ich sagen. Jedes Mal, bevor er dir die Figur polieren lässt, betet er ein Vaterunser. Aber ich rede nicht am Telefon über den.«

»Timo, ist das jetzt nicht Kleinkindergewäsch?«

Er wurde sofort bissig. »Was redest du denn für einen Scheiß? Mann, wenn ich sage, ich rede nicht am Telefon über den, dann rede ich nicht am Telefon über den. Klar, okay?«

»Das ist doch Verfolgungswahn!«, höhnte ich.

»Hast du mal Wanzen im Haus gehabt? Ich hatte welche. An der Gardinenstange und am PC meiner Frau, und ein ganz teures Ding in meinem Jaguar. Funktionierte auch beim Fahren. So fängt es immer an. Komm, Junge, hör auf. Du weißt doch gar nicht, über was du da redest. Wir können uns gerne irgendwo unterhalten. Man sieht sich!« Dann hängte er mich schlicht ab, und ich war sehr verblüfft.

Tessa kam herein und fragte, fast ohne Bekleidung: »Wie gehst denn du jetzt weiter vor?«

»Frau Staatsanwältin, ist das eine dienstliche Frage?«

»Es interessiert mich nur, und es ist nicht dienstlich.«

»Um es einfach auszudrücken, haben wir bei allen, die wir befragten, Lücken entdeckt. Zum Beispiel haben wir die Lebensgefährtin von Samba nicht nach der letzten Nacht vor seinem Tod befragt. Vermutlich aus Nachlässigkeit haben wir das vergessen. Emma hat ganz nebenbei erwähnt, dass möglicherweise Samba die Gaby Schirmer und den Horst Walbusch nach Eisenschmitt gelockt hat. Frag mich nicht, warum das so passiert sein kann, aber Samba wäre einer der wenigen Menschen gewesen, dem sie beide vertrauten. Sie kannten ihn. Und zwar ein Leben lang. Mit Samba verbanden sie niemals Feindschaft oder Gegnerschaft, sondern eigentlich nur Vertrauen. Wir müssen unbedingt den Julian sprechen, den Sohn von Horst Walbusch, weil wir erfahren müssen, wer ihm das Crystal gab. Da existiert ein großer Bogen, ein ganz einfacher Denkvorgang: Dass Straubing den Mirkoboy kennt und offensichtlich mit ihm zu tun hat, wie aus den Mitschnitten des Gespräches zu hören ist, ist sehr verblüffend, aber vielleicht gibt es einen einfachen Grund: Geld! Oder anders formuliert: Gier! Was ist, wenn Schirmer und Walbusch das herausfanden? Was ist, wenn dieser Mirkoboy Geld machen will, und wir ihm ausgerechnet die Droge Crystal in der Eifel verdanken? Kann doch gut sein, oder? Also müssen wir an Rainer Soos heran, denn der hat es gekauft und genommen. Und es kann gut sein, dass er etwas davon dem kleinen Julian gab. Wir wissen zu wenig über Marcus Straubing. Also suchen wir Menschen, die etwas von ihm wissen, weil sie einen Teil des Lebens mit ihm zusammen verbrachten. Also Leute, mit denen er Partys feierte, Frauen, mit denen er etwas hatte, und Jungens, mit denen er soff, oder Pornos anschaute, oder bei wichtigen Fußballspielen vor dem Flachbildschirm saß. Ich weiß, dass du mir jetzt sagst, dass du keine Leute hast. Leider. Aber ich will nicht warten, bis alle möglichen Zeugen abgegrast sind. Und außerdem sage ich der Mordkommission immer Bescheid, mit wem ich über welches Thema sprach. Ein weiteres Problem ist die Gaby Schirmer. Sie wird dauernd als eine schöne Frau bezeichnet, und den Fotos nach zu urteilen, war sie das auch. Aber offensichtlich hatte sie kein Privatleben. Denn davon wissen wir überhaupt nichts. Also, du wirst nichts versäumen, und ich werde nichts verschweigen. Und jetzt zieh dir gefälligst was an. Du kannst einen alten Mann nicht so verwirren.«

»Ich weiß nicht mehr, ob ich Weibchen oder Männchen bin«, sagte sie strohtrocken.

»Stell dich vor den Spiegel«, riet ich ihr. Dann setzte ich hinzu: »Am Brett vor der Haustür hängt ein Hausschlüssel. Nimm ihn mit, wenn du nicht wieder auf zwei Sesseln schlafen willst.«

Ich machte mich auf den Weg nach Kelberg und steuerte Jamali an, der einige Jahre zusammen mit Straubing verbracht hatte, und von dem ich nur wusste, dass er schweigsam war. Es hatte keinen Sinn, vorher anzurufen, es gibt Zeugen, die du nur überfahren kannst.

Er hatte seinen Betrieb an der Straße nach Zermüllen, und er wirkte aufgeräumt und sah nach viel Arbeit aus. Es gab zwei Hallen. In der zweiten herrschte ein Heidenlärm. Ich öffnete das Tor, der Lärm schlug mir auf das Gemüt, zwei Leute sahen mich skeptisch an, einer hatte eine kreischende Trennscheibe in der Hand. Hinter ihnen der Rest eines Autos.

»Ich suche den Chef!«, brüllte ich.

Der Linke nickte knapp, schob mich durch die Tür, schloss sie dann und fragte: »Ja, bitte?«

»Mein Name ist Baumeister, ich hatte gestern einen Termin mit Marcus Straubing. Ich bin in einer Klemme. Ich bin Journalist und weiß nicht, was ich davon halten soll, wenn der Straubing ausflippt. Er ist nämlich ausgeflippt. Kann ich Ihnen das schnell schildern?«

Er sah mich einige Sekunden an, nickte dann und murmelte, er könne einen Kaffee brauchen. »Kommen Sie mit!« In seinem Büro wies er mir einen Stuhl an und beschäftigte sich mit einer Kaffeemaschine. Er sagte: »Es ist ja hoffentlich kein Trick?«

»Es ist kein Trick«, versicherte ich. »Und außerdem schreibe ich nicht morgen drüber. Ich bin da etwas langsamer.«

Er war ein sehr ruhig wirkender Mann. Seine Bewegungen waren schnell und selbstverständlich, sehr zielsicher. Er hatte ein offenes Gesicht unter kurzem, schwarzem Haar, und seine Augen waren von einem hellen Blau und wirkten gelassen.

Er sagte: »Gestern am späten Abend hat mir ein Fernsehsender zweitausend Euro geboten. Für die Jahre mit Marcus. Mache ich nicht, habe ich gesagt. Die haben ja wohl den Arsch auf. Wo ist er denn ausgeflippt?«

»In seinem Haus in Mürlenbach. Aber zuerst eine andere Frage. Hat dieser Fernsehsender Ihnen mitgeteilt, von wem er überhaupt von Marcus Straubing wusste?«

»Nein. Das wurde nicht gesagt, aber es ist mir gesagt worden, dass das alles zusammenhängt: Die drei Toten, Marcus Straubing, dann irgendeiner aus der Unterwelt, ein Gangster oder so. Stimmt das?«

»Bisher auf keinen Fall, bisher reagieren die Medien nur hysterisch. Es wird nur untersucht, aber bisher deutet nichts darauf hin. Noch eine Frage: Ist Ihnen gesagt worden, dass das möglicherweise mit Drogen zusammenhängt?«

»Nein. Drogen? Nein. Können Sie mir denn erzählen, in welchem Raum Sie bei Marcus waren?«

»Der Raum war sehr groß und hatte einen offenen Kamin. Das Feuer brannte. Da gab es eine große mehrteilige Türengruppe auf eine große Terrasse hinaus.« Ich musste unwillkürlich lachen. »Kann ich Ihnen schildern, was er zertrümmert hat?«

Er lachte sofort und nickte. »Ja, bitte.«

»Zuerst erwischte es einen Schaukelstuhl. Er hat ihn mit voller Wucht zertreten. Das Holz brach auf den Bodendielen. Dann hat er mit Holzscheiten um sich geworfen.«

»Sind die Dielen gelackt, oder sind sie gewachst?«

»Gewachst.«

»Und wo nahm er die Holzscheite her?«

»Aus einer geschmiedeten Wanne neben dem Kamin, Vierkantstahl würde ich sagen.«

»Die habe ich hier gemacht«, nickte er. »Okay, Sie waren tatsächlich drin.«

»Sie arbeiten für ihn?«

»Manchmal, aber nur dann, wenn irgendetwas aus Eisen geschmiedet werden muss. Ich habe auch mal einen zerbeulten Ferrari für ihn wieder in Ordnung gebracht. Aber man muss ihm vorher sagen: Das kostet soundso viel und keinen Euro weniger, und dann geht es gut. Wenn du ihm die Möglichkeit gibst, mit dir zu feilschen, dann tut er das auch. Warum ist er denn ausgeflippt?«

Ich schilderte ihm den Vorgang, erwähnte auch Bludenz und ließ nichts aus, auch nicht den rätselhaften und brutalen Angriff mit dem Holzscheit.

Er überlegte ein Weile und nickte dann: »Das ist Marcus live. Das war schon immer so. Auch die Behauptung, sein Vater sei ein weiser Mann gewesen. Das stimmt überhaupt nicht, der Alte war eigentlich furchtbar, er war erschreckend geizig, und er hat Marcus verprügelt, manchmal ohne Grund. Das war so schlimm, dass Marcus behauptet hat, er hätte den ganzen Tag Schule, nur um dem Alten auszuweichen. Er schlief dann bei uns zu Hause. Also, in dieser Beziehung war er ein armes Schwein, er hatte kein richtiges Elternhaus. Die Mutter war dauernd krank, der Vater war ganz krass und kleinkariert. Der Vater hat auch geschrien, Marcus wäre schuld am Tod seiner Mutter. Das habe ich selbst gehört und das war wirklich der reine Blödsinn. Marcus wurde immer komischer, sage ich mal. Er flippte aus, wenn ihm was nicht passte. Wir hatten damals einen Mathelehrer, der davon gehört hat. Der sagte: Du brauchst einen Therapeuten. Marcus ging dann zu einem Therapeuten, aber nur kurz. Er sagte, der Therapeut wäre ein Idiot und hätte keine Ahnung.«

»Hatte er Freunde?«

»Eigentlich nicht. Ja klar, ich war da. Aber für mich war das auch schwer, denn er benahm sich komisch, und wenn er ausflippte, kannte er mich nicht. Das war so, als hätte er zwei Leben, eines für die normale Zeit und eines für die Zeit, in der er neben der Spur lief. Da gab es ein Mädchen damals, kurz vor dem Abi. Die Rieke. Also, sie hieß Ulrike. Die wollte er haben, aber die wollte nicht, sie stand nicht auf ihn. Wir waren so achtzehn, neunzehn damals. Da geht er eines Abends hin und legt ihr zwei oder drei Hundertmarkscheine hin. Er sagt kein Wort dazu, legt einfach das Geld hin. Die war natürlich sauer, weil das so aussah, als könnte man sie kaufen. Sie nimmt die Scheine und schmeißt sie einfach weg. Sie steht auf und geht weg. Da flippte er aus und brüllte rum. Da ist er sogar auf mich losgegangen. Er kannte keinen mehr aus der Runde. Er war einfach in einem verrückten Zustand. Das war sehr schlimm, das kannst du mir glauben, und wir wussten ja auch nicht, was man da machen kann. Am nächsten Tag tut er so, als wäre das alles nicht gewesen, und er sagt: Hallo Rieke! Alles klar? Also, das Mädchen hatte richtig Angst, würde ich sagen.«

»Gibt es das Mädchen noch, lebt sie irgendwo in der Nähe?«

»Sie hat einen Winzer aus Traben-Trarbach an der Mosel geheiratet, sie haben zwei Kinder, glaube ich. Wenn man sie nach Marcus fragt, fängt sie noch immer an zu zittern.«

»Was ist mit Geld? Er verdient ja nun ziemlich viel. Wie benimmt er sich auf dem Sektor?«

»Der Vater war ja geizig, sagte ich schon. Marcus kriegte überhaupt kein Taschengeld, er musste es sich verdienen. Wenn er mal Geld haben wollte, musste er das beim Vater verdienen, sonst nirgendwo. Ich habe ihm mal Geld geliehen, er wollte es sofort zurückzahlen, kein Problem. Es war auch nicht viel, zwanzig Mark oder so. Der Vater hat es irgendwie herausgekriegt, und Marcus musste zwei Tage lang, acht Stunden am Tag Mahnbriefe an Kunden schreiben. Das war wirklich krass. Viel krasser war aber, dass Marcus von seinem Vater ein Schreiben vorgelegt bekam. Auf dem stand: *Ich habe von meinem Freund Jamali zwanzig Mark geliehen. Ich zahle ihm das Geld im Namen meines Vaters zurück. Es wird nie mehr vorkommen.* Ich habe gesagt, du kannst so etwas nicht unterschreiben, das ist doch krank. Aber er unterschrieb. Ich glaube, sein Leben ist ganz klein, es richtet sich nach Cent und Euro, oder nach Dollar. Etwas anderes kann er gar nicht mehr denken. Das ist auch mit seinem neuen Haus in Mürlenbach so. Er kann dir genau sagen, wie viel er an jeder Kleinigkeit in dem Bau verdiente. Er sagt: ›Es hat einen Wert von gut zwei Millionen, aber bezahlt habe ich nur anderthalb!‹ Das hat er mir bei der Einweihung vor zwei Jahren gesagt. So ist er eben.«

»Ist er gierig?«

»Aber ja.«

»Wie steht er denn zu diesem Bludenz?«

»Das weiß ich nicht. Er wird ihn benutzen. Manche Leute bei ihm sind Schraubenzieher, manche Hammer, manche Dietrich, manche Messer. Er nennt sie auch so. Das richtet sich danach, wie er sie benutzen kann.«

»Wie ist er in der Gruppe, im Team? Bringt er sich ein?«

»Er weiß gar nicht, was Gruppe oder Team überhaupt ist, er lebt allein für sich, er hat keine Freunde, er ist ein armes Schwein. Er war immer schon ein armes Schwein.«

»Danke«, sagte ich.

16. Kapitel

Ich fuhr nach Hause, Tessa war schon weg, wahrscheinlich bei Rodenstock oder bei Kischkewitz oder in Trier. Sie hatte einen kleinen Zettel auf den Esstisch gelegt. *Meine Drohung lautet: Ich komme wieder!* Mein Kater lag auf meinem Sessel und schlief tief und fest.

Ich rief die Eltern von Gaby Schirmer an, der Vater war am Apparat.

»Mein Name ist Baumeister, ich lebe in der Eifel und schreibe über sie. Kann ich Ihnen ein paar Fragen zu Ihrer Tochter Gaby stellen?«

»Nicht so gerne«, sagte er trocken. Er hatte eine tiefe Stimme, wirkte sehr ruhig und sehr bestimmt. »Wie lauten denn die Fragen?«

»Wie sie gelebt hat, wie ihr Alltag aussah.«

»Das klingt so, als hätten Sie großartige Geheimnisse ausgegraben. Wie sehen die denn aus?«

»Ich habe nicht einmal ein einziges Geheimnis ausgegraben, ich habe, ehrlich gestanden, gar nichts.«

»Meine Tochter lebte in diesem Haus, in einer Einliegerwohnung. Wir kannten ihr Leben nicht.«

»Sie nehmen es mir sicher nicht übel, wenn ich das nicht glaube.«

Er räusperte sich und sagte: »Wir haben in den vergangenen Tagen erlebt, dass unser Kind durch alle möglichen schlechten und dreckigen Kellergewölbe des Lebens gezogen wurde. Es war die eisige Kunst, aus Gerüchten Nachrichten zu machen, es war die höllische Möglichkeit, aus irrwitzigen Denkweisen Tatsachen zu schmieden. Sie nehmen es mir nicht übel, wenn ich nicht Teil dieser Welt sein kann. Nichts von Friedfertigkeit, nichts von der gebotenen Vorsicht, das Leben meiner Tochter unberührt zu lassen. Jetzt, da sie sich nicht wehren kann. Vielleicht ist es besser, Sie sprechen mit meiner Frau.«

Das, was er sagte, tat richtig weh. »Wenn das geht. Da wäre ich Ihnen dankbar.«

»Moment, ich verbinde Sie.«

Es gab einige Geräusche, dann meldete sie sich. »Schirmer.«

Ich wiederholte das, was ich schon dem Vater gesagt hatte. Ich bat sie um ein Gespräch. »Ich möchte einfach wissen, wie sie lebte, über was sie gerne mit Ihnen sprach, und so weiter.«

»Wenn Sie meinen, dass ich das kann.« Eine kleine, vorsichtige Stimme, ein Säuseln nur. Das war alles.

»Ist es Ihnen recht, wenn ich in einer halben Stunde bei Ihnen bin?«

»Kommen Sie nur.«

Ich fuhr also gemächlich nach Daun und dachte unterwegs darüber nach, wo denn Horst Walbusch und Gaby Schirmer gelebt haben mochten. Wenn die Ehefrau von Walbusch eindeutig angab, er sei oft abends verschwunden, dann musste ich die gleiche Auskunft von der Mutter der Gaby Schirmer bekommen. Jedenfalls nach logischen Gesichtspunkten. Wahrscheinlicher war aber wohl das Fehlen jeder Logik.

Sie hatten ihr privates Häuschen oben auf den Wehrbüsch gebaut, und es machte den Eindruck, als seien sie in ihrem Leben erfolgreich gewesen. Der Studienrat hatte wohl die geistige Nahrung mitgebracht, und sie das Geld aus ihrer Apotheke.

Ich klingelte, Frau Schirmer öffnete mir. Sie war eine überraschend schöne, alte Dame mit langem, silbernem Haar und ganz neugierigen, braunen Augen. Sie lächelte leicht und sagte: »Kommen Sie doch durch.«

Vom Wohnzimmer aus konnte man über ganz Daun blicken, und gegenüber stand die alte Dauner Burg im hellen Sonnenschein.

»Trinken Sie einen Tee mit mir?«

»Aber gerne«, nickte ich.

»Sie können Zucker oder Milch nehmen – oder beides. Ja, ich weiß nicht recht, wie ich Ihnen helfen kann. Die Gaby hat ja in der Einliegerwohnung unter uns gelebt. Aber wir hatten nicht viel mit ihr zu tun. Sie hatte ja einen Dreischichtenalltag, sie lebte sozusagen neben uns, aber nicht mit uns. Und außerdem haben wir ja noch beide unsere Berufe. Also, wir sahen uns selten, wenn Sie verstehen, wie das hier ablief.«

»Aber sie war doch Ihre Tochter«, wandte ich ein.

»Ja, das wohl, das war sie. Aber sie war ja ganz heikel, wenn man sich einmischte. Kürzlich war sie schwer erkältet, und ich sagte ihr, sie gehöre zwei, drei Tage ins Bett. Da wurde sie richtig zornig und sagte: ›Mutter, das ist immer noch meine Erkältung!‹« Sie lächelte ein wenig hilflos. »Aber was soll man da machen? Sie ist nun einmal so, also, sie war nun einmal so wie sie ist. Sie ließ sich nie reinreden. Die Wäsche, zum Beispiel, das war ein richtig schwieriger Punkt. ›Kind‹, sagte ich immer, ›leg die Wäsche und alles raus, was du gewaschen haben willst.‹ Also die Jeans und die T-Shirts und die Hemden. Ich komme meistens gegen halb sieben aus der Apotheke, und ich habe Zeit für die Wäsche und so. Aber nein, sie ließ sich das nicht nehmen, sie machte alles selbst, sogar die Bettwäsche. Mein Mann sagt immer: ›Du musst sie lassen.‹ Aber ich habe gedacht, sie hat ja einen schweren Dienst. Aber das wollte sie alles nicht. Sie hat nie etwas angenommen, also keine Hilfestellung, meine ich.«

»Wie war sie denn als Kind, Frau Schirmer?«

»Also, der reine Wildfang. Wir konnten sie nie bändigen. Immer in Bewegung. Wir sind mal zum Baden an das Gemündener Maar gefahren. Und sie hat den Badeanzug an und rennt los. Ich sehe das und schreie: Halt! Aber sie ist schon im Wasser. Und sie konnte nicht schwimmen. Aber, sie schwamm, sie paddelte wie ein Hund, und damit war das Thema durch.«

»War sie denn ein schwieriger Teenager?«

»Nein, eigentlich nicht. Sie war wohl wie alle. Sie entdeckte das Leben und fand das herrlich. Das weiß ich genau, weil sie das auch sagte. Erste Liebe und so. Du lieber Gott, hat sie gelitten. Das war ihr Sportlehrer, so ein drahtiger, kraftvoller Typ. Ach Gott, hat sie gelitten! Aber irgendwann waren es dann Gleichaltrige, und sie wurde etwas vernünftiger.«

»Wie kam es denn eigentlich zu dem Beruf Polizistin? Ich meine, das kommt ja nun seltener vor.«

»Es war ein langer Weg«, erklärte sie nüchtern. »Sie wollte studieren, aber dann passte dies nicht und jenes nicht. Und irgendwann sagte sie: ›Mama, ich glaube, ich gehe zur Polizei.‹ Ich dachte, ich höre nicht richtig. Aber sie wollte es, und ich glaube, sie war auch glücklich damit.«

»Ihre Tochter war eine schöne Frau. Eigentlich nimmt man an, dass sie umschwärmt wird. Normalerweise musste da doch bald eine Hochzeit kommen. Aber das wollte sie wohl nicht, oder?«

»Sie hat über die Jahre gesagt, sie findet nicht den richtigen Mann. Das wäre schwer. Bis dann dieser Kollege auftauchte, dieser Horst Walbusch. Sie sagte, der wäre verheiratet, aber er ließe sich scheiden, jedenfalls hätte er das fest vor. Sie sagte: ›Ich liebe ihn!‹ Ich sagte: ›Kind, sei vorsichtig!‹ Aber natürlich hat sie sich von mir nichts sagen lassen. Sie sagte dann, sie hätte auch beruflich was mit dem vor. Sie wollten zusammen zur Kripo gehen. Also nach der Scheidung. Und dann nahmen sie die Einliegerwohnung bei Tante Anne, was ja gar nicht bekannt ist. Wir haben diesen Kripoleuten nichts davon gesagt, weil wir dachten, das finden die sowieso raus. Mein Mann hat gesagt: Das ist Gabys heimliche Höhle, und die geht niemanden was an. Er liebt ja diese Vergleiche. Aber ich habe alle Interviews in den Medien abgelehnt, genauso wie mein Mann. Wir wollten uns da nicht reinziehen lassen. Und die Medien sind ja hart heutzutage, und wenn du mal was sagst, was durchaus auch mal heikel sein kann, dann kannst du nicht zurück, dann ist es halt gesagt. Und es war immer ein Tonband oder ein Film dabei, und schon ist es passiert. Ich möchte auch, dass Sie das nicht öffentlich machen, das mit der Einliegerwohnung bei Tante Anne. Die will von den Medien schon gar nichts wissen. Das ist meine ältere Schwester. Oh Gott, ich muss da unbedingt hin und ihre Sachen rausholen und so. Aber morgen ist ja erst mal die Feierstunde in Trier. Eigentlich will ich das nicht, das mit den vielen Menschen. Aber man hat uns gesagt, das wäre in diesem Fall nicht zu umgehen. Und der Ministerpräsident kommt ja auch, und er wird ein Wort an uns richten. Mein Mann sagt, er überlegt immer noch, ob er hinfährt. Aber ich werde hinfahren. Und zwei Tage später wird sie hier bei uns beerdigt. Dann haben wir zwei Töchter auf dem Friedhof liegen. Wissen Sie, es ist schrecklich, zwei Kinder zu verlieren, ganz schrecklich. Uns ist nichts geblieben, nur eine ganz große Leere.«

»Ihre Tochter Marlene ist wohl Opfer eines Unglücks geworden, nicht wahr? Das ist mir erzählt worden.«

»Ja. Sie stürzte von einem Felsen in Gerolstein. Man denkt immer: Das überlebst du nicht. Aber irgendwie geht das

Leben weiter.« Sie starrte auf ihre Schuhe hinunter. »Du denkst schon: Was soll ich eigentlich noch hier? Ich habe gar keine Tränen mehr.«

»Wo wohnt denn diese Tante Anne eigentlich?«

»In Dockweiler, gleich bei der Kirche. Sie hat da neu gebaut. Aber sie heißt nicht Schirmer, sondern Lothmann, sie ist verwitwet.«

»Sagen Sie, Frau Schirmer, hat Ihre Tochter Gaby jemals erwähnt, dass sie hinter den Dieben von teuren Autos her war?«

»Nein, das hat sie nicht. Aber sie erzählte ja auch kaum was von ihrem Beruf. Sie sagte immer: ›Mutter, das willst du gar nicht wissen, das ist nichts für deine heile Welt.‹« Sie sah mich an, in ihren Augen stand das blanke Elend, und wahrscheinlich war sie ohne Hoffnung.

»Kann ich Sie anrufen, wenn ich noch Fragen habe?«

»Ja, das können Sie. Sie haben ja die Nummer.«

»Vielen Dank für den Tee.«

»Sie haben keinen Schluck getrunken«, bemerkte sie nicht ohne Spott.

»Na ja, es war ja nicht gerade ein Gespräch beim Tee«, murmelte ich.

»Da haben Sie recht«, sagte sie.

Sie stand vor mir, klein aber unbezwingbar wie ein Berg. Aber sie weinte, und ich griff sie sanft bei den Schultern und sagte: »Gehen Sie davon aus, dass ich dankbar für Ihre Offenheit bin. Ich wünsche Ihnen allen Mut, den Sie brauchen.«

Dann setzte ich mich in mein Auto, fuhr in die Dauner Kaffeerösterei und bestellte mir eine herbe Schokolade mit einem Schuss Sahne.

Natürlich, die beiden hatten sich geliebt, und sie hatten ein Zuhause gebraucht.

Ich fuhr nach Dockweiler.

Das Haus lag an einem Hang, und es wirkte sehr solide. Auf dem Klingelschild stand *Lothmann*. Sonst nichts. Ich schellte und hoffte inständig, es würde so etwas wie Spuren geben.

Die Frau, die mir öffnete, hatte einen runden Rücken und ging, als bereitete es ihr Schmerzen.

»Ich komme von Ihrer Schwester in Daun«, sagte ich. »Ich habe lange mit ihr über Gaby gesprochen. Sie nannte mir diese Adresse. Kann ich diese Einliegerwohnung denn mal sehen?«

»Sind Sie von der Polizei?« Sie hatte ein sehr blasses Gesicht, aber sie zeigte die gleiche Schönheit wie ihre Schwester. Ihre Augen waren unterlaufen, wirkten wie erlahmt.

»Nein, das bin ich nicht. Aber wenn Sie unsicher sind, kann ich auch die Polizei rufen. Ich meine, ich muss der sowieso sagen, dass ich diese Wohnung gefunden habe. Ich kann auch eine Staatsanwältin rufen, die diese Mordfälle bearbeitet. Kein Problem.«

»Sie wollen die Wohnung nur sehen?« Sie war misstrauisch.

»Ich will sie nur sehen, sonst nichts.« Ich erklärte ihr meine inoffizielle Zusammenarbeit mit der Kriminalpolizei.

»Dann mache ich Ihnen auf. Gehen Sie einfach um das Haus herum.«

Ich tat, was sie mir sagte. Die Einliegerwohnung hatte drei große Fenster, an allen dreien waren die Rollläden heruntergelassen.

Tante Anne machte mir auf und sagte: »Wissen Sie, die beiden hatten hier ihr Nest, und ich habe geschworen, ich schade ihnen nicht. Niemals. Und auch nach ihrem Tod will ich das nicht. Aber Sie wollen nichts mitnehmen?«

»Ich will nichts mitnehmen, Frau Lothmann, das versichere ich Ihnen. Ich will es nur sehen und dann bin ich auch schon wieder weg. Aber die Polizei wird irgendwann kommen, das muss sein.«

»Na ja,« sagte sie. »Das weiß ich auch. Also, ich habe den Medien nichts gesagt, und sie waren hier ja auch nicht. Aber bei der Frau vom Horst, da waren sie im Garten, habe ich gehört. Meine Schwester hat gesagt, wir müssen sie behüten. Na, dann kommen Sie mal.« Sie ging vor mir her und öffnete einfach eine Tür. »Hier geht es rein, dann kommt gleich der große Wohnraum. Die Möbel habe ich bestellt, damit sie nichts damit zu tun hatten, alle Möbel, alle Teppiche, alle Lampen, den ganzen Zinnober. Bei IKEA, aus dem Computer. Ich habe die auch bezahlt und sie haben mir dann das Geld gegeben. Es war ein Glück. Ich habe nach dem Tod meines Mannes noch nie so viel gelacht und so viel Spaß gehabt. Das können Sie mir glauben. Und dann kamen sie immer und haben gefragt: Tante Anne, hast du noch was von deinem Griebenschmalz? Verdammte Kacke, wer hat die bloß umgebracht? Wer macht so was?« Sie holte irgendwoher ein Taschentuch, schob die Brille auf die Stirn und wischte sich über die Augen.

Sie hatten im Wohnraum zwei große, solide Tische nebeneinander an die Fensterseite gestellt. Zwei braune, lederne Bürostühle. Auf den Tischen zwei Bildschirme, zwei Tastaturen, unter den Tischen eine Menge Strippen ohne Bedeutung. Keine Rechner.

»Wo sind die Rechner?«, fragte ich schrill. »Da fehlen die Rechner. Wo sind die?«

»Am Tag vor dem Tod kamen nachmittags zwei Männer und sagten, sie kämen von Horst Walbusch und sollten die Rechner abholen. Es kämen dann zwei neue. Ich stand dabei und habe zugesehen, wie sie die Rechner von den Leitungen losgemacht haben und dann nach draußen brachten. Aber die neuen kamen nicht, stattdessen nur ganz früh am Morgen diese schreckliche Nachricht von den Toten.« Sie sah mich an, ihr Blick wurde fern, sie schreckte zusammen und fragte zitternd: »War falsch, nicht?«

»Das war falsch«, musste ich leider zustimmen. »Aber Sie konnten das nicht wissen, machen Sie sich keine Vorwürfe. Ich rufe jetzt die Staatsanwaltschaft an. Irgendwann muss es sowieso sein, Frau Lothmann.«

»Ja«, sagte sie unsicher. »Die beiden Männer waren mit einem VW-Transporter hier. Hatte ein Dauner Kennzeichen, das weiß ich. Die Männer sahen aus wie Eifeler, also ganz normale Kerle, so um die dreißig oder höchstens vierzig. Der Transporter war weiß, das weiß ich auch noch. Stand auch nichts drauf, also keine Firma, keine Reklame.«

Ich rief Rodenstock an und sagte ihm, was zu sagen war. Er sagte, er werde sofort mit Tessa kommen.

»Es kommt eine Staatsanwältin, Frau Lothmann. Dann werden Sie von der Mordkommission angehört. Aber keine Bange, da passiert nichts, das läuft alles ganz ruhig.«

»Es war so eine schöne Zeit«, sagte sie und weinte still.

Ich ging die Wohnung ganz langsam ab, Raum für Raum. Es war farbig, alle Räume hatten etwas Fröhliches, ganz bunte Kissen und grellfarbene Bettwäsche. Das Bad war mit Möbeln in verschiedenen Farben eingerichtet und über der Badewanne hatten sie ein Bild von Loriot aufgehängt, in dem zwei Männer darüber streiten, ob eine Badeente in die Wanne darf oder nicht. Sie hatten im Flur eine kleine Korkwand für Spickzettel angeschafft. Ein Zettel daran lautete: *Mein erstes Kind wird ein Junge, und er soll Sky heißen.* Darunter hing ein Zettel von ihm: *Das ist kein Name, das ist ein Zustand.* Darunter ein Zettel von ihr: *Ist Horst vielleicht ein schöner Name?* Darunter ein Zettel von ihm: *Jedenfalls kein Zustand!*

Sie haben ihre Liebe gelebt, dachte ich. Ich hatte plötzlich das Bedürfnis, einfach still zu sein.

»Haben Sie eine Zigarette?«, fragte Frau Lothmann. Sie hatte sich auf einen der Stühle um einen runden Esstisch gesetzt. »Ich habe meine letzte Zigarette vor fünfzig Jahren geraucht. Jetzt hätte ich gern eine.«

»Wenn Sie ein weiches Papier haben, kann ich Ihnen eine mit Pfeifentabak drehen«, sagte ich.

»Ich glaube, so was habe ich nicht. Dann lieber nicht«, teilte sie mit. »Die beiden waren richtig glücklich hier.«

»Das glaube ich. Haben sie jemals etwas von einer Bedrohung gesagt? Gab es jemanden, der sie bedrohte?«

»Nein, davon habe ich nichts mitgekriegt. Soll ich nicht mal die Rollläden hochziehen?«

»Wie Sie wollen. Aber besser nicht, dann kann auch keiner reingucken.«

»Ich habe hier auf dieser Seite aber keine Nachbarn.«

»Das macht nichts. Wenn jemand spitzkriegt, dass die beiden Toten hier gewohnt haben, dann bekommen Sie ganz schnell jede Menge Besuch.«

»Das ist wohl so. Das fanden sie an dieser Wohnung ja auch so gut. Sie konnten ihre Autos hier herunterfahren, und kein Mensch sah die. Ach, da klingelt es.« Sie stand auf und verschwand ins Treppenhaus.

Tessa und Rodenstock kamen herein und nach ihnen wieder Anne Lothmann.

»Das ist es also, was wir suchten«, murmelte Rodenstock. Er drehte sich herum. »Frau Lothmann, wenn Sie uns bitte allein lassen würden? Wir kommen gleich zu Ihnen hinauf.«

»Wieso hat niemand danach gefragt?« Tessa war verblüfft.

»Weil niemand auf die Idee gekommen ist, dass sie eine Wohnung zusammen hatten«, sagte ich. »Wie kannst du nach etwas fragen, von dem du nicht einmal eine Ahnung hast?«

»Die Rechner sind weg!«, sagte Rodenstock explosiv.

»Ja. Und die Anne Lothmann erzählt eine ganz normale Geschichte dazu. Es kamen zwei Leute von Horst Walbusch und sagten, sie sollten die Rechner abholen, und es kämen dann neue. An dem Tag bevor sie starben. So einfach war das.«

Tessa hockte sich auf einen der Bürostühle. Sie fuhr sich mit den Händen durch das Gesicht. »Wir brauchen hier die Spurenleute, sofort. Hat die Frau Lothmann gesagt, wann sie hier eingezogen sind?«

»Ich habe nicht danach gefragt. Dürfte anderthalb oder zwei Jahre her sein. Sie wird es sicher ganz genau wissen. Achtung! Der Papierkorb da ist voll! Nicht vergessen!«

»Glaubst du, ich vergesse irgendetwas?« Tessa war augenblicklich sauer, ihre Stimme war schneidend.

»Lasst es gut sein«, sagte Rodenstock sanft. »Niemand vergisst irgendetwas.«

»Ich habe nicht angenommen, dass du irgendetwas vergisst«, sagte ich. »Auf die Idee bin ich nicht gekommen.« Dann ging ich hinaus auf die mit Kunststein ausgelegte Fläche, auf der die beiden ihre Autos abgestellt hatten. Der Blick ging weit über eine Neubausiedlung zu den dahinterliegenden Wäldern.

Ich rief Sarah Bitter in Hillesheim an, die Freundin seit Kindertagen, die mit der Gaby Schirmer nahezu alles geteilt hatte.

»Haben Sie eine halbe Stunde Zeit für mich?«

»Wann denn?«

»Ich kann in zwanzig Minuten bei Ihnen sein.«

»Ja, gut. Aber es darf nicht lange dauern, ich muss auf einen Geburtstag.«

Ich gab Tessa und Rodenstock Bescheid, wohin ich fahren wollte, und setzte mich in mein Auto. Es war wohl die Zeit gekommen, in der wir langsam begreifen lernten, was da abgelaufen war. Es war eine schmerzliche und brutale Geschichte.

Es war wohl ein Geburtstag, an dem man zeigte, wie gut man gekleidet war. Sie trug hohe, knallrote Schuhe zu schwarzen Leggins und dazu ein sehr kurzes, rotes Kleidchen, auf das große, schwarze Tulpen gedruckt worden waren. Sie sah gut aus, und sie wirkte ruhig.

»Ich habe die Wohnung in Dockweiler gefunden. Sie wussten davon, nicht wahr?«

»Ja, ich wusste davon. Aber wir hatten ausgemacht, nicht darüber zu reden, mit keinem. Und die Zeitungen und das Fernsehen, die darüber berichteten, haben ja gezeigt, was die Medien daraus machen. Liebe im Streifenwagen und Ähnliches. Es war doch Gesülze, weil niemand etwas Wirkliches wusste. Und jeder wurde durch den Kakao gezogen. Besonders Gaby. Jeder hat seiner Fantasie freien Raum gelassen. Die schöne Frau in der Uniform, die jeder haben wollte, solche Dinge. Ich habe manchmal gedacht: Wie gut, dass die beiden das nicht mehr mitkriegen.«

»Ihr Tod hat uns Medienmenschen aber davon überzeugt, dass sie für irgendetwas bestraft werden sollten. Wir wissen nicht, wofür. Wir wissen nur, dass es tödlich war. Hat Gaby irgendwann einmal gesagt, dass irgendjemand sie bedrohte?«

»Nein, das hat sie einwandfrei nicht. Das wüsste ich, das hätte ich nicht vergessen.«

»Hat Gaby erwähnt, dass der Horst und sie für irgendeinen Menschen bedrohlich werden? Weil sie zum Beispiel irgendetwas in Erfahrung gebracht haben, was andere bedrohte?«

»Also, so direkt nicht.«

»Was heißt das jetzt genau?«

»Das heißt, dass ich es eben nicht genau weiß.«

»Lassen Sie mich auf eine andere Weise an dieses merkwürdige Thema herangehen. Ich weiß, dass ich Ihnen dabei Schmerzen zufüge, aber ich denke, das können Sie aushalten.«

»Ein Kaffee?« Sie wusste wahrscheinlich, mit welchem Thema ich kommen würde, und sie versuchte, es hinauszuziehen.

»Ja, danke, gern.«

Sie ging in die kleine Küche, die Kaffeemaschine wurde angestellt, Geschirr klapperte.

»Wir müssen uns über Marlene unterhalten, Gabys Schwester.«

»Ich habe gewusst, dass Sie mit Marlene kommen würden.« Sie kam mit den Kaffeebechern zurück und stellte Milch und Zucker daneben. »Bedienen Sie sich.«

Ich nahm Zucker, viel Zucker, ich brauchte viel Energie.

»Ich habe mir gedacht, dass Ihre Freundin Gaby sehr nahe an den Mann herangerückt ist, der ihre Schwester schwängerte und sich dann für nicht zuständig erklärte. Ein mieses Machoverhalten. Es war Marcus Straubing, nicht wahr?«

»Ja, das war Marcus Straubing. Von Anfang an. Ich habe mir schon gedacht, dass Sie das herausgefunden haben. Haben Sie ihn selbst befragt?«

»Nein, habe ich nicht. Und ich möchte Sie auch bitten, das mit keinem Wort zu erwähnen. Kein Wort zu irgendwem, das könnte neues Unglück auslösen.«

»Wie sind Sie darauf gekommen?«

»Ich war bei Marcus Straubing. Und bei diesem Gespräch flippte er aus, weil ich einen Mann erwähnte, mit dem er irgendwie zu tun hat. Er will aber, dass niemand diese Verbindung kennt, denn dieser Mann ist ein Gangster oder Ähnliches. Also jemand, mit dem man als solider, ehrbarer Bürger eigentlich nichts zu tun haben will.«

»Sie reden jetzt von diesem Mann aus der Tschechei, oder? Gaby hat den erwähnt.«

»Ja, ich rede von Mirko Slavic, der auch Mirkoboy genannt wird. Soweit ich das beurteilen kann, ist der Mann sehr gefährlich. Aber bleiben wir erst einmal bei Marcus Straubing. Wie sicher ist es denn, dass er der Vater dieses ungeborenen, kleinen Wesens war?«

»Wir waren da immer sehr sicher«, antwortete sie. »Also, das war für uns keine Frage, das konnte nur Marcus Straubing sein.« Sie überlegte ein paar Sekunden. »Der Straubing war bekannt dafür, dass er eine Frau nimmt und sie anschließend nicht mehr kennt. Es passierte im Bett, und er drehte sich ab und hatte sie schon vergessen. Ganz komisch, wie ich mal sagen will. Irgendwie war es immer so, als wollte er mit den Frauen unbedingt nicht irgendwann ins Bett, sondern sofort und jetzt und hier. Wenn das passiert war, kümmerte er sich nicht mehr um sie. Es war so krass, dass er die Frauen auf der Straße nicht einmal mehr grüßte. Irgendwie krankhaft. Ich will sagen, das war uns immer unheimlich. Da liefen Gerüchte, dass er regelrecht ausflippt, wenn die Frau nicht so wollte wie er.«

»Hat die Marlene das auch so gesagt?«

»Nein, das hat sie nicht. Aber sie war total durcheinander. Sie hatte einwandfrei was mit dem, das hat sie der Gaby auch gesagt. Sie sagte: ›Der tut so, als kennt er mich nicht, aber gestern lag ich noch im seinem Bett.‹ Sie hat nur noch geheult. Wir haben gesagt, sie hat sich in den verliebt, da müssen wir etwas unternehmen, sonst dreht sie durch. Er kann sehr charmant sein, er hat das Zeug dazu, eine Frau um den Finger zu wickeln. Eines Nachts hat sie Gaby erzählt, er hätte ihr Geld angeboten. Er zahlt ihr soundso viel, und sie hält den Mund.

Marlene war damals nicht die einzige Frau, der er Geld angeboten hat. Marlene war nervlich irgendwie am Ende, sie meinte es ernst mit dem Typen. Sie ging zu ihm, das wissen wir genau. Sie sagte ihm, dass sie schwanger war. Auch das ist sicher. Und er antwortete, das ginge ihn nichts an. Es war zu spät.«

»Wie lange ging die Geschichte?«

»Fünf oder sechs Monate, wir wissen das nicht genau.«

»Und Marlene hat gesagt, sie spricht mit der Mutter?«

»Ja, hat sie auf jeden Fall. Sie hat auch gesagt: Ich bin schwanger. Das lief so ab, Sie können mir das glauben.«

»Oh, ich glaube Ihnen«, versicherte ich. »Wir müssen aber noch einmal zurück zu Marcus Straubing und diesem Gangstertypen, den ich leider noch nicht persönlich kenne. Gaby hat also die ganzen Jahre hindurch gewusst, dass es Straubing war, der den Freitod ihrer Schwester auslöste. Dann kam aber noch etwas hinzu. Etwas, was mit der Marlene überhaupt nichts zu tun hatte. Ist das so richtig?«

»Das stimmt«, sagte sie zögerlich. »Vor zwei Jahren, ungefähr zu dem Zeitpunkt, als Horst und sie in die Wohnung bei der Tante Anne in Dockweiler einzogen, hat Gaby mir erzählt, dass Straubing neuerdings Fehler über Fehler macht, und dass sie jetzt an ihn herankönnen, der Horst und sie. Bis dahin konnte Gaby gar nichts tun, denn die Sache mit Marlene war ja nichts Ungesetzliches. Sie war furchtbar, aber der Straubing war damit nicht zu fassen. Gaby sagte mir, es ginge jetzt um Drogen und um sehr viel Geld, jetzt sei Straubing zu gierig geworden.«

»Hat sie Einzelheiten erwähnt?«

»Nein, hat sie nicht. Sie sagte nur: ›Wenn ich dann vor Straubing stehe und mit ihm allein bin, werde ich ihm sagen: *Schöne Grüße von meiner Schwester Marlene!* Und leider kann ich dann nicht schießen.‹«

17. Kapitel

Ich wusste, dass ich ohne Timo Walbuschs Hilfe nicht weiterkommen würde. Oder einfach formuliert: Er konnte mir wahrscheinlich sagen, an welcher Ecke in diesem Dickicht ich besser Angst entwickeln sollte und welche voraussichtlich harmlos war. Das jedenfalls hoffte ich.

Ich stand noch vor Sarah Bitters Haus, als ich ihn anrief.

»Ich weiß nicht, wo du bist, und was du treibst, aber ich könnte deine Hilfe jetzt gebrauchen. Es geht noch immer um den Tod deines Bruders. Ich würde es begrüßen, wenn wir uns bei mir treffen könnten.«

»Wann soll das sein?«, fragte er.

»Ich weiß nicht recht, ich müsste erst einmal einen Happen essen.«

»Gehst du irgendwo essen?«

»Das könnte ich. Bei uns in Dreis, beim *Holzschnitzer*. Kann ich dich einladen?«

»Mit Freuden«, sagte er und unterdrückte ein Lachen. »Mein Vater macht heute Abend Grünkohl. Und da er Grünkohl todsicher genau wie meine Mutter macht, erwarte ich, dass das Ergebnis schmeckt wie Pappe. Wann?«

»Sagen wir in einer Stunde?«

Ich fuhr nach Hause und setzte mich auf mein Sofa. Ich war hundemüde und rief Tessa an.

»Eine Nachricht auf die Schnelle. Du kannst jetzt jemand zu Sarah Bitter in Hillesheim schicken. Da gibt es die Geschichte von Marlene, Gabys Schwester. Die Geschichte kennst du schon. Und der Mann, der das anrichtete, war Marcus Straubing. Und es gibt einen ersten deutlichen Hinweis darauf, dass Marcus Straubing in reiner Gier irgendetwas mit Drogen und viel Bargeld zusammen mit Mirkoboy inszeniert. Sarah Bitter sagt unmissverständlich, dass die beiden Erschossenen genau das recherchierten. Wir haben jetzt zum ersten Mal einen deutlichen Hinweis darauf, weshalb die beiden Polizisten wahrscheinlich erschossen wurden. Gaby und Horst haben die Geschichte mit den Drogen und dem Bargeld recherchiert und sind wahrscheinlich zu weit gegangen, oder sie haben sich zu weit aus dem Fenster gelehnt oder einen massiven Fehler gemacht. Bist du morgen bei der Feier in Trier?«

»Na, sicher. Ich bin die zuständige Staatsanwältin. Kommst du auch?«

»Auf jeden Fall. Dann sehen wir uns in Trier.«

»Ich will dir aber noch sagen, dass ich bei Tante Anne nicht die Fassung verloren habe. Ich bin einfach schlecht drauf. Manchmal habe ich den Eindruck, dass ich dem Druck nicht standhalten kann. Meine Leute sehen mich schon ganz mitleidig an.«

»Wenn sie dich so ansehen, dann mögen sie dich auch. So wie ich. Bis morgen.«

Ich nahm mein Manuskript über *Holz International* und legte es auf das Faxgerät. Ich schrieb Straubing, dass ich ihm für die Hilfe danke und fast immer zu erreichen bin. Und meine Handynummer schrieb ich auch dazu. Es war möglich, dass er das wie einen Hohn empfand, aber ich war der Meinung, dass man sich auch wie gebildete Europäer benehmen könnte.

Ich duschte ausgiebig, zog neue Klamotten an und tratschte nebenbei mit meinem Kater, der aber irgendwie nicht konzentriert wirkte und den Eindruck machte, als nähme er mich nicht ernst. Er nahm mich erst ernst, als ich ihm ein Stück Leberwurst schenkte und außerdem eine Katzenmilch.

Als ich beim *Holzschnitzer* ankam, stand der Jaguar schon dort. Timo Walbusch hatte einen Ecktisch gewählt, von dem aus er das ganze Lokal im Blick hatte. Er hatte einen Kaffee und ein Wasser vor sich.

»Grüß dich«, sagte er. »Was bestellt man hier?«

»Na ja, dieses Lokal hat eine Eigenart, die vor allem Biker entzückt. Man bietet den Quadratmeter Schnitzel für einen erstaunlich fairen Preis an. Das Fleisch ist erste Sahne. Sei also vorsichtig. Aber es gibt auch Datteln im Speckmantel.«

»Und du zeichnest jetzt nicht auf?« Sein Gesichtsausdruck war beileibe nicht pessimistisch, er sah so harmlos aus, als stellte er die Temperatur im Raum mit dem erhobenen Zeigefinger fest.

»Pass auf«, schnauzte ich, »ich gebe dir mein Aufzeichnungsgerät. So etwas Linkes mache ich nicht.« Ich gab ihm das kleine Gerät, und er legte es auf den Tisch. »Vielleicht ist man in deiner Welt so misstrauisch, ich kann aber damit schlecht leben. Wenn ich dich beschreibe oder dich zitiere, rufe ich dich an und bitte um Erlaubnis. Ist das soweit klar?« Dann grinste ich. »Ich könnte jetzt natürlich ein zweites und drittes Gerät laufen lassen und dich überdies mit einer Linse filmen, die du kaum erkennen kannst. Aber das lassen wir heute. Hör einfach auf mit dem Misstrauen, Junge. Außerdem übersiehst du eine Kleinigkeit: Ich bin nicht auf der Jagd nach Timo Walbusch. Ich jage einen Mann namens Straubing und einen gewissen Mirkoboy, falls man das denn Jagen nennen will. Denn eines ist jetzt glasklar: Dein Bruder und seine Gefährtin jagten diese beiden Männer. Es gibt eine erste sichere Zeugin. Und es geht um Bargeld und um Drogen. Und an der Stelle bitte ich dich um Hilfe. Es ist so, mein lieber Timo, dass ich mit Misstrauen nicht leben kann. Das konnte ich noch nie, und das will ich erst gar nicht lernen.«

Er wurde tatsächlich ein wenig verlegen, und er murmelte: »Man kann ja mal fragen.«

»Ich brauche alles über Crystal, was du in Daun erfahren hast.«

»Es war gar nicht viel«, erwiderte er knapp. »Die Jungens wollten natürlich nichts sagen, die Mädchen erst recht nicht. Das ist immer so. Dann sagte mir ein Junge, ich solle doch mal den Rainer Soos fragen, der sei gerade schwer auf Drogen. Wo finde ich den?, habe ich gefragt. Der irrt immer in der Stadt rum, hieß es, meistens da, wo er einen kleinen Klaren kaufen kann, damit er nicht ohnmächtig wird. Und da habe ich ihn gefunden, bei einem Kiosk. Und er hatte gerade einen kleinen Flachmann gekauft. Dann habe ich ihn in mein Auto gepackt und bin in den Wald. Dann seid ihr gekommen.«

»Und dann nur der Hinweis auf einen schwarzen BMW? Sonst nichts?«

»Doch, doch«, sagte er schnell. »Ich habe den schwarzen BMW geortet. Am nächsten Tag. Dabei hat mir ein Mädchen geholfen, die sowieso sauer auf die Drogis war. Also der BMW ist nicht schwarz, sondern dunkelblau. Den fährt ein Mann namens, warte mal ...« Er kramte in seiner Cordjacke herum und fischte einen Zettel heraus. »Gerd Bludenz«, sagte er dann. »Ich habe mir das von einem Bullen geben lassen, den ich von früher kannte. Unter der Hand. Dem habe ich natürlich nichts von Drogen erzählt. Also, diesen Bludenz, den werde ich mir mal greifen und dann ...«

»Lass das sein, ich bitte dich. Da brauchen wir einen etwas größeren Rahmen, um es mal vorsichtig auszudrücken. Lass den Bludenz in Ruhe, er darf nichts ahnen. Bludenz ist nur eine kleine Nummer, die für Geld wahrscheinlich alles tut. Wenn ich dir alles erzählt habe, wirst du verstehen, dass der Mann ein sehr kleiner Fisch ist. Wir jagen Größeres. Da frage ich dich einmal: Was weißt du über Marcus Straubing?«

Dann kam die Bedienung, wir bestellten Datteln im Speckmantel, und sie verschwand wieder.

»Marcus Straubing«, sagte er. »Na ja, ich weiß, wie er aussieht. Aber mehr auch nicht. Doch ja, er konnte in Daun seinerzeit kein Mädchen mehr aufreißen, sie hatten alle Angst vor dem. Irgendwie kam er nicht klar mit Frauen. Vielleicht ist er pervers oder so. Keine Ahnung. Also, ich sage mal: Sein Stern ging auf, und ich ging unter. Jetzt hat er ja ein Riesengeschäft mit Holz, aber da weiß ich nicht Bescheid. Mein Vater sagt immer, er sei einer der Großen im Gewerbe und ein achtbarer Mann. Ist ein uralter Ausdruck, ich weiß, aber wenn mein Vater das sagt, dann meint er allererste Sahne, und vollkommen legal.«

»Jetzt stell dir bitte einmal vor, dass dieser Straubing einfach Geld liebt. Und stell dir weiter vor, dieser Straubing tut sich zusammen mit Mirkoboy, eben weil sie beide Geld lieben. Es geht dabei sicher um Drogen, also zum Beispiel um Crystal, es geht aber auch um Bargeld. Wo finden die das?«

Jetzt hatte er ein ganz ernstes Gesicht, es zeigte plötzlich scharfe Linien, seine Augen lagen eine Spur tiefer in ihren Höhlen, er verschränkte die Hände ineinander und knetete sie. »Kann ich erst mal ins Unreine sprechen?« Er dachte wahrscheinlich an seine Erfahrungen in einem Leben, das immer haarscharf an den Grenzen zweier Welten verlief, zwischen legal und illegal. »Ich würde mal sagen, du kannst viel Geld verdienen, wenn du mit Frauen handelst. Die bringen echt viel Geld. Und am meisten Geld bringen sie, wenn du sie aussuchst, für die Reise sorgst, und sie dann an die

Abnehmer verscheuerst. Dann kassierst du die ganze Palette. Das sind dann schon mal vierzigtausend pro Kopf. Aber das ist selten. Gehe mal davon aus, dass du die Hälfte kassieren kannst.«

»Wie teuer ist so eine Frau?«

»Wenn sie gut aussieht, und wenn du sie sofort einsetzen kannst, also, wenn sie schon gebrochen ist, dann kannst du sie für lockere zwanzigtausend verkaufen. Das ist Bargeld, etwas anderes wird gar nicht akzeptiert. Und wenn du den Preis kennst, dann kannst du schlecht von deiner Bank mal eben zwanzigtausend in bar abheben, weil sie dich sofort komisch angucken. Aber, du brauchst das Geld irgendwie in bar. Du musst also umdenken, wenn du in dem Gewerbe bist, du kannst nicht wie ein braver Bürger denken. Ist das klar? Wenn du also für vier Frauen kassiert hast, musst du wissen, welche Bank deine achtzigtausend ohne Nachweis überhaupt annimmt. Also, egal ob die Frau aus Thailand ist oder aus Rumänien oder so. Im Moment, das kann ich sagen, laufen Frauen aus Schwarzafrika besonders gut.«

Unser Essen kam, wir schwiegen eine Weile.

Ich dachte ganz instinktiv: Hoffentlich muss ich nicht fragen, was »gebrochen« heißt. Aber ich wusste es ja schon. »Wieso denn Schwarzafrika?«

»Das weiß ich zufällig, ich bin mit einer verheiratet.«

»Aber die hast du doch nicht gekauft!«

»Nein«, grinste er. »Wir haben zwei Kinder. Das schönste Kaffeebraun, das du je gesehen hast.« Sein Gesicht war plötzlich hell.

»Okay, also Frauen. Dann wahrscheinlich Drogen aller Art, oder?«

»Ja, klar. Das bringt viel Geld. Du brauchst aber Leute, die die lokalen Märkte im Blick haben. Also so Typen wie dieser

Kerl in dem blauen BMW, der das Crystal verscheuert. Mit Crystal fixt er die Szene nur an, er hat wahrscheinlich die ganze Palette im Angebot, von Hasch bis Heroin und den ganzen Chemiekram. Also auch gängige Speeds und Amphetamine. Er konzentriert sich zum Beispiel auf die Discos. Aber der kontrolliert dann nicht Daun allein, sondern meistens einen größeren Raum. Zum Beispiel die größeren Orte entlang einer Autobahn, also die A 48 von Trier bis Koblenz oder von Trier bis Saarbrücken. Bei Drogen machst du im mittleren Bereich deine Kohle, also da, wo Drogen in großer Menge umgesetzt und in die Märkte geschoben werden. Bei den großen Verteilern. Die kleinen Dealer sind da unwichtig, die funktionieren sowieso.« Dann setzte er seufzend hinzu: »Und sie gehen dabei ja auch mit großer Selbstverständlichkeit vor die Hunde.«

»Aber da gibt es noch etwas, an das du denken musst. Gebrauchte Autos. Die bringen ein Schweinegeld. Du kaufst sie hier in Deutschland und verkaufst sie in Russland, Polen, Bulgarien, Rumänien, Kroatien und so weiter. Oder in den Nahen Osten. Da ist richtig viel Geld zu holen, weil kein Mensch, auch nicht der deutsche Zoll, das kontrollieren kann. Da fahren Güterzüge mit dreißig, vierzig, sechzig Waggons rüber, auf jedem stehen je nach Größe zehn oder mehr gebrauchte Autos.«

»Du willst mir also sagen, dass es Banken gibt, bei denen du dein Bargeld abholen oder auch einzahlen kannst, die nicht kontrolliert werden, die einfach in den Geschäften mitschwimmen?«

»Genau das. Und manchmal sind es sogar Vertreter höchst ehrenwerter Bankhäuser, die sich einfach zu fein sind, um über Bargeld zu sprechen.«

»Wenn Samba also mit fünfzigtausend Euro losfährt, um es irgendwo hinzubringen, kann es sein, dass er jemanden von einer Bank trifft. Diese Bank kann ehrenhaft sein, und kein Mensch verdächtigt sie. Und wenn sie dann trotzdem erwischt wird, zahlt sie viel Geld an eine angesehene Anwaltskanzlei, die die Sache ohne Krach über die Bühne bringt, und kein Mensch erfährt davon. Inzwischen haben die Beteiligten schon ein anderes Geldhaus aufgetan, das die gleiche Leistung für die Kunden anbietet. Ist das so?« Ich dachte: Das Geldverleihen bleibt nun einmal eines der ältesten Gewerbe der Welt, es ändert sich eigentlich nichts, es hat sich noch nie geändert: Aus dem ehrenwerten Hauptbuch der Firma um 1900 wurde einfach nur der Computer.

»Na, sicher. Es ist immer von der Eurokrise die Rede. Da wird geschimpft, dass reichen Leuten zu wenig Steuern abgeknöpft werden. Aber kein Mensch spricht davon, wie viel schwarzes Geld auf den Märkten eine Rolle spielt. Da machen eine Menge Leute satte Gewinne mit Geldern, die es eigentlich gar nicht gibt. Das läuft immer. Und dann noch das alte morgenländische Märchen. Das funktioniert auch immer noch.«

»Was ist das?«

»Das ist die Bank, die es eigentlich nicht gibt. Also: Samba bringt die fünfzigtausend Euro zu einem Mann, den er kennt. Er gibt ihm das Geld. Er gibt ihm aber auch einen halben Zweihundert-Euro-Schein. Der Schein wurde einfach durchgerissen. Der Mann transportiert das Geld dann weiter, und er transportiert auch den halben Zweihundert-Euro-Schein. Irgendwie landen dann der halbe Schein und das Geld in Beirut bei einem Mann, der in aller Seelenruhe darauf wartet, dass irgendjemand mit der anderen Hälfte auftaucht. Dem übergibt er dann das ganze Geld nach Abzug einer satten Prämie. Irrtum unmöglich. Und alle können damit prima leben.«

»Wir müssen noch einmal über deinen Bruder reden. Ich weiß, das tut weh, aber ich will wissen, wer ihn erschoss. Das willst du ja auch wissen. Er muss, zusammen mit Gaby, einen schweren Fehler gemacht haben. Diese Hinrichtung kam für die beiden aus dem Nichts, sonst wären sie nicht so unschuldig nach Eisenschmitt gefahren. Hast du darüber nachgedacht, wie dieser Fehler aussehen könnte?«

»Ja, klar«, antwortete er schnell. »Sie müssen mit einem Computer gearbeitet haben. Und irgendwer hat den Computer einfach geknackt. Ein Hacker zum Beispiel. Das ist nichts Besonderes, diese Leute kannst du schließlich kaufen.«

»Sie hatten zwei Computer, und beide Rechner sind an dem Tag vor ihrem Tod von Fremden abgeholt worden. Die beiden hatten eine Wohnung bei einer Tante von ihr in Dockweiler. Sie waren ein Paar, und sie träumten einwandfrei von einer Zukunft.«

Er sagte eine Weile nichts, saß da, hatte die Ellenbogen auf dem Tisch und die Stirn in beiden Händen. »Eine richtige Wohnung?«

»Eine richtige Wohnung.«

»Meinst du, ich kann die mal sehen?«

Es kam mir so vor, als sei er andächtig. »Das müsste gehen. Ich telefoniere mal.« Ich rief Tessa an und erklärte ihr die Situation.

»Meine Leute von der KTU sind noch in der Wohnung, das dauert noch die ganze Nacht. Aber gut, er kann es sich mal angucken. Aber nichts mitnehmen!« Sie klang streng sachlich.

»Er wird nichts mitnehmen.«

Ich zahlte schnell, wir hatten so gut wie nichts gegessen, und wir nahmen den Jaguar, die Nacht brach an.

Wir ließen den Wagen in Dockweiler oben vor dem Haus der Tante Anne stehen und gingen dann um den Bau herum nach unten zu der Einliegerwohnung. Da stand ein blauer Kleinlaster von den Leuten der Kriminaltechnischen Untersuchung. Wir klingelten.

Der Mann, der uns öffnete, war sekundenlang ein weißes Gespenst, weil er die Schutzkleidung der Techniker trug. Er sagte freundlich: »Frau Doktor Brokmann hat mir Bescheid gegeben. Dann kommen Sie mal mit. Und bleiben Sie bitte vorn an der Tür zum Wohnzimmer stehen.«

Ich ließ Timo den Vortritt. Er ging langsam, als würde er sich vor dem Anblick fürchten, als erwartete er einen Schock.

Er sah über die sehr bunte Landschaft des Zimmers und sagte nach einigen Sekunden beinahe lautlos: »Mann, Hotte!«

Die Techniker hatten bestimmte Dinge mit Nummern versehen, schwarze Zahlen auf weißen Zetteln. Das waren die einzigen Elemente, die die bunte Welt störten.

»Ja«, nickte Timo nach einer Weile. »Er war ja ewig freundlich und gutgelaunt. Ja, das passt alles. Unser Vater hat immer gesagt, er sei der letzte Dorfpolizist, der alles und jeden kannte. So fröhlich alles.«

»Wenn Sie das Schlafzimmer sehen wollen und die Küche, dann müssen Sie auf dem Plastikmaterial gehen, das wir da hingelegt haben.«

Timo ging auf dem Plastik weiter, blieb an der Küchentüre stehen, schaute lange hinein, dann weiter zur Türe in das Schlafzimmer mit der fröhlichen Bettwäsche und blieb dort stehen. Er stand dort sehr lange und ließ sich Zeit. Vielleicht sprach er mit seinem Bruder.

Dann drehte er sich und kam zu mir zurück.

»Guck dir mal auf der Pinnwand hier die Zettel an, die sie sich schrieben«, sagte ich.

Er las die Zettel und sagte leise und verwundert: »Sky!«

Es wurde ihm plötzlich zu viel, er ging ganz schnell hinaus und machte erst vor dem Laster der Kriminalisten halt. Er schüttelte wild den Kopf, als müsste er sich von seinen Gedanken und Bildern befreien.

»Willst du mit der Tante von Gaby sprechen?«

»Nein, nicht jetzt«, sagte er schnell. »Vielleicht später mal.«

Wir fuhren langsam zurück nach Dreis. Er fuhr hinter mein Auto und hielt an.

»Wenn ich nun recherchiere«, fragte ich. »Vor was muss ich wirklich Furcht haben?«

»Das ist doch wohl nicht die Frage!«, erwiderte er wild und sah mich wütend von der Seite an. »Sie haben meinen Bruder und seine Frau umgebracht. Was erwartest du denn? Dass sie dich um ein Informationsgespräch bei einem Bier bitten? Mann, du bist ein Hohlkopf!«

»Du meinst also, ich kann es auf keinen Fall steuern?«

»Wenn es stimmt, dass Straubing und Mirkoboy sich zusammengetan haben, dann kannst du davon ausgehen, dass Mirkoboy die Sicherheit festlegt. Dann hast du schon jetzt ein Problem. Nein, du kannst das nicht steuern, das steuern die.«

»Wie sieht denn eigentlich die Taktik dieser Leute aus? Wie überwachen die diese sogenannte Sicherheit?«

»Die Taktik ist immer dieselbe und ganz einfach. Jeder, der das Geschäft mehr als einmal stört, wird erst mal ins Krankenhaus geschickt. Sie brechen ihm ein Bein oder einen Arm. Wenn sie böse sind, wird es ein Splitterbruch. Wenn er dann weiter stört, wird er noch einmal oder zweimal gründlich in die Mangel genommen. Er wird seines Lebens nicht mehr froh, das kannst du mir glauben. Wenn er dann weiter stört, wird entschieden, ihn zu killen. Sie schicken einen Profi, einen richtig kalten Mann. Und der schießt dich tot und verschwindet wieder. Er kommt und geht ganz still. Kein Mensch kennt ihn, weil er noch nie in der Eifel war, und auch nie mehr ein zweites Mal kommen wird. Wenn er gut ist, benutzt er eine neue Waffe, die noch niemals irgendwo nachgewiesen wurde. Es ist ein ganz sauberer Akt. Der, der das macht, ist ein Solist. Was glaubst du denn, wie das mit meinem Bruder und der Frau gelaufen ist? Klare Ansage, klare Durchführung!«

»Erkläre mir, wie sie das durchziehen. Mirko Slavic ist Tscheche, er sitzt in Tschechien. Gut, er reist auch mal mit drei Porsches im deutschen Land herum. Aber er kann doch nicht aus Tschechien seine Schläger schicken. Die liegen ja vor einem Auftrag erst einmal sechs oder sieben Stunden auf der Autobahn. Das geht doch nicht. Er muss sie doch hier haben, um sie schnell einsetzen zu können, oder? Wie funktioniert das?«

»Ich weiß nicht, wie Mirkoboy es macht. Meistens arbeiten sie mit einem Wohnwagen hinter einem schnellen Audi oder Mercedes oder BMW. Sie fahren einen ganz normalen Campingplatz an, bocken ihren Wohnwagen auf und benehmen sich auch ganz normal. Sie sitzen auf Leichtmetallstühlen bei einer Flasche Bier in der Sonne. Es sind meistens drei Mann. Es sind Leute, die mit ihrem schnellen Auto in einer Stunde da sind, wo sie aufkreuzen müssen. Sie ziehen Sturmhauben über, erledigen ihren Job und verschwinden wieder. Und du kannst sicher sein, dass die Bullen einen schweren Stand haben, weil sie diese Leute nicht finden, egal was passiert ist. Das nennt man Arbeitsteilung, verstehst du?«

»Wie stellst du dir denn eine Zusammenarbeit zwischen Straubing und Slavic vor?«

»Sie verdienen ein Schweinegeld und wollen es behalten. Aber sie wollen auch immer mehr. Mirkoboy braucht Märkte für die Drogen, Märkte für Frauen, also neue Bordelle, Clubs, attraktive Nachtlokale. Sie sind zwei Unternehmer, die sich was ausdenken. Sie investieren, sie nehmen jeder zwei Millionen in die Hand. Oder auch drei. Sie kaufen zum Beispiel Nachtbetriebe, übernehmen schwächelnde Eros-Center, davon gibt es genug. Sie drücken Dealer aus dem Drogenmarkt und übernehmen ganze Versorgungslinien. Das passiert ziemlich leicht, wenn sie die alten Geschäftemacher an die Bullen verraten. Du hast nur ein Leben, also mach was draus. Es ist ganz einfach: Sie sind gierig, und das macht ihnen Spaß.«

»Sehen wir uns morgen um elf Uhr in Trier?«

»Wir sehen uns. Bis dann.«

Es regnete, und es war kühl und windig geworden. Wahrscheinlich wieder mal ein Tiefdruckgebiet mit einem hübschen Frauennamen.

Ich freute mich auf mein Bett und fuhr heim.

Aber ich war auch verunsichert, weil es immer noch schwer war, sich eine Eifel vorzustellen, in der brutale Gewalt bis zum Tod ausgeübt wurde. Und dabei war es ein schwacher Trost, dass Marcus Straubing auch nur eine vorübergehende Erscheinung war.

Ich schloss mein Haus auf. Da war mein Kater Satchmo, miaute lautlos und strich um meine Beine.

»Die Meldung des Tages ist, dass ich die Menschen nicht immer verstehe. Und Katzen sowieso nicht.«

Ich stand in meinem Flur, und hinter mir stand jemand vor der Haustür und klingelte. Es war jetzt halb zehn.

Ich drehte mich und öffnete die Haustür.

Da stand Gerd Bludenz und sagte sehr bescheiden: »Wenn Sie vielleicht zwei Minuten für mich hätten.«

Ich hatte die Gesprächsrunde mit Timo Walbusch hinter mir und war nervös. Ich sagte: »Ja, gut, kommen Sie herein.

Aber in der Tasche da sind hoffentlich keine Eierhandgranaten.«

»Nein«, sagte er, lächelte aber nicht. Es war keine Tasche, es war ein Rucksack aus grünem Leinen.

Ich griff in meine Weste und schaltete mein Aufzeichnungsgerät ein.

»Wir setzen uns besser hin«, sagte ich. »Da, in der Sitzgruppe. Wir wollen es schließlich gemütlich haben. Das ist aber ein merkwürdiger Besuch.«

»Ja«, sagte er matt. Er steuerte den Sessel an, auf dem ich immer saß, und setzte sich ganz vorne auf die Kante. Den Rucksack stellte er neben sich auf den Boden. Er trug eine dunkelblaue Allwetterjacke über einem blaukarierten Hemd und blaue Jeans. Dazu dunkelbraune Sneakers. Er hatte über der linken Augenbraue ein ziemlich großes, weißes Pflaster.

»Das ist von dem Holzscheit, nicht wahr?« Als ich mich auf das Sofa setzte, bereitete mir das Schwierigkeiten, denn ich hatte das deutliche Gefühl, es sei besser, fortzulaufen.

»Ja«, nickte er. »Musste genäht werden. War eine Panne.«

»Wollen Sie etwas zu trinken?«

»Nein«, sagte er schärfer als notwendig. »Ich habe nur etwas auszurichten. In dem Rucksack hier ist auch Ihr Manuskript über Holz International. Der Chef findet es sehr gut. Er sagt, es hat noch niemand die Firma so gut beschrieben wie Sie.«

»Das rührt mich zu Tränen«, sagte ich.

Er straffte sich, richtete sich ein wenig auf und erklärte: »Ich soll Ihnen ausrichten, dass wir augenblicklich aus der Interessengemeinschaft mit einem gewissen Herrn aussteigen. Herr Straubing lässt Ihnen ausrichten, dass er hofft, dass Sie ebenfalls aus Ihren Recherchen aussteigen können, und dass wieder Frieden herrscht. Das wäre alles.« Er stand auf, ging durch die Tür in den Flur, zog die Haustür auf und ließ sie hinter sich zuklacken.

Ich saß da – mit dem Rucksack.

Zuerst hörte ich mein Bandgerät ab. Jedes Wort war gut zu hören.

Es hatte keinen Sinn, Angst zu haben. Ich griff mir den Rucksack und öffnete ihn. Oben drauf lag meine gefaxte Geschichte. Straubing hatte in einer sehr akkuraten, kleinen, filigranen Handschrift vermerkt: *Das erspart mir meine Marketingagentur. Hervorragend! Ihr Straubing.*

Der Rest war Geld, sehr viel Geld.

Ich zählte die Bündel. Ich saß da. Ich konnte nicht denken. Ich konnte eine Ewigkeit lang nicht sagen, was ich fühlte. Dann empfand ich das wie einen Angriff.

Ich rief Rodenstock an. Emma war dran.

»Ich habe hier hunderttausend Euro von Marcus Straubing bekommen. Bludenz brachte es mir in einem Rucksack. Wir können jetzt einen Betriebsausflug nach Bali buchen.«

18. Kapitel

Eine Viertelstunde später fuhren sie vor. Emma, Rodenstock und Tessa.

»Kischkewitz kommt auch«, sagte Rodenstock noch im Flur. »Das Geld wird dann zur erkennungsdienstlichen Untersuchung abgeholt. Wie fühlst du dich denn mit deinen Silberlingen?«

»Na ja, ich weiß nicht so recht, was es bedeutet. Ich könnte endlich in die Innere Mongolei reisen. Das wollte ich immer schon mal. Vielleicht bleibe ich dann da und lege mir ein richtiges Wohnzelt zu, so ein rundes mit einem Feuer in der Mitte. Und die Bundespost überweist mir jeden Monat meine Rente in Höhe von 387 Euro. Da bin ich dann ein reicher Mann und habe zwanzig Pferde und sechs Frauen.«

»Lieber zwanzig Frauen und sechs Pferde, das ist wärmer«, sagte Emma.

»Sie planen die Feierstunde im Trierer Dom«, erklärte Rodenstock. »Kann ich mal das Band hören?«

Ich drückte ihm das Gerät in die Hand.

»Und einen Tullamore Dew, einen doppelten«, fügte er hinzu. Dann drückte er den Knopf, und sie hörten sich die mageren Sätze des Gerd Bludenz an.

Ich goss ihm reichlich Whisky ein und fragte: »Hältst du das für einen Durchbruch?«

»Nein«, antwortete er sofort und rigoros. »Er versucht nur, dich zu kaufen. Er sieht das ganz richtig: Der schlimmste Gegner ist für ihn die Öffentlichkeit, also du. Er verliert sein Gesicht bei den Eiflern. Das schmerzt. Die Bullen nimmt er nicht so ernst. Bei denen, das weiß er genau, kommen irgendwann Verhandlungen vor Gericht, endlose Verhandlungen, ein Marathon, Verhandlungsabbrüche, Befangenheitsanträge. Er kauft sich eine ganze Anwaltskanzlei. Und wenn du schreibst, dass er mit Mirko Slavic zusammenarbeitete, kriegst du eine Unterlassungsverfügung an den Hals, Streitwert drei Millionen. Das hat er doch schon immer so gemacht. Er wird wahrscheinlich aus der U-Haft entlassen und kann zu Hause bleiben. Er kauft und verkauft weiter sein Holz, sein Laden brummt. Was kommt denn dabei heraus? Ein winziger Pipifax, sage ich dir.«

»Aber ich habe jetzt ein Problem«, stellte Tessa fest. »Ich muss ihn davor bewahren, von Mirkoboys Leuten erschossen zu werden. Das Geld da ist also eine Kriegserklärung.«

»Ich habe aber auch ein Problem«, sagte ich. »Das Geld da gehört eindeutig mir, er hat mich nach allen Regeln der Zunft gekauft. Das möchte ich mal festgestellt wissen.«

Wir rätselten noch ein bisschen herum, was nun zu tun war, bis Kischkewitz auftauchte und einen jungen Mann im Schlepptau hatte, der wortlos den Rucksack mit dem Geld nahm und schleunigst damit verschwand.

»Was machen wir jetzt damit, Tessa?«, fragte Kischkewitz.

»Zunächst einmal wird Krieg herrschen«, antwortete sie. »Da die Polizei auch Leben zu bewahren hat, müssen wir uns darauf konzentrieren, dass Straubing und Slavic sich nicht gegenseitig umbringen. Wir bekommen von einem Richter das Recht, ihre Telefone abzuhören, sie unter Bewachung zu stellen, und wir werden den Staat Tschechien bitten, Mirkoboy zu verhaften und uns zu überstellen. Nach EU-Recht. Habe ich etwas vergessen?«

»Ja, du hast etwas vergessen«, lächelte Kischkewitz. »Du hast vergessen, dass Mirkoboy zurzeit in Deutschland ist, und dass wir alles versuchen sollten, ihn schon hier zu erwischen. Es gibt viel Arbeit.«

»Mirko wird als Erstes seine drei roten Porsche Cayenne irgendwo bei Freunden parken, damit wir ihn nicht finden. Er hat einen Ruf zu verlieren«, überlegte Rodenstock.

»Ich wüsste gern ein bisschen mehr über diesen Mirko. Haben wir da was?«, fragte ich.

»Ich habe etwas aufgeschrieben«, antwortete Tessa. »Ich gebe es dir. Kischkewitz, ich würde gern morgen am Nachmittag mit dir zu Straubing gehen. Ich würde ihn gern anhören.«

»Selbstverständlich, junge Frau«, antwortete er.

»Kann ich deinen Computer missbrauchen?«, fragte sie mich. »Ich habe viel zu tun. Bundeskriminalamt, Landeskriminalämter, Fahndung an den Grenzen, Flughafenüberwachung, Einrichtung von statischen Beobachtern, Zusammenstellung von Zweiergruppen samt PKW, Informationssperre für die Medien. Dann Fahndung über ARD, ZDF, RTL und allen möglichen Kleinkram.« Sie schlug sehr heftig auf die Tischplatte. »Ich habe kaum Leute.«

»Das alles hat meine Eifel nicht verdient«, seufzte ich. »Wer hat bloß diesen Straubing erfunden?«

»Da hat der liebe Gott gepatzt«, lächelte Emma.

Als sie gingen, war es nach Mitternacht, und Emma flüsterte: »Pass auf die Kleine auf, sie ist mächtig erschöpft.«

»Aber ja«, nickte ich. »Ich sehe euch morgen im Dom.«

Dann war mein Haus still, nur Tessa saß vor dem Computer und schrieb lautlos, und dauernd war der Drucker in Betrieb, und dauernd telefonierte sie, wobei mir einfiel, dass die Polizei keine Pause kennt. Bis drei Uhr brachte ich ihr drei oder vier Becher schwarzen Tee, dann schlief ich auf einem Sessel in meinem Wohnzimmer ein, während irgendein Wildwest-Schinken ohne Ton lief.

Ich wachte davon auf, dass Satchmo neben dem Sessel saß und mir mit einer Pfote und scharfen Krallen auf meinem Oberschenkel klarzumachen versuchte, dass er Unterhaltung wünschte.

»Soll ich dir vielleicht den sterbenden Schwan tanzen?«, fragte ich sauer. Es war vier Uhr.

Tessa saß mit tränenüberströmtem Gesicht vor dem Computer und flüsterte erstickt: »Ich hatte noch nie so ein dickes Ding im Programm. Ich schaffe das nicht.«

»Das haben wir gleich«, sagte ich. Ich lief auf den Dachboden, auf dem mein Verteilerkasten aufgehängt ist, und legte die Hauptsicherung um.

Sie schrie natürlich sofort grell und entsetzt: »Wir haben kein Licht mehr!«

Ich sagte dann auf der Treppe: »Wenn du vorsichtig nach rechts greifst, ungefähr fünfzig Zentimeter, dann kriegst du einen kleinen Leuchter mit einer Kerze zu fassen. Daneben liegen Streichhölzer. Dann machst du die Kerze an, und dann hast du Ruhe vor dir selbst.«

Es dauerte ziemlich lange, bis die Kerze brannte. Aber dann moserte sie laut weiter und behauptete, sie brauche nur noch einen Absatz zu schreiben, um endgültig fertig zu sein. »Nur noch zehn Minuten, Baumeister!« flehte sie.

Ich ließ mich nicht erweichen.

Aber weitere zehn Minuten später grinste sie auch schon wieder, und schließlich lachte sie. Irgendwann kam sie zu dem Urteil: »Ich bin eine Verrückte!«

»Du kannst noch vier Stunden schlafen«, stellte ich fest. »Und genau das tust du jetzt!«

Sie torkelte durch meine häusliche Nacht, murrte vor sich hin, und irgendwann entdeckte ich sie samt Bettzeug auf dem Sofa im Wohnzimmer. Sie schlief schon, und neben ihr brannte ruhig die Kerze.

Ich selbst trug eine Verwundung davon, denn ich schlug in der babylonischen Dunkelheit mit dem rechten Fußknöchel gegen irgendetwas. Es schmerzte ziemlich intensiv, und der Knöchel schwoll an.

Wir fuhren gegen halb zehn. Und wir fuhren langsam, weil wir der Auffassung waren, der liebe Gott gestehe uns eine Pause zu, und die Trauerfeier gebe uns das Recht, einmal tief durchzuatmen und langsam zu sein. Wie sich wenig später herausstellte, war das ein Irrtum.

Das Wetter spielte mit, der Frühherbst an diesem Tag war sonnig. Wie zu erwarten, konnte niemand den hohen Dom betreten, ohne von den Kameras der Fernsehsender gefilmt zu werden, ohne fotografiert zu werden, ohne notiert zu werden. Die Trauer war unbedingt live zu dokumentieren.

Die beiden großen Särge standen ein wenig erhöht, umgeben von hohen, brennenden Kerzenleuchtern, in ein Meer weißer Lilien getaucht. Auf beiden Särgen lagen große Gebinde weißer Rosen. Sie hatten zusammen gelebt und gehofft, und dann waren ihre Leben abgeschnitten worden, als hätten sie sich versündigt, als hätten ihre Ziele kein Gehör gefunden, bei wem auch immer. Vielleicht war alles viel banaler, vielleicht hatten sie in ihrem Eifer einfach nur ein paar Fehler gemacht, die tödlich waren.

Sie hatten vor dem großen Hauptaltar zwei Gruppen Stühle aufgestellt, sodass ich von dort aus die wirklich wichtigen Leute in den ersten Reihen gut beobachten konnte.

Da kam Timo Walbusch mit seinem Vater. Die Mutter fehlte, sie war wahrscheinlich außerstande, sich diesem Gewitter an Öffentlichkeit zu stellen. Der Vater war ein kleiner, beeindruckender Mann mit einem Gesicht voll harter Linien und ganz ruhigen, ein wenig verschleierten Augen. Als er mich sah, kletterte er aus seiner Reihe heraus und kam zu mir.

»Das ist sehr schön, Herr Baumeister, dass Sie hier sind. Meine Frau musste zu Hause bleiben, sie ist leider wirklich krank, und ich hoffe, sie wird wieder. In unserem Alter kann so ein Ereignis das Ende bedeuten. Nun liegt unser Junge da.«

»Was war er denn für ein Polizist?«, fragte ich.

Er lächelte, als habe er eine solche Frage erwartet.

»Er war wohl mit Leib und Seele Polizist. Er wollte, dass die Welt friedlich ist, dass die Menschen ein gutes Leben haben. Und wenn das nicht so aussah, wenn es Trübsal regnete, dann war er bei ihnen und achtete darauf, dass sie wieder zur Ruhe kamen. Hat man Ihnen die Sache mit dem Freitod berichtet? Es war so, dass ein Mann eine unheilbare Krankheit hatte, so etwas Trostloses. Und er saß an seinem Schreibtisch und erschoss sich mit einer Waffe. Horst war der Erste, der dort eintraf. Er sah sich den Toten genau an, damit alles seine Richtigkeit hatte. Dann kümmerte er sich um die Ehefrau und die Familie. Er verbreitete Ruhe, wenn man das so sagen kann. Dann erschien die Todesanzeige in der Zeitung und da stand: *Wir bedanken uns ganz herzlich bei dem Polizeibeamten Horst Walbusch für seine liebevolle Fürsorge.* Wissen Sie, er war einfach so. Er sagte mir ein paar Mal: ›Vater, es gibt genug Polizisten, die der Meinung sind, dass kein Vertrag ihnen die Pflicht auferlegt, freundlich zu den Menschen zu sein. So kann ich nicht Dienst tun, Vater.‹« Er schnaufte ein paar Mal sehr heftig.

Sein Sohn Timo kam heran und sagte: »Vater, gleich kommt der Ministerpräsident. Und da musst du an deinem Platz sein.«

»Ja, klar«, hauchte der kleine Mann, der so große Söhne gezeugt hatte. Und bevor er seinen Posten bezog, reichte er mir noch einmal die Hand, es wirkte beinahe feierlich.

Der Vater von Gaby Schirmer war doch angereist. Er wirkte verschlossen und war wahrscheinlich der Meinung, dass ihn diese ganze verdammte und natürlich bigotte Gesellschaft mal kreuzweise könnte. Seine Frau wirkte verträumt, nicht richtig im Jetzt angekommen. Aber ich wusste, dass genau das nicht stimmte. Sie hatte mir immerhin, in zwanzig Nebensätze verpackt, eindeutig den kürzesten Weg zu Tante Anne in Dockweiler gewiesen.

Emma und Tessa saßen nebeneinander in der zweiten Reihe, und ihre sehr weißen, strengen Gesichter wirkten ein wenig verkrampft. Tessa machte mir den Eindruck, als würde sie gleich laut und böse sagen wollen: Ich habe zu wenig Personal! Rodenstock erschien mir isoliert, nicht wirklich vorhanden, abgetaucht in eine Welt, die in ihm war, und der er getreulich lauschte.

Es waren viele Leute aus Daun gekommen, weil die Dauner immer dort zu finden sind, wo sie ihr Herz haben. Gaby Schirmer und Horst Walbusch hätten so eine Masse an Leuten mit Sicherheit nicht für möglich gehalten, wahrscheinlich hätten sie geflüstert: »Ich fasse es nicht!«

Dann gab es einen lautlosen, aber eindeutigen Eklat: Marcus Straubing erschien, und ich dachte mit schmerzlicher Deutlichkeit: Na klar, was haben wir denn anderes erwartet? Er trug einen schwarzen Cordanzug und einen schwarzen, einfachen Pulli. Und er grüßte tatsächlich leicht nach links und rechts, als erwartete er eine Huldigung durch das einfache Volk. Das Groteske war, dass ihm Gerd Bludenz folgte, der genauso gekleidet war wie sein Herr. Straubing schritt angriffslustig nach vorn und suchte dann einen Platz, der nicht vorhanden war. Dann drehte er sich, ging den Mittelgang wieder hinunter und blieb bei der fünften Stuhlreihe stehen, als sei er sicher, dass er hier zwei Platzkarten bestellt hätte. Er schaute die Leute streng an, und sie rutschten ängstlich alle zwei Stühle weiter.

Ich fragte mich, was die Leute wirklich wussten. Wahrscheinlich nicht viel. Jetzt war klarzustellen, dass Straubing eigens nach Trier geeilt war, um eindeutig zu signalisieren: Ich habe mit all diesen eventuellen Schweinereien nicht das Geringste zu tun. Schon gar nichts mit den beiden Toten da vorne.

Dann kamen, ein wenig zögerlich, einige Landesminister und versäumten es nicht, in die dicht besetzten Reihen zu grüßen, weil immer irgendeine Wahl anstand. Dann kam der Ministerpräsident und begrüßte die engen Vertrauten der Toten und sprach mit ihnen. Er wirkte ruhig, ganz unaufgeregt, besonders lange sprach er mit Timo Walbusch und seinem Vater. Er hatte ein paar Tage zuvor seinen baldigen Rückzug aus dem Amt angekündigt, und er schien jetzt gelöst zu sein, erleichtert. Dieser Mann hatte die Gabe, einfache Worte für ganz einfache Gefühle zu finden. Und wie immer hatte er keinen Merkzettel bei sich, und man hörte ihm gern zu. Er sagte, die beiden Polizeibeamten hätten stellvertretend einen Kampf verloren, von dem die Welt in all ihrem Lärm eigentlich nichts wahrgenommen habe. Es sei ein Kampf um Selbstverständlichkeiten.

An der Stelle nickte der Vater von Horst Walbusch heftig.

Als es vorbei war, gingen wir hinaus in die Sonne. Ich bemühte mich, aus der Schusslinie all der Kameras zu kommen. Tessa kam, um mir zu sagen, sie wolle sich ein paar Stunden um ihre Kinder kümmern und sei dann wieder bei Emma zu finden. Timo sagte: »Ich gehe mit Vater in der KRIM essen, kommst du mit?« Ich sagte nein, ich wollte in Ruhe in die Eifel zurückfahren, vielleicht ein vorläufiges Manuskript versuchen, um die erste Woche des Dramas festzuhalten. Ich wusste nicht mehr genau, ob wir den sechsten oder siebten Tag zählten, seit die beiden erschossen worden waren. Es war so viel geschehen. So viele Fragen und so wenige Antworten waren rauschhaft schnell an uns vorbeigeglitten.

Ich machte mir ein wenig zu essen, setzte mich dann zu meinem Kater auf die Terrasse und starrte in die Sonnenstreifen, die zwischen meinen Bäumen den Boden erreichten.

Da dachte ich lange über Samba nach. Ich fand, dass wir ihn beinahe unwillig von den beiden toten Polizisten trennten, als wäre er weniger wichtig, der kleine, weniger bedeutende, zivile Teil des Dramas. Das war aber nicht so, es war nur klar, dass wir über ihn noch weniger wussten, als über die beiden anderen Toten.

Er betrieb einen Döner-Imbiss, war notorisch gut gelaunt, hieß deshalb Samba, war freundlich zu jedermann, wusste von allen fast alles, liebte seine Gefährtin Monika Baumann über alles, und transportierte in unregelmäßigen Abständen Bargeld. Woher und wohin war ebenso rätselhaft wie seine menschlichen Anbindungen in diesen dunklen Nachtstunden. Unmittelbar nachdem die beiden Polizisten starben, starb auch er einen brutalen Tod. Hatte Emma recht gehabt, als sie vermutete, dass Samba die beiden Polizisten zum Ort ihres Todes in Eisenschmitt lockte? Hatte er das getan? Und wenn ja, hatte er das freiwillig getan? Hatte ihn jemand dazu gezwungen? Timo Walbusch hatte die Eiseskälte erwähnt, mit der professionelle Killer vorgehen. Klare Ansage, hatte er formuliert, nichts sonst. Ein Killer kommt und geht ganz still. Und er kommt niemals wieder zurück. Hatte er Walbusch oder Schirmer angerufen und gesagt: Um Mitternacht in Eisenschmitt, schmale Straße zum Haus Bergfeld! Vielleicht hatte er hinzugesetzt: Da können wir reden! Durchaus denkbar.

Ich wollte ein wenig Klarheit, ich würde schon mit ein paar Worten zufrieden sein. Deshalb setzte ich mich in mein Auto und fuhr nach Daun. Und an der Stelle, wo die Marienapotheke und die Post stehen, sah ich das Schild: *Samba-Döner*. Ich fragte mich, wie oft ich schon in dem kleinen Restaurant etwas gegessen hatte. Ziemlich oft. Sie hatten sechs kleine Tische für je vier Personen aufgestellt, und im Sommer standen draußen auf dem Gehsteig weitere Tische und drei, vier Stehtische.

Sie hatten geöffnet. Ein junger, türkisch aussehender Mann schnitt mit einem elektrischen Messer an einem riesigen Döner-Spieß herum und grüßte freundlich.

»Eine Portion Döner«, sagte ich. »Nur mit Tsatsiki, wenn ihr habt.«

»Haben wir«, nickte er. »Mit Bärlauch?«

»Das wäre gut.«

Da waren außer mir nur zwei kleine Mädchen, die aber nach einigen Minuten gingen.

»Ich will über Samba reden«, sagte ich mit vollem Mund.

Er war verwirrt und wusste nicht, wie er reagieren sollte. Vielleicht war er zweiundzwanzig Jahre alt, und er war aggressiv und scheu zugleich. »Sein Vater hat gesagt, ich soll erst mal weitermachen. Also mache ich weiter, und das ist auch gut so, denn sonst hätte ich keinen Job.«

»Wie lange hast du mit Samba gearbeitet?«

»Vier Jahre jetzt. Warum?«

»Hast du mal darüber nachgedacht, wer ihn wohl vom Motorrad geschossen hat?«

»Ich denke dauernd darüber nach.«

»Und, an wen denkst du?«

»Ich denke an keinen, Mann, ich kenne solche Leute nicht. Weiß ich doch nicht. Was soll ich da denken? Sambas Eltern waren hier und haben gesagt, ich soll weitermachen. Und wenn sie überlegt haben, kommen sie wieder und sagen, wie es weitergeht.«

»Hast du auch Monika erlebt? Hier, bei der Arbeit?«

»Na, klar. Sie war doch oft hier und hat auch gearbeitet. Die war gut, und die hat immer gelacht, und das Trinkgeld hat sie mir gegeben. Gute Frau.«

»Hast du auch erlebt, wie Leute mit einem Metallkoffer kamen, oder mit anderen Koffern? Sie haben die an Samba übergeben. Das musst du doch gesehen haben, oder?«

»Also, nein.«

»Pass auf, mein Name ist Siggi Baumeister, und ich schreibe in Zeitungen über die ganze Geschichte. Über die zwei toten Bullen und über den toten Samba. Ich will rausfinden, was mit den Koffern war, was da drin war, ob du das jemals gesehen hast.«

»Nur die Koffer, nicht was drin war. Das nie. Nur einmal, da habe ich gehört, wie Samba gesagt hat: Verdammter Mist, jetzt muss ich schon wieder die ganze Nacht auf die Autobahn. Da habe ich gedacht, dass er diesen Koffer einfach irgendwohin bringt.«

»Du hast das also so verstanden, dass er nach Tagesschluss hier auf die Autobahn geht und den Koffer irgendwohin bringt.«

»Ja, genau so.«

»Du weißt, dass Monika im Krankenhaus ist?«

»Jeder weiß das. Sie ist zusammengebrochen, weil das passiert ist. Ich hoffe, dass sie gesund wird, und dass wir den Laden hier zusammen machen.«

»Da hast du recht, das wäre schön.«

Ich hatte keine Lust mehr zu essen, zahlte und ging. Ich gab ihm meine Visitenkarte, und bat ihn, mich anzurufen, wenn ihm irgendwas auffiel, und ich sagte, ich würde bei Sambas Eltern für ihn sprechen.

Ich fuhr nach Gerolstein in die Klinik und ließ mir sagen, auf welcher Station Monika Baumann lag, dass es aber nicht möglich sei, sie zu besuchen. Ich fand einen jungen Arzt, der sagte, sie habe sich bisher gut erholt, müsse aber noch ein paar Tage bleiben. »Sie ist ein unruhiger Geist«, stammelte er. »Und ihr Mann ist tot.«

»Ich möchte gern zu ihr. Ich war dabei, als sie zusammenbrach.«

»Ach, der sind Sie. Aber Sie regen sie nicht auf?«

Ich versprach es ihm. Ich ging beim Kiosk vorbei und kaufte ein paar Illustrierte, Magazine und eine ganze Menge Schokolade. Sie hatten auch Rosen aus Plastik da, also ließ ich mir eine geben.

Sie war allein und reagierte überhaupt nicht, als ich hereinkam. Sie hatte den Kopf zur Seite gedreht und sah aus dem Fenster.

»Ich bin der Siggi«, sagte ich. »Ich komme, weil ich wissen möchte, wie es dir geht.«

»Beschissen!«, sagte sie, ohne den Kopf zu bewegen.

»Dann lege ich dir das Zeug hierher und verschwinde wieder«, sagte ich.

Nach einer Ewigkeit drehte sie mir den Kopf zu. »Ach, du«, sagte sie tonlos.

»Was machen sie mit dir?«

»Einzeltherapie«, antwortete sie. »Ich kenne immer schon die übernächste Frage. Und sie hauen mir irgendwelchen Scheiß rein. Immer mit Infusionen, bei denen du nicht wissen kannst, was sie reingemischt haben. Meistens bin ich duhn.« Sie schloss die Augen.

»Wenn du ihnen entgegenkommst, können sie was für dich tun.«

»Das glaubst du doch selber nicht.« Sie schwebte zwischen Spott und Tränen.

»Du bist ein schwieriges Mädchen. Aber das gibt sich. Ich war gerade in Sambas Döner, ich soll dir Grüße von dem Jungen bestellen. Er hofft, dass du bald wieder arbeiten kommst.«

Sie öffnete die Augen wieder. »Die können auch ohne mich.«

»Ja, aber nicht so gut. Ich habe eine Plastikrose für dich. Du brauchst nicht einmal eine Vase. Sie hatten nichts anderes.«

»Ja, ja, danke.«

»Heißt das, ich kann wieder gehen?«

»Das musst du selbst wissen.« Sie hatte die Augen wieder geschlossen.

»Ich brauche noch ein paar Angaben von dir. Sonst kann ich nicht herausfinden, wer ihn erschossen hat.«

»Das waren doch die Geldzwerge, wer denn sonst? Und die kennt kein Schwein.«

»Hat Samba sie Geldzwerge genannt?«

»Nein, ich.«

»Schönes Wort. Winzig kleine Männer, die sich Geld bringen lassen. Wo sitzen denn die? In Frankfurt?«

»Da auch. Aber meistens in Königstein im Taunus, reiche Gegend. Samba hat rumgegrölt, das wäre genau die Gegend, wo er später ein Haus hinsetzen würde, wenn wir dreißig Döner-Betriebe hätten. Das verrückte Huhn.«

»Als du rückwärts gerechnet hast, wie viel Bargeld du in deinem Haus in Nohn wohl gesehen hast, auf wie viel bist du da gekommen?«

»Junge, das weiß ich nicht. Dein Kumpel da, der Opa, hat gemeint, es müssten im Laufe der Zeit mehrere Millionen gewesen sein.«

»Und du hast keine Ahnung, woher die kamen? Hat Samba niemals ein einziges Wort darüber gesagt?«

»Er hat rumgesponnen. Von Zuhältern, hat er gesagt. Auch schon mal von Clubs und Nachtbetrieben, auch schon mal rabenschwarzes Geld von irgendwelchen Managern und Unternehmern. Er sagte immer: Die raffen zusammen, was sie zusammenraffen können. Aber ich glaube nicht, dass er wirklich was wusste. Er hatte nur Ahnungen. Ist das da Milchschokolade?«

Ich öffnete ihr eine Tafel und reichte sie ihr. »Ich bin scharf auf eine bestimmte Nacht, Monika. Auf die Nacht, in der die beiden Polizisten erschossen wurden ...«

»Das war seine letzte«, sagte sie schnell. »Bei mir zu Hause.«

»Bei dir zu Hause. Hilfst du mir?«

»Mal sehen«, murmelte sie nach einer langen Pause. »Ich weiß nicht.«

»Als mein Freund und ich bei dir waren, lag da der Koffer mit dem Geld in eurem Schlafzimmer. Also hat er das Geld an diesem letzten Abend mitgebracht. Ist das richtig?«

»Ja. Aber er musste es in dieser Nacht nicht weiterbringen. Manchmal wurde er dann angerufen, wann er es weiterbringen sollte. Und in dieser Nacht war es nicht. Da war er bei mir zu Hause, und wir wollten ein bisschen Glotze gucken und eine Pulle Rotwein trinken, gemütlich.«

»Was passierte, wenn er die Nachricht bekam, er soll das Geld irgendwohin bringen? Was passierte, wenn du am Telefon warst?«

»Wenn ich am Telefon war? Da war dann eine Schleimerstimme. Der konnte nicht normal sprechen, der flötete fast, der sagte: Könnte ich bitte mit Herrn Samba verbunden werden? Es war irgendwie öde, verstehst du? Samba saß doch neben mir. Es war doch irre, verbunden zu werden. Das war doch so irre wie in den ganz alten Schwarzweißfilmen mit Stan und Ollie.«

»Hast du jemals im normalen Leben diesen Mann mit dieser Stimme getroffen? Ich meine, den erkennt man doch sofort wieder, oder? Ist der real mal aufgetaucht?«

»Ich weiß jetzt nicht, ob ich darüber reden soll. War doch alles Sambas Sache. Ja, einmal. Den habe ich sofort an der Stimme erkannt. Also, der sah so aus wie diese schönen Jungs, die man manchmal im Fernsehen bei den Modegeschichten sieht. Er war nur älter, vierzig oder so. Und er roch wie alle Parfümläden zusammen. Also, richtig schwul.«

»War er denn schwul?«

»War er nicht, sagte Samba. Samba sagte, der wäre nur sehr gepflegt.«

»Wann war das? Wann hast du diesen Mann real erlebt? Lass mich hier nicht verhungern, Mädchen.«

»Es war bei der letzten Dauner Kirmes. Der kam bei uns vorbei und bestellte sogar was. Ich weiß nicht mehr, was.«

»Und wer war der Mann? Hast du Samba gefragt?«

»Nicht Samba, aber den kleinen Döner. So nennen wir den Jungen, der den Imbiss macht, wenn wir mal nicht da sind.«

»Und? Was hat der kleine Döner gesagt?«

»Das wäre der Straubing, irgendein Unternehmer aus Gerolstein. Millionenschwer, hat er gesagt.«

»Also, hilf mir bitte noch einmal. An seinem letzten Abend kommt Samba zu dir nach Hause. Er hat Geld dabei und legt den Metallkoffer in den Kleiderschrank. Er muss das Geld in dieser Nacht nicht irgendwohin bringen. Was habt ihr getan?«

»Erst mal hatten wir was miteinander. Also, nicht lange.« Sie dehnte jedes Wort. »Er hat den Laden um neun dichtgemacht und war um halb zehn ungefähr da. Also war es ungefähr halb elf, eher ein bisschen früher.«

»Passierte dann irgendetwas?«

»Ja, da rief jemand an und sagte ihm irgendetwas. Ich weiß nicht, wer das war. Aber ich weiß auch nicht, was der sagte. Jedenfalls sagte Samba: ›Ich muss mal kurz telefonieren.‹ Und er ging ins Schlafzimmer. So zwei, drei Minuten. Da wusste ich gleich: Es hat irgendwas mit dem zu tun, was mich nichts angeht, was Sambas Sache ist. Er kam dann zurück, und wir haben irgendwas im Fernsehen gesehen. Nicht lange. Und dann sagte er plötzlich: ›Ich glaube, ich habe gerade eben Scheiße gebaut.‹«

»Und? Wie weiter?«

»Nichts weiter. Er hat nichts mehr gesagt. Wir sind dann ins Bett.«

»Kein Wort? Nur: ›Ich habe gerade eben Scheiße gebaut?‹ Oh Frau, lass mich jetzt nicht hängen.«

»Nur das, Alter, nur das«, versicherte sie heftig.

»Aber du musst doch etwas gedacht haben. Du musst doch irgendwie darüber nachgedacht haben. Was war denn das für eine Scheiße?«

Dann drehte sie den Kopf zum Fenster und sagte: »Er war doch schon halb tot, er hatte doch gar keine Zeit mehr. Nur ein paar Stunden noch.« Und nach einer unendlich langen Zeit: »Danke für den neuen SPIEGEL.«

»Du kannst mich jetzt nicht abhängen!«, sagte ich wütend. »Ihr liegt also im Bett, das Schlafzimmer ist dunkel. Was hat er denn da gesagt? Er dachte doch bestimmt an die Scheiße, die er angerichtet hat. Oder?«

»Ja, klar. Er sagte dann: ›Ich glaube, ich habe eben Gaby und Hotte in die Scheiße geschickt.‹« Sie bewegte sich nicht, sie sah aus dem Fenster, sie schien endgültig verstummt. Es war so still, und die Luft schien so elektrisiert, als hätte Monika Baumann viel Mühe, aus ihren Erinnerungen auf diese Erde zurückzufinden.

»Da war noch etwas«, sagte ich. »Dein Samba fragte sich natürlich, wieso denn die beiden Polizisten zu ihm kommen konnten, um ihm auf den Kopf zuzusagen, er schaffe Gelder aus der Eifel, seit mindestens zwei Jahren schon. Wie konnte so etwas passieren? Dein Samba war fassungslos, nicht wahr? Und er hat dir auch gesagt, warum das passieren konnte, weil aus irgendeinem Grund die zwei Bullen das alles entdeckt hatten. Und eigentlich konnten sie das gar nicht wissen, nicht wahr?«

»Eigentlich nicht«, sagte sie leise. »Aber sie wussten es.« Sie lachte unterdrückt. Das Lachen klang wie das eines entzückten, kleinen Mädchens. »Du weißt ja, dieser Straubing hat vor zwei Jahren das Haus in Mürlenbach gebaut. Ein Künstler in Köln hat ihm ein Gemälde verkauft mit Palmen und vielen nackten Leuten an einem Strand. Mit Meer und hohen Wellen. Ganz toll. Und Straubing hat gesagt: ›Das will ich auf einer großen Wand haben. Als Mosaik. Zwölf mal drei Meter groß, riesengroß. Unten im Wellnessbereich.‹ Dann war die Frage, wer kann so was machen? Und sie sagten ihm alle: Das kann nur Hotte Walbusch. Und Walbusch hat die Wand gefliest, zwei Wochen lang, Tag und Nacht. Ein Jahresurlaub lang. Und er ging immer wieder an einem Computer vorbei und hat sich Ausdrucke gemacht, jede Menge Unterlagen. Und er hat sie mit nach Hause genommen, und niemand bei Straubing hat das geschnallt. Bis dann Mirkoboy gesagt hat: ›Wir müssen was für die Sicherheit tun!‹ Und sie haben was für die Sicherheit getan, sie haben Gaby und Hotte erschossen.«

»Natürlich, der Fliesenleger Horst Walbusch!«, sagte ich kurzatmig. Warum hatte ich den Fliesenleger Walbusch vergessen?

Sie sagte mit einer ganz fremden, fernen Stimme: »Die Schokolade schmeckt sehr gut.«

»Dein Samba war immer ganz nah dran«, sagte ich und musste mich räuspern, weil ich aufgeregt war, weil mir die Stimme versagte. Es war wie immer: Der größte Teil der Geheimnisse blieb kein Geheimnis, es war wie immer, es war sehr menschlich. »Und da gibt es doch noch etwas Komisches, was du mir sagen könntest, nicht wahr? Etwas, das dir quer im Magen liegt.«

»Na ja, diese eine Sache noch«, sagte sie und klang erschöpft. »Horst Walbuschs Frau, die Nicole, die hat jetzt ausgerechnet einen Vertrag mit Marcus Straubing geschlossen. Sie soll, rund um die Uhr, Straubings Hausdame sein, sich um Besucher kümmern und so. Samba hat gesagt: ›Wenn das der Ehemann von Nicole Walbusch erfährt, dreht er durch. Aber das konnte der Ehemann ja nicht mehr erfahren, da war er schon tot.«

Ich dachte an den Nachbarn von den Walbuschs, der gesagt hatte, das Ehepaar habe sich im Garten angebrüllt. Das war nachvollziehbar, Horst Walbusch musste ausflippen, als er hörte, dass ausgerechnet seine Ehefrau dort arbeiten sollte. Und damit war auch klar, warum Nicole mir nicht verraten wollte, wo sie in der Nacht gewesen ist, als ihr Mann starb. Es musste ihr peinlich gewesen sein, das Arbeitsverhältnis bei Straubing zuzugeben.

Ich bedankte mich bei Monika Baumann, die die Augen geschlossen hatte und sich zur Seite drehte. Dann verließ ich das Zimmer.

19. Kapitel

Wir saßen einmal mehr an Emmas Esstisch, und wahrscheinlich wirkten wir alle missmutig und hoffnungslos. Tessa, Emma, Rodenstock, Kischkewitz und ich.

Kischkewitz hatte über drei Handys eine stehende Verbindung mit seinen Leuten, und ich dachte vage: Was ist, wenn er die Handys verwechselt? Aber er machte nicht den Eindruck, als könne das jemals geschehen. Er wirkte verbissen, sah kreidebleich aus, und wahrscheinlich fühlte er sich auch so.

Er referierte. »Also, Straubing und Bludenz gehen heute um ungefähr 12 Uhr mittags nach der Feierstunde aus dem Trierer Dom. Sie setzen sich in einen schwarzen Porsche GT, Kennzeichen bekannt. Bludenz fährt. Wir haben zwei Beobachter mit zwei schnellen PKW an ihm dran. Er fährt uns einfach weg, Bludenz fährt Vollgas, wir wissen nicht exakt, auf welche Autobahn er am Moseldreieck auffährt. Also entweder Richtung Koblenz oder aber Richtung Saarbrücken. Auf jeden Fall kommt er an seinem Haus in Mürlenbach bis jetzt nicht an.« Er fuchtelte heftig mit beiden Armen, als könnte er diese hoffnungslose Szene zerschlagen. »Wir haben jetzt 18.20 Uhr. Der Zustand ist konstant, da herrscht völlige Ruhe, Straubing und Bludenz sind verschwunden. Die drei roten Porsche Cayenne von Mirko Slavic sind bisher nicht geortet, auch er selbst ist samt seiner Mannschaft verschwunden. Zuletzt ist Slavic mit seinen Leuten in Mannheim gesehen worden. Das war in der vergangenen Nacht gegen 0.15 Uhr bis etwa 1.10 Uhr. In einem Mannheimer Bordell. Die Identifikation ist einwandfrei, es waren Kollegen vom hessischen Landeskriminalamt. Die Frage ist, ob Straubing und

Slavic sich treffen wollen. Es ist anzunehmen, dass sie sich gründlich hassen, der eine ist am anderen gescheitert, der eine macht den anderen dafür verantwortlich, dass der ganze schöne Plan, die wunderbare, paradiesische Zukunft mit Geld geplatzt ist. Der eine wirft dem anderen völlig unnötige Brutalität vor. Wieso lässt Mirko zwei Polizeibeamte und einen Geldkurier so einfach erschießen? Und hinzu kommen all die guten, gottverdammten Freunde von Straubing, die einwandfrei so tun, als wollten sie niemals im Leben mit Mirkoboy irgendetwas zu tun haben. Als wäre der dreckig und würde niemals duschen, als wäre der ein gottverdammter Hilfsfuzzi und nichts sonst. Dabei kann er alles zertrümmern, wenn er will. Er kann sagen, wo das ganze Geld steckt. Und er kann sagen, wer es abgeliefert hat. Er hat die Zahlen! Er kann den ganzen Laden hochgehen lassen, wenn er will. Und es sieht, verdammt noch mal, so aus, als müsste er genau das tun, um diesen ekelhaften Leuten klarzumachen, wo der Bartel den Most holt. Und das bisschen Brutalität? Es geht eben nicht ohne, und einer muss sich ja die Hände schmutzig machen. Bitte: Mirko hat es für euch getan. Aber er will Anerkennung dafür.« Kischkewitz ließ die Arme hängen, er hatte gar keine Worte mehr.

»Wie alle scheinbar komplizierten Geschichten ist also auch diese sehr einfach«, sagte Rodenstock vollkommen übergangslos. Er schien zu sich selbst zu sprechen. »Wir werden später die genauen Zeitpunkte festlegen können. Marcus Straubing traf auf Mirko Slavic. Sie waren beide fasziniert voneinander, sie waren die Könige zweier Welten, die Ewigkeiten auseinander zu liegen schienen. Sie taten sich zusammen und lebten nach dem Slogan: Wir schaffen die neuen Regeln, nach uns wird sich die Welt zu richten haben. Sie kamen auf die Möglichkeit, schwarze Gelder zusammenzutragen und abzutransportieren. Das besorgte unter anderem Samba, und die Geldgeber waren Betriebe aus der Region zwischen Trier und Koblenz, zwischen Aachen und Köln. Samba war nur das Ende einer langen Kette. Mirkoboy hatte die Idee, im Nachtgewerbe in Deutschland Betriebe zu kaufen und zu schlucken. Und er hatte sicher viel Geld beiseite zu schaffen. Straubing hat garantiert sehr viele Edelhölzer unterschlagen und entsprechend viel schwarzes Geld gemacht. Dann entdeckten Straubing und sein Freund Mirko, dass die beiden Polizeibeamten Gaby Schirmer und Horst Walbusch ihnen bedenklich nahe kamen. Immer näher. Mirko entschied: Töten! Und auch bei Samba bestimmte er das so. Aber damit war Straubing nicht einverstanden. Und sie begannen sich zu hassen, wie Kischkewitz gesagt hat. Aber das können wir nur annehmen. Es scheint uns plausibel. Wir können das aber nicht sicher wissen! Jetzt wissen wir nicht weiter, bis einer der beiden auftaucht. Tessa? Irgendeine Idee?«

»Nein, bis jetzt nicht. Sie benutzen auf keinen Fall ihre Handys, seit Stunden nicht mehr. Wir nehmen an, sie haben frische Handys mit anderen Kennungen. Unsere GPS-Signale laufen ins Leere.« Sie wirkte gelöst, sie hatte eine fertige Szene im Kopf, sie musste nicht mehr herumraten, sie konnte so etwas wie die Summe ziehen.

»Ich fahre zu Straubings Haus«, sagte ich. »Ich kann hier nicht rumsitzen und Däumchen drehen.«

»Ich fahre mit dir«, sagte Emma.

»Ihr wechselt nur den Standort, nicht die Einsicht«, murmelte Kischkewitz.

»Ich muss meinen Arsch bewegen«, sagte ich.

»Ich drücke das etwas gebildeter aus, aber das Resultat ist dasselbe«, sagte Emma mit einem Lächeln.

»Das gefällt mir nicht«, sagte Rodenstock.

»Ach, wir passen schon auf«, erwiderte Emma leichthin.

Wir setzten uns also in Bewegung, und ich bemühte mich, langsam zu fahren.

»Hast du deinen Mirkoboy im Kopf?«, fragte ich.

»Ja, tatsächlich«, sagte sie. »1969 in Tschechien geboren. Kind einfacher Leute. Kam früh mit Prostitution zusammen, weil auch die Mutter streckenweise so lebte, und der Vater im Knast saß. Mit sechzehn ist er schon Schlepper für einen Puff, zwei Jahre später nimmt er einem seiner Bosse drei Frauen weg und richtet einen Nachtclub ein. Er wird bei einer Schießerei verwundet und verschwindet für etwa drei Jahre. Ist wahrscheinlich in Moskau, seitdem spricht er auch russisch, wenn auch schlecht. Er gründet ein Bordell mit ungefähr zehn Frauen, was eigentlich eine Überbesetzung ist. Er macht es billiger. Einmal Frau, einmal Getränk zu einem sehr niedrigen Fixpreis. Er macht sich Gegner in der Branche. Sie versuchen, ihn abzuschießen, in des Wortes wahrstem Sinne. Mirko verschwindet und taucht zwei Jahre später wieder auf. Diesmal mit einer scharfen Mannschaft, die sofort schießt, ehe sie die erste Frage stellt. Bosnier und Montenegriner. Inzwischen auch Kroaten. Es geht so weiter, Mirko kassiert. Er entdeckt dann das westliche Ausland, zuerst Österreich. Kauft dort in Wien zwei Nachtclubs, arbeitet mit der Polizei zusammen, um zwei Konkurrenten abzuhängen. Das klappt. Dann entdeckt er Deutschland, irgendwann, den Marcus Straubing. Da hat er sich längst auch auf Drogen spezialisiert. Er gilt inzwischen als völlig hemmungslos, pflegt seine Brutalität wie eine kostbare Begabung, und manchmal setzt er ein Zeichen. Zum Beispiel, wenn er selbst tötet. Genickschuss, von hinten. Bisher vermutlich zwei Mal. Sie nennen ihn den ›schwarzen Engel aus Prag‹, und er trägt diesen Namen wie einen Orden. Manchmal stellt er sich auch so vor. Ach so, ja: Er ist katholisch. Wie er sagt, streng gläubig.«

Ich fuhr inzwischen viel zu schnell, als könnten wir etwas verpassen. Aber Emma ermahnte mich nicht.

»Was machen wir, wenn Straubing nach Hause kommt?«, fragte sie.

»Wir bleiben höflich und bitten ihn um ein Gespräch«, antwortete ich.

Sie lachte. »Und wenn sie beide kommen?«

»Dann sehen wir zu, wie sie sich töten. Pass auf. Straubing hat da auf der Bergnase sein Haus gebaut. Das weiße. Ich möchte gern auf die Bergnase neben ihm. Siehst du das?«

»Genehmigt«, sagte sie. »Wir brauchen einen erhöhten Standpunkt.«

Ich überlegte das. »Warum denn?«

»Weil du bergab schneller bist und besser schießen kannst.«

»Du lieber mein Vater.«

Es gab einen sandigen, zweispurigen Fahrweg, auf dem viel abgefallenes Laub lag. Er führte hoch, und an einer Biegung konnte ich zwischen die Bäume fahren. Es waren Kiefern. Wir konnten von hier aus Straubing in die Kamine sehen.

»Wir sind nicht allein«, sagte Emma gelassen. »Sieh mal nach rechts.«

Dort stand Timo Walbuschs Jaguar zwischen den Bäumen.

»Klar«, sagte ich. »Es geht immer noch um seinen Bruder.«

»Ja, ja«, sagte sie leise. »Aber er ist nicht allein. Es sind drei. Er hat sich Hilfe geholt.«

Ich stieg aus und ging zu dem Jaguar. Es war unklar, was Timo vorhatte, ich musste sicher gehen können, dass er keinen Unsinn machte.

Timo ließ die Scheibe herunter. »Hi Siggi«, sagte er freudlos. »Dieselbe Stelle, dieselben Leute. Wir beide haben immer was im Wald zu tun.«

»Kann man so sagen«, meinte ich. »Was hast du vor?«

»Warten, Mann, oder wie sieht das aus? Mirkoboy wird hier auftauchen. Meine Leute in Frankfurt wussten, dass er etwas in Mannheim erledigen wollte. Straubing und Mirkoboy hassen sich wie die Pest. Ich kann mich auf meine Kontakte verlassen. Glaub mir, der Slavic, das ist keiner, der solche Sachen auf sich beruhen lässt.«

Timo saß in Frankfurt an der Quelle, natürlich. Er hatte uns von seiner Sicherheitsberatung in den Nachtclubs, Bars und Eros-Centern erzählt. Wenn ein Kaliber wie Slavic im Lande war und zeitgleich Crystal einen Siegeszug begann, würde ihm das nicht verborgen bleiben. Und eins und eins zusammenzählen konnte Timo auch.

»Dein Bruder hat dich ausgefragt, stimmt's? Er wollte von dir Infos über Slavic. Und als er starb, da hast du dir denken können, dass Horst auf etwas gestoßen sein musste, das dem Mirkoboy gefährlich werden konnte.«

Timo verzog das Gesicht. »Der fette Mirkoboy hat Hotte auf dem Gewissen, ich schwör's dir, Mann. Ich kann es nicht beweisen, aber ich weiß es trotzdem, dass es so war! Ich dachte erst an Straubing, aber der war's nicht, der war's nicht, Mann!«

In diesem Moment hörten wir das leise Surren des Tores an der Zufahrt zu Straubings Grundstück. Wir konnten einen dunklen BMW erkennen, der sich langsam wie eine hundertjährige Frau auf das weiße Tor zubewegte. Das Tor öffnete sich, der BMW fuhr hinein, das Tor ging wieder zu. Ende des Auftritts.

»Straubing. So schnell wird ein Verdächtiger Lockvogel für einen anderen Verdächtigen«, sagte ich und setzte hinzu: »Du hältst dich zurück, Timo. Lass mich das auf meine Weise machen. Hast du mich verstanden?«

Er lächelte mich an wie die Unschuld vom Lande. »Wer ist denn die Frau in deinem Schlitten?«

»Eine niederländische Kriminalbeamtin.«

»Oh Scheiße!«, sagte der Mann, der hinter ihm saß. Der war vielleicht dreißig Jahre alt und schön wie ein Bodybuilder. Die Muskelmasse hatte jede Farbe aus seinem Gesicht gezogen.

»Ist das so?«, fragte Timo.

»Na klar«, sagte ich. »Du kannst hingehen und sie fragen. Sie heißt Emma.«

»Und? Greift sie ein?«

»Frag sie selbst«, sagte ich wütend. »Ihr könnt hier nicht Krieg spielen.«

»Das will ich gar nicht«, sagte er ernst. »Ich will nur zusehen, wie die beiden sich gegenseitig über den Haufen schießen.«

Ich ging wieder zu meinem Wagen zurück.

»Du kannst die Truppen rufen«, sagte ich. »Slavic wird hier auftauchen. Wir wissen nicht wann, aber er kommt, und er wird keine Friedenspfeife im Gepäck haben.«

»Na, schön«, nickte Emma. »Dann wollen wir mal.«

Sie sprach sehr schnell hintereinander mit verschiedenen Leuten. Sie sagte, der Ort werde Mürlenbach sein, und das Ziel Straubings Haus. Und sie sollten sich bloß unsichtbar machen.

Wir warteten, und die Zeit tropfte so langsam vom Himmel, als hätte sie in der Eifel eine Pause eingelegt.

»Was ist denn, wenn Slavic entscheidet, dass er auf das Treffen verzichten will?«, fragte ich nach einer Weile.

»Die beiden sind Fanatiker, Slavic und Straubing«, murmelte Emma. »Sie verzichten nicht, sie verzichten niemals, wenn sie an sich glauben.«

Es dauerte lang. Wir sprachen nicht mehr viel miteinander, Emma und ich, die Anspannung war erdrückend.

Mein Handy meldete sich, und es war mein Bullenversteher Joseph Driesen, der frohgemut und ohne jede Einleitung verkündete: »Also, Herr Baumeister, ich habe die Kollegen oben in Holstein nach ihren Versuchen mit Bullen und Samenschöpfung gefragt. Und die sagen einwandfrei, dass ihre Bullen besser aufspringen, wenn da ein Stück Fell von der Kuh zu sehen ist. Wenn sie das Stück Fell wegnehmen, ist er nicht mehr so wild, und es dauert auch länger. Das wollte ich Ihnen nur mal sagen. Weil Sie doch gesagt haben, es ist vollkommen wurscht, der Bulle springt auch auf Zaunlatten.«

Welcher Weltengeist hatte dem Mann eingeflüstert, sich genau in diesem Moment bei mir zu melden? Ich atmete einmal tief durch und dachte daran, dass es da draußen ja noch eine andere Welt gab als die, in der wir hier saßen, als die, in der sich miese Halunken gegenseitig abknallen wollten. Da draußen war eine Welt, in der kernige Eifel-Bullen auf Zaunlatten sprangen – ob mit oder ohne Kuhfell. »Ich kann im Moment schlecht sprechen. Geht das auch morgen? Ich danke Ihnen sehr, Herr Driesen. Morgen dann in Ruhe über Ihren Hannibal und seinen Samen.« Ich beendete das Gespräch.

Emma sah mich halb entgeistert an: »Was ist das für eine Sache mit dem Samen von Hannibal?«

Ich kam nicht zu einer Antwort, denn wir hörten Motorengeräusche. Zuerst kam ein Audi sehr schnell die schmale Spur entlang. Er fuhr eine winzige S-Kurve vor dem weißen, hohen Metalltor. Dann stand er. Es kamen zwei schwere BMW, die neben den Audi zogen. Die Männer blieben sitzen, die Autotüren bewegten sich nicht.

»Die Fernbedienung für das Tor hat nur Straubing«, stellte Emma fest. »Und wenn er klug ist, greift er nicht danach.« Sie stieg aus, ging durch die Bäume davon und auf die Autos unter uns zu.

Timo war plötzlich neben mir.

»Die ist verdammt scharf«, sagte er bewundernd. »Die legt einen einsamen Tango hin. Schau einer an!«

»Das ist ein kompletter Scheiß, das kann sie nicht machen«, sagte ich, stieg aus und folgte Emma.

»Hey«, sagte Timo hinter mir. »Du hast ja nicht mal ein Taschenmesser, Mann. Bleib hier.«

Aus einem der Audis stieg eine kugelrunde Gestalt. Ich hatte ihn auf Rodenstocks Fotos gesehen und erkannte ihn jetzt sofort: Slavic, genannt Mirkoboy. Er wirkte etwas befremdlich, so als wäre der Zauberer Merlin im Laufe der Jahrhunderte entschieden zu fett geworden für seine Rolle.

Er bedeutete seinen Männern, in den Autos sitzen zu bleiben, und ging zu der Gegensprechanlage hinüber.

»Herr Slavic!«, rief Emma. Ich war mit schnellen Schritten an ihrer Seite.

Mirkoboy hielt kurz inne, dann gab er seinen Leuten wieder ein Zeichen, eine Beschwichtigung, sie sollten ruhig sitzen bleiben. Alles klar, Mirkoboy hat die Sache im Griff.

»Sie wollen zu Herrn Straubing?«, fragte Emma.

Seine Stimme war unangenehm hoch, eine unechte Fistelstimme, die nicht zu seiner Körperfülle passte. »Ich kenne Sie, Herr Baumeister«, dabei zeigte er auf mich, »Sie sind ein neugieriger Mann. Aber wie ich sehe, machen Sie genauso Fehler, wie so manche andere auch. Eifeler ... Das muss an der Gegend liegen.« Er kicherte.

Meine Stimme war fest, ich war mir sehr sicher in diesem Moment. »Horst Walbusch und Gaby Schirmer. Und dann auch Samba, der Bote des schwarzen Geldes. Sie hatten etwas herausgefunden, das Ihnen gefährlich werden konnte.«

»Nein, nein, Straubing war das. Er hat die Rechner der beiden gefilzt. Ja, so etwas kann er. Nur daraus die richtigen Schlüsse ziehen, das kann er nicht.« Und wie aus dem Nichts, begann er zu schreien: »Dieser Versager! Die zwei mussten weg, das war doch klar! Und jetzt muss der Versager weg. Straubing ist eine Gefahr geworden!«

In diesem Moment kamen die Leute vom SEK in ihrem schnellen Touareg, sie fielen fast aus dem Fahrzeug, irgendjemand bellte ununterbrochen helle, klirrende Befehle. Sie glitten mit sehr schnellen Bewegungen auf die Autos zu, umringten sie, führten ein eiskaltes Ballett auf. Aus den Audis stürmten einige Männer. Einer schlug sich ins Gebüsch, ein anderer hob die Arme. Beim Anblick der Szene wartete ich instinktiv auf den ersten Schuss.

Aber sie schossen nicht. Niemand schoss.

Aber Mirkoboy griff in die Innentasche seines Jacketts und hatte plötzlich eine Waffe in der Hand. Er richtete sie auf Emma, gleichsam so, als wollte er sie nebenbei töten, weil sie störte, und weil er sowieso gerade dabei war, Klarheiten zu schaffen.

Ich schrie irgendetwas, griff sie von hinten und stieß sie mit aller Gewalt nach vorn. Dabei fiel ich selbst sehr hart und spürte die Jeans am rechten Knie reißen.

Timo war plötzlich über mir und schoss. Er feuerte ein ganzes Magazin auf Mirkoboy, und der wurde heftig umhergeworfen wie eine Puppe und wirkte grausig wie ein Anfallskranker, ehe er auf den Asphalt fiel und seltsam verrenkt liegen blieb.

»Schluss! Aus!«, sagte Timo irgendwo über mir.

Weil er der Einzige war, der noch eine Waffe in der Hand hatte, flog ihn plötzlich einer der SEK-Leute von der Seite an und warf ihn wie ein lästiges Bündel zu Boden.

»Ja, ja«, sagte er, ehe er die Besinnung verlor.
»Ich liebe dich, Baumeister«, sagte Emma keuchend.
»Sagen wir die Hälfte«, bemerkte ich.

ENDE

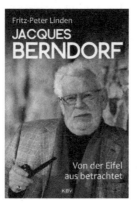

Fritz-Peter Linden
JACQUES BERNDORF
Von der Eifel aus betrachtet

gebunden
300 Seiten plus Bildteil
ISBN 978-3-942446-28-0
19,95 EURO

Als Journalist hat Michael Preute die Krisenherde der Welt bereist, hat sich aufgerieben, verbraucht. Für spektakuläre Recherchen und atemberaubende Kriegsberichterstattungen hat er seine Gesundheit geopfert, brannte völlig aus und verfiel scheinbar unrettbar dem Alkohol. Ein harter Bruch in seinem Leben führte ihn schließlich in die Eifel, an den westlichen Rand der Republik, ließ ihn aus dem hektischen Dasein des Topjournalisten hineinfallen in eine entschleunigte Provinz abseits des großen Weltgeschehens. Hier lag seine einzige Chance, zu gesunden. Er nutzte sie und wurde zu Jacques Berndorf.
Heute ist er der meistgelesene deutschsprachige Krimiautor mit einer Gesamtauflage von vier Millionen verkauften Eifelkrimis. In diesem Jahr wird Jacques Berndorf 75 Jahre alt. Ein passender Anlass, um im Gespräch mit Fritz-Peter Linden auf sein bewegtes Leben zurückzublicken. Und dabei kommt einiges ans Licht.
Offen, ehrlich und ohne Rücksicht auf sich selbst gibt Deutschlands erfolgreichster Krimi-Autor Auskunft – über seine aufregenden Zeiten als Reporter für die großen Magazine, über seine verlorenen Alkoholjahre und über sein neu gewonnenes Leben in der Eifel. Berndorf aus der Nähe: so spannend wie seine Romane.

»Diese Biografie schildert das Leben von Jacques Berndorf sehr schonungslos und sehr beeindruckend.«
(SWR-Landesschau Rheinland-Pfalz)

»Der Fritz-Peter Linden hat ein wirklich schönes Buch geschrieben. Und was ich für wichtig halte: Er hat mich nicht geschont.«
(Michael Preute alias Jacques Berndorf)

Jacques Berndorf
Christian Willisohn
NUTTENBUNKER
1 CD · 73 Minuten
ISBN 978-3-942446-40-2
14,50 EURO

Marina kriegt keine Kohle von Otto für sich und für Klein-Johnny, das Amt schickt ihr nur ein paar Euro rüber, die zum Leben zu wenig sind und zum Sterben zu viel. Sie muss sich also etwas einfallen lassen. Gemeinsam mit Carmen aus der sechsten Etage und Olga, der Polin aus dem neunten Stock des Wohnbunkers mit den 425 Klingeln, beschließt sie, Geld mit dem zu verdienen, was sie alle besonders gut können: Mit Sex.

Ecki, der schwule Adlige aus dem vierzehnten Stock steht ihnen bei ihrem waghalsigen, illegalen Unternehmen hilfreich zur Seite. Er weiht sie kenntnisreich in die Choreographie der käuflichen Liebe ein und regelt die technischen Abläufe. Ihr Unternehmen firmiert schon bald unter dem wohlklingenden Namen Lilofee – Ein echtes Erfolgsmodell!

Bis eines Tages der Klempner Gregor und seine Handlangerin Mizzie auftauchen, die eigentlich nur nach der kaputten Dusche in Eckis Bude sehen wollen. Von diesem Moment an nimmt ein munteres erotisches Spiel seinen verhängnisvollen Lauf.

Die herrlich schräge Sozialstudie, die Jacques Berndorf mit hintergründigem Humor und feinem Sinn fürs allzu Menschliche ausgetüftelt hat, spiegelt sich auf kongeniale Weise in Christian Willisohns eigens für diese Produktion komponierten Songs. Zwei Könner im perfekten Zusammenspiel – das garantiert allerbeste Unterhaltung!

»*Jacques Berndorf haucht den Figuren mit seiner markanten Stimme Leben ein. Begleitet von den harmonischen Blues-Melodien eines Christian Willisohn, die den ›Nuttenbunker‹ zu einem unvergesslichen Hörerlebnis machen.*« (literra.info)

Rosa & Thorsten Wirtz
DIE KUNST DER LETZTEN STUNDE

Taschenbuch, 245 Seiten
ISBN 978-3-942446-68-6
9,50 EURO

Jacques Berndorf-Preis 2012

Malu und Markus Poschen sind ein erfolgreiches Autorenpaar. Während ihre Krimis im Ausland die Bestseller-Listen stürmen, sind sie doch in ihrer Eifelheimat nahezu unbekannt. Als Markus beim Nordic-Walking buchstäblich über den schwerverletzten Lokalpolitiker Jean-Marie Caspers stolpert, ist es mit der Eifeler Beschaulichkeit vorbei.
Wurde Caspers von den Gegnern des neuen Schulprojekts attackiert, für das er sich im Gemeinderat stark macht? Was ist dran an den Gerüchten über eine Beziehung zu einer Schülerin des Gymnasiums, an dem er als Kunstlehrer arbeitet? Die Poschens beginnen nachzuforschen - jeder in eine andere Richtung. Und ganz unerwartet schlägt der Täter ein weiteres Mal zu. Doch diesmal kostet es ein Menschenleben.

Das Krimi-Debut von Rosa und Thorsten Wirtz wurde vom nordrhein-westfälischen Eifel-Landkreis Euskirchen unter 44 Bewerbern ausgewählt und mit dem Jacques-Berndorf-Preis 2012 ausgezeichnet, der im Rahmen des Festivals »Nordeifel-Mordeifel« als Förderpreis für Eifelkrimis verliehen wird.

»Authentisch gezeichnet, ohne ins Klischee zu rutschen, mit dem notwendigen Augenzwinkern und der ein oder anderen geschickt verpackten Kritik.« (Kölner Stadtanzeiger)